KB016712

16편의 자화상

16편의 자화상

초판 1쇄 발행 2020년 5월 25일

원제 SIXTEEN SELF SKETCHES (1949)
지은이 조지 버나드 쇼
옮긴이 정명진
펴낸이 정명진
디자인 정다희
펴낸곳 도서출판 부글북스
등록번호 제300-2005-150호
등록일자 2005년 9월 2일

주소 서울시 노원구 공릉로 63길 14(하계동 청구빌라 101동 203호)
(01830)
전화 02-948-7289
전자우편 00123korea@hanmail.net
ISBN 979-11-5920-126-4 03800

G. Bernard Shaw

16편의 자화상

Sixteen Self Sketches

차 례

스케치 #1

나의 첫 전기 작가

나의 첫 전기 작가는 아일랜드 더블린 시 저비스(Jervis) 스트리트 67번지에 소재한 자신의 사무실에서 글을 쓰던 나의 아버지 조지 카 쇼(George Carr Shaw:1814-1885)였다. 그곳은 '클리본 앤드 쇼'(Clibborn and Shaw)라는, 곡물 무역을 하던 회사가 있던 곳이었다. 사업이 썩 잘 되던 회사는 아니었다. 그도 그럴 것이, 클리본(George Clibborn)은 의류 무역을 익힌 사람이고, 나의 아버지는 공무원 출신으로 무역의 무자도 모르던 사람이었으니 말이다.

나의 아버지는 사재판소(Four Courts)[1]에서 근무했으나 소속 부

....

1 아일랜드의 주요 법원들이 자리하고 있는 건물을 일컫는다. 최고법원과 항소법원, 고등법원, 순회법원이 이 건물에 입주해 있다.

서가 폐지되는 바람에 연금을 받고 퇴직하게 되었다. 아버지는 연금을 팔고 받은 돈을 자본으로 클리본의 사업에 투자했다. 나의 아버지와 클리본은 둘 다 그 사업을 제대로 알지 못하고 있었지만, 저비스 스트리트에 창고와 사무실을 두고 있었고 또 교외인 돌핀즈 반(Dolphin's Barn)에서도 더욱 낭만적인 마을인 러틀랜드 애비뉴(Rutland Avenue)에 제분소를 두고 있던 사업은 그들에게 유망한 투자처럼 보였다. 그 사업 덕분에, 나의 아버지는 중년에 결혼을 하게 되었으며, 이 결합에서 세 아이가 태어났다. 맏이인 루신다 프랜시스(Lucinda Frances · Lucy)와 엘리노 애그니스(Elinor Agnes · Aggie 또는 Yuppy), 그리고 막내 아들 조지 버나드(George Bernard · Sonny)가 바로 그 아이들이다.

내가 한 살이던 1857년 7월, 어머니는 자기 아버지 월터 배지널 걸리(Walter Bagenal Gurly)를 방문하기 위해 싱(Synge) 스트리트에 있던 우리 집을 떠났다. 어머니의 아버지, 즉 나의 외할아버지는 칼로우의 시골 신사[2]였으나 골웨이 카운티의 오터라드에 거주했다. 그럼에도 당시 외할아버지의 주소는 당분간 리트림 카운티 킨로였다. 세례명이 루신다 엘리자베스 걸리(Lucinda Elizabeth Gurly · Bessie)인 나의 어머니는 킨로로 가면서 루시만 데려가고 나와 여피는 아버지가 돌보도록 집에 남겨두었다.

그래서 아버지와 어머니의 서신이 나의 전기의 첫머리를 장식하

....

2 시골에 농지와 넓은 저택을 두고 있는 신사 계급의 사람을 말한다.

게 되었다. 나에겐 걸음마를 배우던 때나 밥(Bob)이라고 불린 때의 기억이 전혀 없기 때문에 이 편지들의 내용에 대해서는 확인할 길이 없다. 그래도 나의 아버지와 어머니의 편지를 소개한다.

1857년 7월 17일

가엾은 밥이 새벽 1시에 배앓이를 심하게 했지만, 지금은 멀쩡하며 아침에는 여느 때나 마찬가지로 활발하게 돌아다니고 있어요. 유모는 그 원인이 아이가 먹은 건포도 때문이라고 하더군요.

7월 20일

어린 녀석이 점점 난폭해지고 있어요. 오늘 아침에는 황소처럼 고함을 지르며 몸을 굴리고 하기에 가만 내버려두었어요. 당신이 돌아올 때엔 녀석이 당신을 맞으러 거리를 달릴 수 있을 것 같군요.

7월 22일

당신이 돌아올 때 어린 녀석이 걸을 수 있도록 하기 위해 유모가 대단한 정성을 쏟고 있어요. 내가 보기엔, 유모는 아이가 걸음마를 하는 것을 큰 위안으로 여기는 것 같아요. 아이는 오늘 아침에 엄청난 모험에 나섰어요. 유모와 아이가 오늘 당신의 고모[엘런 위트크로프트(Ellen Whitcroft)]의 집까지

갈 계획이라더군요.

7월 24일

밥이 어제 자기 모자를 너덜너덜하게 다 뜯어 버렸어요. 유모가 나더러 새 것을 하나 사달라고 하더군요. 그래서 유모가 직접 아이에게 모자를 사주면 나중에 돈을 주겠다고 했어요. 그랬으니 약속을 지켜야겠지요. .... 유모가 밥이 당신의 고모를 향해 근사한 폼으로 걸었다고 하더군요.

7월 27일

유모와 새라[하녀], 그리고 두 어린 녀석들이 교회에 갔다 와서 정원에서 멋진 잔치를 벌였어요. … 유모가 밥에게 새 모자를 사줬는데 토스카나 모자여서 그녀에게 10페니나 지불해야 했어요. 그러나 어제가 아이의 생일이었기에 아무 말 안 할 것입니다. … 어제 아침에는 여피와 밥이 똑같이 침대에서 떨어져 방바닥에 머리를 박았는데 다친 데는 없는 것 같지만 다쳤을지도 모르겠어요.

7월 28일

바브자(Bobza)[3]가 나와 함께 걸음으로써 나에게 기쁨을 주고 있어요. 우리 둘은 걷기 시합도 하고 있어요. 그런 식으로

....

3 버나드 쇼의 또 다른 애칭.

아이를 빨리 성장시키려는 노력은 이제 겨우 몇 야드 걷는 성과를 거두는 데 그치고 있어요. 실은 아이가 유모에게서 나에게로, 다시 나에게서 유모나 캐롤라인 브래버존(Caroline Brabazon)[조지 버나드 쇼의 대모(代母)]에게로, 그러니까 아이를 데리고 있던 사람에게 넘기는 것에 지나지 않으니까요. 아이의 모자는 아주 근사하지만, 당신이 집으로 돌아오면 유모가 거기에 달 깃털 장식을 달라고 할 것 같군요.

일요일 오전, 언제나처럼 11시 30분.

밥이 오늘 아침에 침대에 누운 채 나와 함께 시간을 조금 보냈어요. 아침도 먹고. … 아이는 흥분하면서 몇 차례 소리를 지르더니 지금은 웃고 있어요.

7월 30일

어제 아침에 두 아이를 밖으로 데려가서 유모차에 태워서 드라이브를 시켜 줬어요. 아이들뿐만 아니라 나도 아주 즐거운 시간이었지요. 밥은 아주 난폭해지고 있어요. 타작하는 철이 다가오고 있어요. 그래서 밥이 조심하면 좋을 텐데, 잘못하다가 아이가 내 도리깨질에 맞을 수도 있어요.

8월 3일

밥이 뒤뚱거리며 당신의 편지를 갖고 오지 않는 아침이면 나는 실망하게 됩니다. 아이한테서 편지를 빼앗으려면 한차례 싸움이 벌어지지요. 꼬마 악당은 오늘 아침에 신문을 찢었어요. 유모와 두 아이는 어제 킹스타운에서 하루를 보낼 생각으로 집을 출발했으나, 유모가 킹 스트리트의 가게 안을 들여다보다가 미스 말론이 타운에 있다는 것을 알고는 크게 실망하면서 원정을 중단했어요. 나들이 날짜는 다음 월요일로 다시 정했답니다.

8월 6일

한낮에 집에 있으면서 여피와 밥과 함께 30분 정도 즐거운 시간을 보냈어요. … 세실리아(Cecilia)[그의 여형제, 그러니까 조지 버나드 쇼의 숙모]가 아이들을 보러 왔어요.

8월 7일

유모가 그러는데, 오늘 아침에 밥 때문에 유모가 거의 쓰러질 뻔했다더군요. 정말로 아이는 다른 사람의 도움 없이 혼자 보살피기엔 버거운 녀석임에 틀림없어요.

나의 아버지와 나의 할아버지

나의 외할아버지

8월 8일

여피와 밥에게 당신의 키스를 전했지만, 당신의 지시와 반대로, 나는 그 키스 몇 개를 훔쳤어요. 당신도 알겠지만, 훔친 키스가 얼마나 달콤했는지!

8월 11일

가엾은 밥이 화요일 아침에 가까스로 위험을 모면했어요. 아이는 유모가 돌보는 상태에서 부엌 식탁에 앉아 있었어요. 유모의 설명에 따르면, 그녀가 바닥에 놓인 물건을 집으려고 몸을 숙였는데, 그때 아이가 갑자기 뒤로 넘어지면서 머리를 창유리와 철제 창틀에 찧었다더군요. 기적적으로, 아이는 긁힌 자국 하나 없었어요. 얼굴을 창유리에 박았다면, 아마 아이는 엉망이 되었을 겁니다. 그때 나는 탈의실에 있었어요. 뭔가 박살이 나는 소리를 듣고 달려갔을 때, 유모는 공포에 질려 가엾은 아이를 들어 올리지도 못하고 있더군요. 아이가 위험을 어떻게 피했는지 나도 모르지만, 그 사고가 아이의 머리에 조금의 '통증'도 주지 않은 것 같아요.

8월 15일

가엾은 밥이 이빨 때문에 성가셔하고 있고, 따라서 밤낮으로 불안해하는 모습을 보이고 있어요.

스케치 #2

이 책을 위한 변명

사람들은 나에게 전기를 쓰지 않는 이유를 계속 물어 왔다. 그런 질문을 받을 때면, 나는 나라는 존재가 전기로 쓸 만큼 흥미로운 존재가 절대로 아니라고 대답했다. 나는 사람을 죽이지도 않았다. 나에게 일어난 일들 중에서 특이한 것은 전혀 없다. 손금쟁이에게 나의 손금을 처음 보였을 때, 그 수상가(手相家)는 나의 삶의 역사를 들려줌으로써 나를 깜짝 놀라게 만들었다. 틀림없이, 그는 내가 아무에게도 밝힌 적이 없는 것들에 대해서도 알고 있었다. 며칠 뒤, 나는 친구(윌리엄 아처(William Archer)[4])와 대화하는 중에 내가 장난삼아 손금을 보고 있다고 말했다. 그러자 친구는 즉시 자기 손을

....

4 스코틀랜드 작가이자 연극 평론가(1856-1924).

내밀면서 손금을 보고 자신의 삶에서 친구인 내가 모르는 것이 있으면 무엇이든 말해보라고 요구했다. 그래서 나는 수상가가 나에게 한 말을 그에게 그대로 해 주었다.

내가 경탄했듯이, 그도 똑같이 크게 놀랐다. 우리 모두는 자신의 경험이 독특하다고 믿고 있지만, 우리의 경험 중 99.9%가 동일한 것이다. 동일하지 않은 0.1%의 경험에 대해 수상가는 한마디도 하지 않았다.

그것은 두 마리의 원숭이가 자신들의 뼈대가 독특하다고 믿고 있는 것과 아주 비슷하다. 한두 개의 뼈만을 따로 놓고 본다면 원숭이들의 판단이 맞을 수 있다. 해부학자들이 두 개의 골격이 완전히 일치하는 예는 절대로 없다는 이야기를 들려주고 있으니 말이다. 그러니까 원숭이는 자신의 독특한 뼈 한두 개를 진기한 것으로 과시할 자격을 충분히 갖추고 있지만, 나머지 뼈대는 전혀 흥미롭지 않은 것으로 여기며 버려야 한다. 그렇듯, 사람은 자신의 뼈대를 갖고 많은 사람들을 지루하게 할 것이 아니라 그것을 자신의 가슴에 간직해야 한다.

여기서 자서전 작가로서 나의 어려움이 시작된다. 나 자신 중에서, 나보다 운이 더 좋거나 덜 좋은 다른 사람들과 나를 뚜렷이 구분하게 하는 0.5%를 내가 어떤 식으로 선택하고 묘사할 것인가? 무명의 브라운이나 존스, 로빈슨이 하이 스트리트 7번지나 8번지, 9번지에서 태어나서 먹고, 성장하고, 배설하고, 옷을 입거나 벗고,

어디 머물며 살다가 이사하고 할 때, 이름 있는 스미스가 하이 스트리트 6번지에서 태어나서 스무 살이 될 때까지 똑같이 먹고 배설하면서 조금씩 성장해 가는 과정을 세세하게 설명하는 것이 도대체 무슨 의미가 있단 말인가? 전기를 쓰려는 스미스는 많은 모험을 겪었을 것임에 틀림없다. 또 예외적인 일들이 그에게 일어났음에 틀림없다.

그러나 나에겐 영웅적인 모험이라곤 하나도 없었다. 사건들은 나에게 닥치지 않았다. 거꾸로 내가 사건들에게 다가갔다. 그리고 나의 사건들은 모두 책과 희곡의 형식으로 나타났다. 그 책들과 희곡들을 읽거나 관람하시라. 그러면 여러분은 나의 삶의 이야기를 전부 알 수 있다. 나머지는 아침과 점심, 저녁을 먹고, 잠자리에 들거나 일어나고 세수를 하는 것이다.

나의 일상은 모든 사람의 일상과 아주 똑같다. 볼테르(Voltaire)는 몰리에르(Molière)의 사생활에 대해 알 필요가 있는 모든 것을 단 두 페이지로 들려주고 있다. 몰리에르의 사생활에 관한 10만 단어짜리 글은 견딜 수 없을 만큼 따분할 것이다.

이어서 또 다른 어려움이 나타난다. 어떤 모험이 벌어질 때, 대체로 거기에 다른 사람이 개입되고 있다는 사실이다. 자신의 이야기를 들려줄 권리는 다른 사람의 이야기를 들려줄 권리까지 포함하지는 않는다. 만약 당신이 이 권리를 위반했는데 상대방이 현재 살아 있다면, 당신은 틀림없이 분노에 찬 비난의 소리를 들을 것이다.

이유는 똑같은 사건을 놓고 두 사람이 똑같이 기억하는 경우는 절대로 있을 수 없기 때문이다. 그리고 자신에게 실제로 일어난 일을 정확히 기억하거나 예술적으로 묘사할 줄 아는 사람도 극히 드물다. 그리고 전기들은 재미있게 읽히려면 예술적이어야 한다.

최고의 자서전은 고백이지만, 어떤 사람이 마음에서 우러나오는 글을 쓰는 작가라면, 그의 모든 작품은 고백이다. 자서전을 시도한 가장 위대한 인물들 중 한 사람이 괴테(Johann Wolfgang von Goethe)였다. 아무리 조악한 자서전이라도 읽어줄 만한 부분인 어린 시절에 관한 이야기가 끝난 뒤부터 괴테가 자기 자신으로부터 달아나려고 노력하는 모습을 보면 가히 측은할 정도다. 괴테는 젊은 시절에 알았던 톰이나 딕, 해리 같은 온갖 사람들, 그러니까 기억할 만하지 않은 인물들에 관한 스케치에서 피난처를 찾고 있다. 그러다 보니 그의 전기는 당신의 손에서 내려진 뒤로는 결코 다시 읽히지 않게 된다. 나는 루소(Jean-Jacques Rousseau)의 고백을 처음부터 끝까지 읽은 극소수의 사람에 속한다. 그래서 나는 자신있게 말할 수 있다. 그가 다소 파렴치한 젊은 모험가의 삶을 그만두고 위대한 루소가 되는 순간부터, 사람들이 그의 일상적인 삶에 대해 이해하거나 기억하는 것이 아무리 많다 하더라도, 그는 다른 사람들과 다르지 않은 존재가 되어 버렸다.

루소가 열여섯 살이던 때의 마담 드 바랑(Madame de Warens)을 나는 생생하게 기억하고 있다. 그러나 그의 나이 마흔다섯이던 때의 마담 두드토(Madame d'Houdetot)에 대해서는 나는 흐릿한 인상조차도 받지 못했으며 그저 이름만 기억하고 있을 뿐이다. 요약하면, 루소의 고백은 어른 루소에 대해서는 중요한 이야기를 하나도 들려주지 않고 있다. 그의 작품들이 우리가 알 필요가 있는 모든 것을 말해주고 있는 것이다. 만약 셰익스피어(William Shakespear)의 일상적인 삶이 탄생부터 죽음까지 고스란히 다 공개되고, 햄릿[5]과 머큐시오[6]가 동시에 실종된다면, 대단히 흥미로운 인물을 너무나 평범한 사람으로 대체해 버리는 결과가 나타날 것이다. 디킨스(Charles Dickens)의 경우에, 그에 관해서는 위킨스나 피킨스나 스티킨스 같은 사람에게 일어났을 수 있는 일들까지 너무나 많이 알려져 있기 때문에, 그의 전기 작가들은 그의 책들을 읽지 않는 독자들에게는 그를 지워버리고, 그의 책을 읽는 독자들에게는 그의 초상을 심하게 망쳐놓는 꼴이 되고 말았다.

그러므로 이 책을 채우고 있는 자전적 단편들은 나 자신의 관점에서 나를 제시하지 않는다. 나 자신의 관점을 당연히 나는 모르게 되어 있다. 그것은 물이 언제나 내 입 안에 있어서 그 맛을 모르는 것과 같은 이치이다. 이 책 속의 자전적인 단편들은 대개 간과되었거나 그릇 이해된 것들에 관한 이야기를 들려줄 것이다. 예를 들면, 나는 현대 음악의 걸작들을 아는 소년은 고대 그리스와 라틴 문학의 걸작만

....

5 셰익스피어의 희곡 '햄릿'(Hamlet)의 주인공.

6 셰익스피어의 '로미아와 줄리엣'에 등장하는 로미오의 친구.

을 아는 소년보다 실은 교육 수준이 훨씬 더 높다는 점을 강조했다. 나는 우리 사회에서 '다운스타트'(Downstart)[7]가 겪는 불행한 운명에 대해 명확하게 설명했다. 금권주의로부터 작은 아들들을 통해 내려오는 '다운스타트'를 나를 소년-신사(boy-gentleman)라고 부른다. 다운스타트에게 대학 교육은 자기 아버지의 소득으로 감당할 수 없는 부담이며, 그래서 그는 가족 전통에 따라서 신사의 수단이나 교육을 갖추지 않은 신사로, 말하자면 빈털터리이면서 고상한 척 구는 그런 속물이 될 수밖에 없다. 내가 다운스타트에 대해 깊이 생각한 이유는 젊은이들에게 지나치게 많은 것을 아는 것도 아는 것이 지나치게 적은 것 만큼이나 위험할 수 있고, 지나치게 훌륭한 것도 지나치게 나쁜 것만큼이나 위험할 수 있다는 점을 경고하고, 아울러 '최고의 안전'은 모든 사람이 알고 믿고 행동하는 것을 알고 믿고 행동하는 데에 있는 이유를 보여주기 위해서다.

이런 것들에 대해 언급하는 것은 내가 견디기 힘들 만큼 심한 고통을 당했거나 손해를 입었기 때문이 아니라, 그것들이 내가 속한 다운스타트 계급 전체와 관련이 있고 그것을 지혜롭게 표현하고 이해하는 경우에 다운스타트 계급을 행실이 더욱 바르고 계급을 의식하는 계급으로 만드는 데 이롭기 때문이다. 따라서 구제 불가능할 만큼 교훈적인 탓에 나는 나 자신에 대해 천 명의 쇼와 백만

....

7 출생 성분이 좋고 교육을 잘 받았지만 재산이 거의 없는 아일랜드 사람을 말한다. 종종 훌륭한 가문의 작은 아들들을 일컫는다.

명의 스미스에게 일어나지 않았을 법한 일에 대해선 거의 아무것도 말하지 않으면서 이런 변명으로 시작함으로써 전기를 집필하는 원칙을 위반하고 있다. 아마 정신분석가들은 그런 따분한 내용물에서도 나의 눈을 피했던 단서들을 발견해 낼 수 있을 것이다.

따분하지 않을 이야기도 있다. 평범한 픽션으로 읽어야 하는, 나의 친척들에 관한 이야기가 그런 내용이다. 아일랜드의 쇼 가족은 간혹 '스위스의 로빈슨 가족'(Swiss Family Robinson)[8]보다 훨씬 더 재미있으며, 아마 가르침을 잘 소화하는 사람들에게는 아마 결코 덜 교훈적이지 않을 것이다. 나 자신에 대해 말하자면, 나의 진짜 소유물은 모두 서점 진열장과 무대 위에 있으며, 대중에게 전달할 수 있는 것은 이미 긴 삶을 통해 모두 전달되었다. 나는 그 긴 삶 동안에 한 줄의 글도 남기지 않고 보낸 날은 단 하루도 없었다고 말하지는 못하지만, 그럼에도 나는 고대 로마의 이상에 최대한 건강하게, 또 최대한 인간답게 가까이 다가가려고 노력했다.

아엿 세인트 로런스(Ayot Saint Lawrence)[9]에서

1939년 1월 15일

1947년 수정

8 요한 다비드 위스(Johann David Wyss)가 1812년에 발표한 소설로, 호주로 이민을 떠나는 어느 스위스 가족이 항해 중에 배가 난파당하면서 겪는 이야기를 그리고 있다.

9 하트퍼드셔 카운티의 작은 마을. 버나드 쇼는 1906년부터 1950년 사망할 때까지 여기서 살았다.

스케치 #3

나의 어머니와 그녀의 친척들

나의 어머니는 시골 신사의 딸로 태어나 위엄 있는 고모의 손에 여자로서의 모든 미덕과 교양을 갖춘 본보기 같은 존재로 엄격하게 자랐다. 어머니의 고모를 나는 아주 어린 시절부터 얼굴이 예쁜 꼽추로 기억하고 있으며, 나의 눈에는 그 장애가 자비로운 요정 같은 존재인 그녀에게 꽤 잘 어울리는 것처럼 비쳤다. 어머니의 고모가 나에게 신비한 방향으로 호의적인 인상을 안겨주었다는 것을 알았더라면, 그녀는 아마 나에게 자신의 재산을 물려주었을 것이다. 당시에 내가 그녀를 찾았던 데는 그녀의 관심을 그 정도로까지 끌 수 있었으면 하는 바람이 작용했다고 지금 나는 믿고 있다. 그러나 나는 그 일에 실패하고 말았다. 그녀는 나의 어머니를, 자신의 혈통에 남아 있는, 말로 표현할 수 없는 어떤 오점을 마침내 씻어낼 수 있을 만큼 탁월한 결혼을 할 수 있을 정도로까지 키워놓았다. 왜냐하면 그녀의 부모 쪽에서 보면 그녀의 혈통이야말로 더 이상 바랄 수 없을 만큼 최고였지만 그녀의 할아버지가 걸출하면서도 의문스런 구석이 많은 인물이라서 그에게 합법적인 부모가 있기는 했는가 하는 의심을 불러일으켰기 때문이다. 그녀의 할아버지는 컬런이라는 직원의 이름으로 더블린에서 가장 가난한 지역에서 전당포를 운영해서 재산을 모았다. 반면, 그는 스스로를 더블린 카운티에 "본거지"를 둔 시골 신사 계급으로 여기면서 순수한 더블린 카운티의 가문으로 장가를 갔다.

그러나 그는 결혼을 해서도 여전히 전당포를 지켰고, 그 전당포는 그를 지켜주었다. 따라서 나의 어머니의 요정 같은 고모 엘런은 죽은 올케의 딸을 반드시 기품 있는 숙녀로 키우기로 마음을 먹었다. 그래서 나의 어머니는 스파르타식 교육을 받으며 어린 시절을 보냈으며, 그런 교육의 흔적을 무덤까지 안고 갔다. 강인한 훈련을 받지 않은 여자들 10명을 짓눌러 버렸을 법한 역경도 나의 어머니에겐 바위를 때리는 파도처럼 부서질 뿐이었다.

어머니의 고모가 쇠스랑으로 막무가내로 추방했던 어머니의 천성이 다시 돌아와 요정 같은 고모의 인생 계획을 완전히 망쳐놓았다. 나의 어머니는 성장한 뒤에 자신의 음악 선생 베른하르트 로지어(Johann Bernhard Logier)[10](더블린에서 키로플라스트[11]의 발명가로 유명했다. 손가락 연습 장치인 이 도구는 결과적으로 그로부터 피아노를 배운 학생들을 모두 망쳐놓았다)가 가르쳐준 대로 통주저음(通奏低音)[12]을 알았고, 라 퐁텐(Jean de La Fontanine)의 우화 두 편을 프랑스어 발음으로 완벽하게 암송할 수 있었으며, 스스로 품위 있게 처신할 줄 알았고, 아마 넝마주이로 일을 하더라도 자신은 하인이나 보통 사람들과 다른 종(種)의 숙녀라는 확신을 조금도 잃지 않을 수 있었을 것이다. 그러나 나의 어머니는 적은 수입으로 살림살이를 꾸릴 수 없었으며, 돈의 가치에 대한 개념도 전혀 없었다. 그녀는 엄격한 고모를 몹시 싫어하면서 고모가 자신에게 종교와 훈육으로 가르친 모든 것을 독재와 예속으로 받아들였다. 그 결과, 그녀는 자연히 매우 인간적인 존재가 되었으며, 따라서 자기 자식은 완전히 방기하다시피 했다. 나의 부모는 두 분 다 공교롭게도 고압적인 구석이라곤 하나도 없었다.

머지않아 그녀는 더블린 사교계에서 신붓감으로 부상했다. 그녀가 접촉하게 된 사람들 중에, 겉보기에 순진한 것 같은 마흔 살의 신사 조지 카 쇼(George Carr Shaw)가 있었다. 눈이 사시였으

....

10 독일의 작곡가이자 선생이며 발명가(1777-1846)로 삶의 대부분을 아일랜드에서 보냈다.

11 피아노를 칠 때 손가락을 끼우는 도구. 이 장치의 도움을 받으면 피로를 덜 느끼며 피아노를 칠 수 있다고 한다.

12 17~18세기 유럽의 음악에서 건반 악기의 연주자가 정해진 저음 외에 즉흥적으로 화음을 곁들이던 연주 기법을 말한다.

며, 유머 감각이 있었다. 그의 유머 감각은 '앤티 클라이맥스'(anti-climax: 점강법(漸降法))[13]가 특징이었으며, 이것이 그가 찰스 램(Charles Lamb)[14]을 좋아하도록 했을 것이다. 그는 스스로를 "쇼 가문 사람들"(the Shaws)이라고 부르던 대가족의 구성원이었으며, 독신으로 지내던 로버트 쇼(Robert Shaw) 경과 재종형제[15] 사이였던 덕분에 로버트 쇼의 저택인 부쉬 파크로 초대를 받았다. 로버트 쇼 경에 대해 알고 싶다면, 『버크의 지주 신사 계급』(Burke's Landed Gentry)[16]을 보시길. 조심스럽게 보호를 받으며 살던 나의 어머니에게 조지 카 쇼는 매우 안전한 남편감처럼 보였다. 왜냐하면 그의 나이나 사시가 루신다 엘리자베스 걸리처럼 꽤 잘 자란 처녀에게도 매력을 발휘할 수 있었음에도 불구하고, 아무도 그가 누구와 결혼하려 할 만큼의 대담성과 모험성뿐만 아니라 결혼할 수단까지 갖추었을 것이라고 생각하지 않았기 때문이다. 따라서 그에 대해서 그녀의 친척들이 알고 보면 결혼상대로 꽤 괜찮은 사람이라는 식으로 그녀에게 좋게 말했을 것이다. 그러나 그녀의 친척들은 그녀가 결혼이란 것이 진정으로 무엇을 의미하는지를 배우지 않았다는 사실을, 또 궁핍을 경험해 보지 않았기 때문에 자신이 하

....

13 높고 강한 것으로 시작해서 낮고 약한 것으로 내려감으로써 강조의 효과를 얻으려는 수사법으로 점강법(漸降法)이라 불린다.

14 영국의 수필가이자 시인(1775-1834)

15 같은 증조부를 둔 사람들의 관계.

16 존 버크(John Burke)가 19세기에 잉글랜드와 아일랜드의 대지주들을 망라한 책.

존경스런 나의 어머니

고 있는 행위의 진정한 의미를 모르는 가운데 어떤 모험가와도 결혼할 수 있다는 사실을 망각하고 있었다.

그녀의 비극은 아무도 예측하지 못했을 그런 종류의 외적 압박으로 인해 일어났다.

홀아비이던 그녀의 아버지가 정말 뜻밖에도 재혼을 했다. 상대는 그가 생활비를 보조해 주었음에도 불구하고 좋은 결과를 보지 못하고 있던 옛 친구의 무일푼 딸이었다. 그 결합은 그의 첫 부인의 가족을, 특히 킬케니의 대지주이던 처남을 기쁘게 하지 못했다. 그는 이 처남에게 돈을 빌렸으며, 그에게 재혼할 뜻을 숨겼다.

불행하게도 나의 어머니는 순진하게 그 비밀을 외삼촌에게 털어놓았다. 그 결과, 나의 외할아버지는 결혼식 날 예식에 낄 장갑을 사러 집을 나서다가 부채를 문제 삼은 처남의 소송으로 인해 체포되었다. 이런 상황에서 나의 외할아버지가 격하게 화를 내는 것을 나무랄 수는 없다. 그러나 그가 격노한 나머지 그만 이성을 잃고 말았다. 나의 외할아버지는 자기 딸이 자기를 체포하게 해서 결혼을 못하도록 하기 위해 고의로 아버지를 배신했다고 믿었다. 그래서 당시에 더블린의 어느 친척을 방문하고 있던 나의 어머니는 돌아갈 두 개의 집을 놓고 선택해야 했다. 하나는 계모와 격분한 아버지의 집이었다. 다른 하나는 고모의 집이었으며, 이 집은 곧 그녀에게 옛날의 노예 같은 생활과 독재를 의미했다.

바로 그때 어떤 악마가, 아마 '생명력'(Life Force)으로부터 나를 세상으로 내보내라는 지시를 받은 악마가 나의 아버지로 하여금 미스 베시 걸리에게 청혼을 하라고 자극했다. 그런데 그녀가 그 지푸라기를 잡고 말았다. 그녀는 그가 1년에 60파운드짜리 연금이 있다는 소리를 들었다. 평생 용돈 이상의 돈을 갖거나 살림살이를 하는 것이 허용되지 않았던 그녀에게 60파운드는 어마어마한 돈인 것처럼 보였다. 그녀는 마치 결혼이 혼자 즐기는 게임 판의 컬러 유리 공인 것처럼 태연하게 그 폭탄을 떨어뜨리면서, 약혼을 선언했다. 그 시절에 사람들은 홀로 게임을 즐겼다.

그녀가 금전적인 상황의 심각성을 보도록 하거나 그런 것을 근거로 그녀가 약혼을 취소하도록 유도하는 것이 불가능하다는 사실을 확인한 다음에, 그녀의 주변 사람들은 다른 방법을 썼다. 그들은 그녀에게 조지 카 쇼가 술주정뱅이라고 일러주었다. 그래도 그녀는 화를 내면서 그들이 그때까지 그를 반대한 적이 없었다는 점을 상기시키며 그들의 말을 믿기를 거부했다. 그래도 그들이 계속 고집을 부리자, 그녀는 그를 찾아가 단도직입적으로 그 말이 사실이냐고 따져 물었다. 그러자 그는 자신이 평생 독실한 금주주의자로 살고 있다고 아주 진지하게 말하며 그녀를 안심시켰다. 그녀는 그 말을 믿고 그와 결혼했다. 그러나 그가 술고래라는 말은 참말이었다. 그는 술을 마셨다.

터무니없는 거짓말을 한 아버지를 옹호할 생각은 조금도 없지만, 나는 그가 원칙적으로 신념에 찬 금주주의자였다는 사실에 대해 설명해야 한다. 불행하게도, 그에게 그 같은 신념을 준 것은 그 자신이 이따금 알코올 중독자로서 겪었던 무서운 경험에 대한 공포였다. 그럼에도 그는 그 신념을 실행에 옮기는 일에는 비참할 만큼 무능했다.

몰락했으면서도 신사의 체면을 차리는 술고래 남편의 빈곤이 어떤 것인지를 깨달은 순간에 나의 어머니가 떨어졌을 그 지옥을 나는 단지 상상만 할 수 있을 뿐이다. 그녀는 두 사람이 (다른 곳도 아니고) 리버풀에서 신혼살림을 차리고 살면서 어느 날 신랑의 옷장을 열었다가 빈 병이 가득한 것을 발견했다는 이야기를 언젠가 나에게 들려주었다. 그런 사실을 발견한 데 따른 충격을 이기지 못하고, 그녀는 배의 승무원으로 취직해서 아일랜드를 떠날 생각으로 부두 쪽으로 달아났다. 그러나 그녀는 그곳으로 가는 길에 선창가의 거친 사람들에게 희롱을 당하고는 발걸음을 돌려야 했다.

나의 아버지가 산책길에 나를 데리고 나갔다가 장난삼아 나를 운하로 던지는 시늉을 하다가 정말로 나를 빠뜨릴 뻔한 사건에 대해 다른 곳에서 적은 바가 있다. 집으로 돌아온 뒤, 나는 어머니에게 믿지 못할 만큼 무시무시한 발견에 대해 말했다. "엄마, 아빠가 술에 취한 것 같아요." 이 말이 그녀에겐 너무나 가혹했다. 그녀는 이렇게 대답했다. "언제 안 취한 때가 있니?"

그 이후로 내가 아무것도 또는 아무도 믿지 않게 되었다는 식으로 말하는 것은 수사학적 과장이지만, 어린 아이로서 아버지가 완벽하고 전능하다는 믿음을 갖고 있었는데 갑자기 아버지가 위선자이고 알코올 중독자라는 사실을 발견했을 때의 그 비참한 감정은 너무나 돌발적이고 충격적이었기 때문에 나의 내면에 뚜렷한 흔적을 남겼음에 틀림없다.

나의 어머니의 고모는 내가 어린 아이로서 매력을 발산하고 있었음에도 불구하고 매정하게 어머니와의 관계를 끊었다. 어머니가 고모로부터 받은 것은 나의 할아버지의 서명이 되어 있던 차용증서 다발이 전부였다. 어머니는 나의 아버지에게 그 차용증서들을 보여주면서 어떻게 해야 하느냐고 물을 만큼 순진했다. 나의 아버지는 즉시 차용증서를 불 속으로 던져 버렸다. 이 일은 중요하지 않았다. 어쨌든 그가 그 돈을 갚지 않았을 테니까. 그러나 그는 자기 아내의 할아버지(전당포 주인)의 유언장에 손자들에게 주도록 정해놓은 몫을 아내의 고모로부터 빼앗으려고 노력했다. 그 결과, 걸리 가문의 변호사가 1년에 40파운드 정도를 받아냈지만, 그 일로 인해 나의 어머니는 자기 아버지가 복수심 강한 부모이며, 돈 문제에서 대단히 양심적이지 않다는 믿음을 갖게 되었다.

그리고 나의 어머니의 남자 형제, 그러니까 나의 외삼촌 월터(Walter)가 있었다. 그는 방탕했으며 언젠가는 홧김에 그녀에게 무자비할 만큼 악랄하게 굶으로써 그녀의 기분을 상하게 만들었다. 그는 재산에 관한 한 자기 아버지의 무책임한 태도를 그대로 따랐다. 모두가 그녀를 실망시키거나, 배반하거나, 그녀 위에 군림하려

들었다.

그녀는 이런 온갖 것에도 조금도 굴하지 않았다. 그녀는 절대로 소란을 피우지 않았으며, 불평도 하지 않았고, 잔소리도 하지 않았다. 또 벌을 주지도 않았고, 복수를 하지도 않았으며, 자제력을 잃지도 않았고, 앙심과 울화와 화를 통제하는 힘도 잃지 않았다. 그녀는 약하지도 않았고 순종적이지도 않았다. 그러나 그녀는 보복한 적이 결코 없었기 때문에 용서한 적도 결코 없었다. 싸움도 절대로 없었으며, 따라서 화해도 없었다. 당신이 잘못을 저지른다고 가정해 보자. 그러면 당신은 그녀에게 그런 잘못을 저지른 인간으로 분류되면서 어느 선까지는 관대하게 넘어갈 것이다. 그러다가 마침내 당신이 그녀로 하여금 당신과의 관계를 끊게 만든다면, 그 결별은 영원할 것이다. 당신은 다시는 그녀에게로 돌아가지 못한다. 나의 책 『혁명가들을 위한 격언』(Maxims for Revolutionists)을 보면, "당신의 공격에 아무런 대응을 하지 않는 사람을 조심하라."는 내용이 있다. 나의 어머니로부터, 나는 화에 의해 일어나지도 않고 또 화풀이로 끝나지도 않는 그런 뚜렷한 비판과 비교하면 하루를 넘겨 품는 분(墳)은 아무것도 아니라는 것을 배웠다.

나의 어머니가 어떤 상황에서도 자식들을 미워하지 않았다는 것은 그녀의 인간성에 대해 많은 이야기를 들려준다. 그녀는 누구도 미워하지 않았고 누구도 사랑하지 않았다. 스무 살에 죽은 나의 누나를 향한 특이한 모성애적 감정이 그녀의 내면에서 약간 일어나

나의 어머니의 초상

나의 어머니의 초상

긴 했지만, 그 감정은 그녀가 딸을 잃고 난 뒤에야 그녀를 움직였으며, 그때도 모성애가 그다지 두드러지지지는 않았다. 그녀는 우리들에게 크게 관심을 두지 않았다. 이유는 그녀가 어머니 노릇이 하나의 기술이라는 가르침을 받은 적도 없었고, 아이들이 뭘 마시고 먹는지가 중요하다는 가르침을 받은 적도 없었기 때문이다. 그녀는 모든 일을 하인들에게, 그러니까 글을 읽지도 못하고 쓰지도 못하는 수준에서 1년에 8파운드의 임금을 받던 그런 하인들에게 넘겨 버렸다. 그녀는 아이들을 직접 교육시키는 행위의 가치에 대한 감각을 전혀 갖추고 있지 않았으며, 그런 교육의 결과에 대해 전혀 평가를 하지 않았다. 그녀는 교육의 효과에 대해서는 자연의 선물 정도로 여겼으면서도 그런 교육의 잔인성에 대해서는 너무나 깊이 느끼고 있었다. 우리는 길잡이가 없는 가운데 성장하면서 스스로를 돌보지 않을 수 없었다. 그러다 보니 우리는 정강이를 깨고 웃음거리가 되기도 하면서 꼭 필요한 지혜를 얻고 인생의 어려움을 직면했다. 어머니에게는 그런 우리의 삶이 자기 고모의 계획보다는 대체로 쉬운 것으로 여겨졌으며, 어머니가 자식들을 보다 부드럽게 다루려 했던 것은 틀림없는 사실이었다. 실제로 어머니의 양육은 아주 부드러웠지만, 그래도 그녀가 생각했던 것만큼 부드럽지는 않았다. 송아지가 길을 따라 제대로 걷도록 몽둥이로 찌르는 방법의 유일한 대안이 송아지가 길을 잃고 도자기 가게마다 들어가도록 내버려두는 것은 결코 아닌 것이다. 요약하면, 나의 어머니는 현대 사회복지사의 전문가적 관점에서 보면 어머니도 아니었고 아내도 아니었으며, 여자다운 습관이 몸에 밴 보헤미안 아나키스트로 분류될 수밖에 없었다.

나의 아버지는 가난하고 실패한 사람이었다. 그는 나의 어머니의 관심을 끌 만한 것은 전혀 할 줄 몰랐다. 그는 술독에 빠져 지내는 주정뱅이라는 치욕적인 딱지를 떼지 못했다. 그렇던 그도 결국엔 술을 끊었으나 이미 때가 너무 늦었던 터라 금주가 두 사람의 관계에 아무런 영향을 미치지 못했다. 상상력과 이상주의, 음악의 매력, 사랑스런 바다와 일몰의 매력, 그리고 우리의 타고난 친절과 관대함이 없었다면, 우리가 냉소적인 어떤 야만 상태로 성장하지 않았을 것이라고 자신 있게 말하지 못한다.

어머니의 구원은 음악을 통해 찾아왔다. 그녀는 특별히 맑은 메조소프라노의 목소리를 갖고 있었으며, 그것을 가꾸기 위해 그녀는 조지 존 밴델러 리(George John Vandeleur Lee)로부터 레슨을 받았다. 조지 리는 오케스트라 지휘자와 콘서트 기획자, 노래를 가르치는 선생으로 더블린에서 이미 이름을 얻은 사람이었다. 조지 리는 노래 분야에서 너무나 이단적이고 독창적이었기 때문에, 그는 자신의 공연을 위해 자신이 직접 훈련시킨 아마추어들의 도움을 받았다. 그는 라이벌들의 미움을 샀으며, 이 라이벌들을 그는 '목소리 약탈자'라고 비난했다. 그는 이 같은 비난을 의사들에게까지 확장했으며, 그는 흰 빵 대신에 갈색 빵을 먹고 또 창문을 활

조지 밴델러 리. 그는 더블린의 탁월한 오케스트라 지휘자로서 나의 어머니에게 노래하는 방법을 가르쳤다. 나의 어머니는 그에게서 배운 것을 나에게 가르쳐 주었다. 이 사진을 찍은 리처드 피곳(Richard Pigott)은 '아이리쉬맨'(The Irishman)의 편집자로서 선동 혐의로 자주 수감되었으며, 마지막에는 영국 고위 관료를 살해한 사건에 연루된 혐의를 받다가 자살로 생을 마감했다.

짝 열어놓고 잠으로써 우리를 즐겁게 해 주었다. 이 두 가지 습관을 나는 그로부터 얻었으며 그후로 지금까지 실천하고 있다. 그는 마침내 우리 가족의 일원이 되었는데, 나는 그가 우리 가정에 끼친 영향 때문에 학계의 권위자들에게 회의(懷疑)를 품게 되었고, 그 같은 태도는 지금도 나에게 그대로 남아 있다.

그는 나의 어머니가 여든 넘은 나이에 세상을 떠날 때까지 자신의 목소리를 완벽하게 지킬 수 있는 쪽으로 노래를 부르도록 가르쳐 주었을 뿐만 아니라 그녀에게 삶을 살면서 추구할 명분과 신념을 주었다.

3명의 아버지를 둔 연인이 나오는 나의 희곡 '어울리지 않는 결혼'(Misalliance)을 아는 사람들은 나도 생물학적 아버지 외에 아버지를 보완할 사람이 두 명 있었으며 그것이 나에게 아버지의 3가지 변형을 연구할 기회를 주었다는 사실에 주목할 것이다. 이 같은 사실이 나의 시야를 크게 넓혀 주었다. 생물학적 부모는 학교나 다른 곳에서 부모를 대체할 사람을 많이 발견하는 아이일수록 온갖 종류의 것들이 모여 세상을 이룬다는 진리를 더 잘 이해하게 된다는 사실을 알아야 한다. 생물학적 부모는 또 아이가 나쁜 부모들에 의해서 타락할 위험이 언제나 있음에도 불구하고 생물학적 부모가 최악일 수 있다는 점을 명심해야 한다. 아마 생물학적 부모 중 10% 정도가 실제로 최악의 부모일 것이다.

또 나의 외삼촌 월터가 있었다. 내가 어렸을 때, 그는 인만 라인

(Inman Line: 현재[17] 아메리칸 라인)[18]의 선상 의사였으며, 항해 사이사이에 우리를 방문했다. 그는 그의 시대에 아일랜드의 이튼으로 불리던 킬케니 칼리지에서 교육을 받았다. 그 학교에서 덩치가 가장 작아서 잠긴 학교 정문 밑으로 기어나갈 수 있는 유일한 학생이었던 그는 밤에 나이 많은 소년들의 요구로 그들을 대신해서 거리의 여자들과 약속을 잡기 위해 시내로 나갔다. 그가 그 대가로 받은 것은 인사불성이 될 만큼 취할 수 있는 위스키였다. (그런데 그는 영국 공립학교의 동성애를 무서워했으며, 학교들은 언제나 킬케니 칼리지처럼 여자들과 접촉할 수 있는 곳에 위치해야 한다고 주장했다.) 그는 과도하게 방탕한 생활을 한 탓에 건강을 되찾기 위해 다니던 트리니티 칼리지를 그만두어야 했다. 당시에 그의 아버지는 친구들의 보증을 쓰고 무모하게 저당을 잡히곤 했기 때문에 언제나 돈이 부족했던 터라 그를 뒷바라지할 여력이 없었다. 그래서 그는 외과 의사의 자격을 갖추고 인만 라인에 일자리를 얻었다. 그는 시험에 필요한 과목들을 공부해 쉽게 시험을 통과할 수 있었으며, 겉보기에 훈련이 잘 된 유능한 의사였다.

그는 주위를 명랑하게 만드는 사람이었다. 왜냐하면 그가 나의 어머니의 기품을 갖추지 않았을지라도 그녀처럼 아무리 써도 절대로 소진되지 않는 젊음을 가졌으며, 아울러 강건하고 기운이

....

17 버나드 쇼가 이 글을 쓸 당시를 말한다.

18 19세기 영국의 3대 여객 해운 회사 중 하나였으며 1893년에 아메리칸 라인에 흡수되었다.

넘쳤기 때문이다. 그의 대화에 담긴 신성 모독과 외설은 라블레(François Rabelais)[19]의 작품에서 느낄 수 있는 그런 충만을 느끼게 했으며, 어린이라는 이유로 나를 존중해 주는 문제에 대해 말하자면, 그는 팔스타프[20]가 핼 왕자에게 품었던 것보다 훨씬 덜 품었다. 나의 어머니가 나에게 가르쳐준 대여섯 편의 동시에다가, 그는 지리학 교육에 해당하는, 인쇄에 부적합한 내용의 오행시를 보탰다. 그는 언제나 원기 왕성하고 유머로 넘쳐났다. 그의 유머는 불경스럽고 외설스런 내용으로 본다면 야만스러웠지만, 문학적 표현의 정교함과 상상력이라는 면에서 보면 성경에 입각했고 셰익스피어의 분위기를 풍겼다. 그는 성경에 아주 밝았기 때문에 예수의 말씀을 익살스런 대화의 모델로 인용하곤 했다. 그는 앤터니 트롤로프(Anthony Trollope)의 소설들을 유일하게 읽을 가치가 있는 소설로 생각했으며(그 시대에 이 작품들은 교회를 과감하게 폭로한 것으로 여겨졌다!), 그가 좋아한 오페라는 다니엘 오베르(Daniel Auber)의 '프라 디아볼로'(Fra Diavolo)였다. 그는 어린 시절부터 예술적으로 가꿨더라면 아마 세련된 쾌락을 누릴 줄 아는 사람이 되었을 것이며, 문학에서도 이름을 얻었을 것이다. 그러나 사실을 말하자면 그는 조소를 일삼는 사람이었고 방탕자였다. 왜냐하면 더 훌륭한 즐거움이 그에게 모습을 드러내지 않았거나 부정당했기 때문이다. 지

....

19 르네상스 시대 프랑스의 인본주의 작가(1483?-1553). 반(反)교권주의 성직자이고, 자유 사상가이고, 의사이며, 대단히 쾌활한 사람으로 여겨졌다.

20 윌리엄 셰익스피어의 희곡 3편에 등장하는 인물.

속적이지 않은 무절제를, 말하자면 뱃사람이 항구에서 보이는 그런 간헐적인 방탕을 보였음에도 불구하고, 그는 정직하고 건강한 남자였다. 그러다가 그는 미국에서 영국인 과부와 결혼해서 에식스 카운티 레이턴에, 그러니까 에핑 포리스트와 경계를 이루는 시골 지역에 일반의로 정착했다. 그의 아내는 그가 영국인의 관점에 따라 처신하게 하려고 노력했다. 말하자면, 그가 교회에 나가게 하고, 환자들의 감정과 편견에 대해 상담하고, 환자들의 체면을 깎는 데서 재미를 느끼지 말고, 모독적인 발언을 최대한 줄이는 쪽으로 이끌려고 했다는 뜻이다. 그 같은 노력은 허사였다. 그녀의 항의는 그의 신성 모독적 발언을 더욱 자극할 뿐이었다. 그럼에도 불구하고, 그는 매우 유쾌한 사람이기 때문에 레이턴 카운티 사교계에서 나름대로 지위를 확보할 수 있었으며, 또 의사 자격까지 따고 말(馬)을 직접 모는 사람으로서 사람들의 눈에 두드러진 신사였다.

그러나 곧 런던이 동쪽으로 확장되면서 레이턴을 삼켜 버렸다. 그의 환자들이 살던 시골 저택들이 철거되고 그 자리에 작은 벽돌집들이 쭉 늘어섰다. 한 주에 15실링으로 가족을 부양하는, 실크햇을 쓴 사무원들이 사는 주거 공간이 된 것이다. 이 같은 변화가 나의 외삼촌을 망쳐놓았다. 그의 아내는 자신이 소유한 모든 것을 전남편의 친척들에게 남기고 혐오와 절망 속에서 죽었다. 그의 말은 팔렸고, 시계는 저당 잡혔고, 옷은 해져 누더기가 되었다. 그가 죽었을 때 내가 그의 재산을 물려받았는데, 그때 나는 오직 그만 바

불경스런 말을 일삼으며 라블레를 연상시키던 나의 외삼촌 월터 존 걸리.

라보며 평생을 살았던 한 하인의 임금이 17년 동안이나 지급되지 않았다는 사실을 발견했다. 그의 사유지는 그의 아버지가 이미 오래 전에 최대한으로 저당을 잡힌 상태였다. 그 일이 몇 년 앞서 일어났다면, 나는 상속을 포기했을 것이다. 그러나 나는 빚을 다 갚고 저당을 풀고, 쓰러진 집을 다시 짓고, 불행했던 인간관계들을 복구하고, 부동산을 온전히 살려낼 수 있었다. 최종적으로 나는 그것을 시의 소유로 만들었다. 그러기 위해서, 또는 누구라도 나의 예를 따르도록 하기 위해 나는 에이레(Eire)[21] 의회의 법을 확보해야 했다.

보헤미안 아나키스트들의 자식들은 종종 훈육에 격하게 반발한다. 그러면서 그 아이들은 대단히 무도한 쪽으로 부모를 빼닮는다. 아이들이 자신의 계획에 따라 행동하도록 내버려둬도 안전한 때가 언제이며, 어느 정도까지 아이의 자율에 맡기고 어느 정도까지 아이에게 명령하고 안내해야 하는가 하는 문제가 부모의 양육 방침 중에서 가장 어려운 부분이다. 지혜와 친절이라는 측면에서 평균보다 월등히 더 높은 이해력 넓은 사상가인 표트르 크로포트킨(Peter Kropotkin)은 아이들에 대해 "당신은 그냥 지켜보고만 있을 수 있을 뿐이다."라고 말했다. 나의 어머니가 혹시라도 그런 문제에 대해 생각한 적이 있다면, 그녀는 이런 식으로 말했을 것이다. "당신은 당신의 길만 걷을 수 있을 뿐이니 아이들은 각자의 길을 가도록 가만 내버려두라." 그러나 그 문제엔 경험에 의거한 법칙

....

21 아일랜드어인 게일어로 아일랜드 공화국을 일컫는 말.

같은 것은 있을 수 없다. 후견과 자유사상 사이의 경계는 개인에 따라 다 다르다. 같은 가족 안에서도 한 아이는 청년기에 이를 때까지 하라는 명령이 없으면 아무것도 하지 못한다. 이 아이는 다른 사람들이 하는 것만 한다. 그런 경우에 이 아이의 남자 형제 또는 여자 형제는 다루기 힘든 아이일 가능성이 크며, 따라서 이 형제는 범죄자로 경찰에 넘겨지거나 자유사상을 추구하는 천재로서 자신의 길을 가도록 허용되었을 것이다.

이 두 가지 극단적인 유형 사이의 등급들은 아주 미세하다. 어떤 아이도 자신의 의지를 전혀 갖지 않을 정도로 완전히 지배당할 수는 없다. 그래서 아이를 양육하는 일은 어느 부모에게나 대단히 큰 부담이 된다. 그러나 태어나면서부터 모든 일에서 자기 스스로 알아서 행동하도록 내버려둔 아이는 성냥을 삼키거나, 성냥으로 집에 불을 지르거나, 글자와 구구단을 배우길 거부할 것이다. 대체로 보면, 볼테르를 교육시키는 일이 예수회 수사들에게 맡겨졌듯이, 아이가 여섯 살 때 쉽게 배울 수 있는 것을 열여섯 살에 어렵게 배우게 할 위험을 부담하느니 차라리 아이의 교육을 전통적인 학교에 넘기면서 아이가 스스로 대처하도록 하는 것이 더 안전하다.

어쨌든 훌륭한 결과를 기대한다면, 위험을 감수해야 한다. 유럽에서 아이는 교황 자리보다 더 높은 곳을 위한 훈련을 받을 수 없다. 그러나 아이를 훈련시키는 사람에게는 이런 질문을 던질 수 있다. "어떤 부류의 교황? 그레고리오 1세(Gregory the Great) 교황 또는 알렉산데르(Alexander) 6세 교황? 비오(Pius) 4세 교황 또는 레오(Leo) 8세 교황?" 목표는 위대한 시민이자 문명화시킬 사람을 낳는 것일 수 있다. 그렇지만 그 결과물은 시드니 웹(Sidney Webb)[22] 같은 사람일 수도 있고 바쿠닌(Mikhail Bakunin)[23] 같은 사람일 수도 있다.

나의 부모도, 나의 선생들도 그런 질문을 절대로 하지 않았다. 만약 내가 타고난 극작가로서 돈을 버는 드문 행운을 누리지 못했다면, 나는 지금 아마 떠돌이로서 삶을 마감하고 있을 것이다. 나는 어린 시절에 배웠어야 했던 많은 것을 훗날 스스로 배워야 했고, 훗날 엉터리라고 확인하게 되는 많은 것을 어린 시절에 배웠다. 그래서 나는 단지 후견과 자유사상 사이의 경계를 발견하기가 어렵다는 말을, 또 그 경계는 어떤 법칙처럼 모든 사람들에게 똑같이 적용되는 것이 아니라는 말을 되풀이하는 수밖에 없다.

그럼에도 큰 가문들과 모든 학교에는 법이 있음에 틀림없다. 이것이 그 문제를 내가 제안할 수 있는, 틀에 박힌 해결책으로는 절대로 풀 수 없을 만큼 복잡하게 만들어 버린다. 그 문제라면 현재 학교가 가정보다 더 형편없이 대처하고 있다. 이 글을 쓰고 있는 지금 나의 앞에 아일랜드의 어느 수녀원 부속학교에 다니는 똑똑한 소녀가 쓴 편지가 놓여 있다. 이 소녀는 자신이 학교에서 한꺼

22 영국의 사회학자, 경제학자, 정치가(1859-1947)이다. 페이비언 협회 초기 회원이었다.

23 러시아의 아나키스트 혁명가이자 철학자(1814-1876).

번에 배우고 있는 9개 과목을 다양한 언어로 자랑스럽게 제시하고 있다. 이 과목들을 다 배우려면 미래의 뉴턴이 여러 달을 투자해야 할 것이다.

그런 교과과정 앞에서 나는 할 말을 잃는다. 그렇다고 해서 내가 '조기 교육이 가하는 압박'에 반대하며 선동하는 사람들의 편에 서 있다는 식으로 추론해서는 안 된다. 존 스튜어트 밀(John Stuart Mill)은 어릴 때 아버지 제임스 밀(James Mill)로부터 고전의 죽은 언어들을 배웠다. 나는 제임스가 이 같은 사실 때문에 윌리엄 모리스(William Morris)로부터 괴물이라는 비난을 듣는 것을 보았다. 그러나 나는 그런 식으로 확신하지 못한다. 존 본인도 그렇게 확신하지 않았다.

나는 금권주의의 지배를 받는 공립학교에서 현재 널리 통하고 있는 전제, 말하자면 인간은 라틴어를 읽고 이차방정식을 풀 수 있어야만 교양 있는 존재가 될 수 있다는 전제를 옹호하지 않는다. 분명히 인간은 두 가지를 다 할 수 있으면서도 한 사람의 시민으로서 위험스러울 만큼 무지한 상태에 있을 수 있다. 이런 전제에서 지식을 머릿속에 꾹꾹 집어넣으면서 대학 졸업장까지 딴 사람은 그 이후로 라틴어 책을 절대로 펼치지 않거나, 라틴어를 생각할 때마다 혐오감을 느끼거나, 아주 간단한 산수 외에 다른 수학 공식은 절대로 활용하지 않을 것이다.

그럼에도 나는 우리 대부분(나 자신도 포함)이 훗날 삶에서 제아무리 깊이 철학적으로 사색할지라도 어린 시절에 배운 공식만 기억하고 있다는 단순한 사실을 확인하게 된다. 여섯 살 전에 배운 구구단과 펜스 산술표(pence table)[24]에 관한 기억과 열 살 전에 배운 라틴어 어형 변화와 동사 변화를 나는 아흔두 살인 지금도 기억하고 있지만, 성인이 되어 현대 언어들의 그 비슷한 공식을 기억하려던 노력은 너무나 완벽하게 실패하고 말았다. 그래서 나는 현대 언어를 배우는 학생들에게 불규칙 동사(예를 들면, 스페인어 불규칙 동사)를 배우려고 노력하느라 시간을 낭비하지 말고 그냥 그것을 규칙 동사처럼 사용하라고 조언한다. 그렇게 해도 스페인 사람들이 웃긴 하겠지만 알아들을 것이다. 중요한 것은 스페인 사람들이 당신의 말을 이해하도록 하는 것이 아닌가? 영국 아이들이 "I thinked"라거나 "I goed"라고 해도 어른들은 모두 "I Thought"나 "I went"로 알아듣는다. 혼성어(pidgin)[25]도 밀턴(John Milton)의 영어만큼 유용하면서도 훨씬 더 간단하다.

정확한 기준에 대한 우리의 집착이 너무나 강한 나머지, 기준에서 벗어나는 것은 처벌 받아 마땅한 도덕적 비행으로 여겨지고 있다. 그 기준에 집착하면서 사람들은 인생의 몇 년을 허비하고 있다. 우리 앞에 열려 있는 길들이 너무나 많다. 그런데도 우리는 그 길들 중 두 개가 각각 옳고 그른 것으로 이름이 붙여질 때까지 움직

....

24 파운드와 실링을 펜스로 쉽게 환산하도록 만든 산술표를 말한다.

25 서로 다른 언어를 쓰는 사람들이 의사소통을 위해 형성한 언어를 말한다.

이기를 거부한다. 그런데 이 중 옳은 길은 너무나 어려운 길인 반면에 그릇된 길은 너무나 쉽고 짧은 길이다.

스케치 #4

수치심과 상처 입은 속물근성: 80년 동안 간직해 온 어떤 비밀

지금 나는 어린 시절의 어떤 에피소드에 대해 고백하려 한다. 나에게 너무나 불쾌한 기억이었기 때문에, 나는 어느 누구에게도, 심지어 나의 아내에게도 언급한 적이 없는 사건이다. 그 사건은 나에게 있어서 디킨스의 '블래킹 웨어하우스'(blacking warehouse)[26] 같은 것이었다. 디킨스가 그 단순한 사건에 대해 느낀 깊은 수치심은 아주 간단히 계급 속물근성으로 폄하되고 있으며, 그래서 나는 한 동안 나 자신의 혐오스런 그 비밀을 폄하했다. 그러나 사실 그 사건은 매우 교훈적이었으며, 나 자신이 정당하게 인정되던 어떤

....

26 디킨스가 12살 소년일 때 아버지가 파산한 뒤 처음 일을 시작했던 공장을 말한다. 구두약을 제조하는 곳이었다.

계획을, 말하자면 무산계급의 장학금 수혜자들을 유산계급이 다니는 공립학교로 보내서 중등 교육 과정을 받게 하고, 그 사이에 그들에게 자본주의적 관점을 철저히 주입시켜 자본가 계급으로 흡수한다는 계획을 철저히 거부한 이유를 설명해준다. 그런 식으로 신분 상승을 이룬 프롤레타리아는 종종 '올드 스쿨 타이'(Old School Tie)[27] 중에서도 가장 보수적인 사람이 된다. 나의 의견은 프롤레타리아 계급의 자녀들은 프롤레타리아 계급의 자녀들이 다니는 진짜 공립학교에 보내야 하고, 또 그런 자녀들이 이튼 스쿨이나 해로 스쿨, 위컴 스쿨, 럭비 스쿨의 소년들과 접촉하는 것은 오직 거리의 싸움으로 국한시켜야 한다는 쪽이다. 프롤레타리아 학교의 '올드 스쿨 타이'는 자본가 자녀들이 다니는 그 어떤 학교의 그것 못지않게, 아니 그 이상으로 자랑스럽게 여겨지고 높은 명예를 누려야 한다. 나는 이 같은 결론을 지금 내가 처음으로 고백하려 하는 경험에 근거를 두고 있다.

여자 가정 교사(아주 잘 가르쳤다)로부터 읽고 쓰는 것을 배운 때부터 학교에 들어가기 전까지 있었던 나의 첫 번째 라틴어 공부는 성직자였던 나의 이모부 윌리엄 조지 캐럴(William George Carroll)의 집에서 개인적으로 이뤄졌다. 이모부의 집에서 나는 그의 두 아들과 함께 앉아서 라틴어의 격변화와 동사 활용, 불규

....

27 같은 학교를 다닌 사람들이 서로 좋은 직장을 얻도록 도와주는 행태를 말한다. 우리로 치면 학연 정도가 될 것 같다.

칙 동사들을 꽤 쉽게 익혔다. 그 덕분에 나는 지금의 웨슬리 칼리지(Wesley College), 그러니까 당시에 웨슬리언 커넥셔널 스쿨(Wesleyan Connexional School)에 있던 학교에 들어갔을 때, 중등 1학년 라틴어에서 단번에 1등에 올랐다.

학교에서 나는 교과 과정을 통해서 아무것도 배우지 않았으며, 그러다 마침내 이모부가 가르쳐 준 것까지 까먹기에 이르렀다. 대학교를 준비하는 과정을 가르친 그 학교는 수학(유클리드 수학)과 영국 역사(대부분 거짓이고 비열하다), 그리고 기억이 하나도 남아 있지 않은 지리는 그냥 겉치레로 가르쳤을 뿐이고 라틴어와 그리스어만을 중요하게 여겼는데도 말이다. 학급은 너무 컸고, 교육학 훈련을 받지 않은 선생들은 대부분 감리교 성직자가 되는 과정에 생계 수단을 벌고 있었다. 수학의 의미 또는 유용성에 대한 설명은 한마디도 없었다. 학생들은 단지 두 개의 원을 겹쳐 정삼각형을 만드는 방법에 관해 설명하거나 펜스와 실링 대신에 a와 b와 x로 계산을 하라는 요구를 받았다. 이런 식의 계산이 도무지 이해가 되지 않았던 나머지, 나는 a와 b는 계란과 치즈를 의미해야 하고 x는 아무것도 의미하지 않는다고 결론을 내렸다. 그래서 나는 대수를 터무니없는 난센스로 여겨 거부했으며, 그 같은 의견은 그 후로도 계속되다가 20대에 이르러 그레이엄 월러스(Graham Wallas)[28]

....

28 영국 사회주의자이자 사회 심리학자이며 런던 정치 경제대학교의 창설자(1858-1932)이다.

와 칼 피어슨(Carl Pearson)[29]을 통해서 나는 그때 수학을 배운 것이 아니라 놀림감이 되었다는 확신을 품게 되었다.

유클리드 기하학은 나에게 전혀 문제가 되지 않았다. 이등변 삼각형의 두 밑각은 같다는 기하학 정리는 나를 괴롭히지 않았다. 그래서 나는 누구나 인정하는 게으름쟁이였음에도 불구하고 시험을 잘 칠 것으로 기대되었다. 그런데 불행하게도 시험은 문제들을 구체적으로 제시하는 것이 아니라 책 속의 숫자만을 제시했으며, 그 숫자에 대해 내가 알리 만무했다. 그래서 수업 시간에는 해답을 모두 맞춰놓고는 창피하게도 시험을 엉망으로 망치고 말았다.

학교는 문학에서만 나의 미래의 명성을 예견했다. 우리 학생들은 에세이를 쓰게 되어 있었으며, 나는 다리 아래의 리피 저수지를 대단히 화려하게 묘사해 1등급을 받았지만, 거기에 따르는 상은 전혀 없었으며 라틴어를 제외한 다른 과목은 모두 조금도 중요하지 않았다.

가르치는 방법은 단 한 가지뿐이었다. 학생들이 묻는 방법이 아니라 선생이 질문을 던지고 설명하는 방법이었다. 책에 나오는 대답을 제시하지 못하는 학생은 형편없는 점수를 받았으며, 주말마다 "회초리"(막대기로 손바닥을 때리는 벌이었다)로 여섯 대를 넘지 않는 벌을 받아야 했다. 이 회초리는 나에게 체벌이 효과적이려면 잔인할 정도가 되어야 한다는 확신을 심어주는 그 이상의 효과

....

29 영국 통계학자(1857-1936).

를 발휘할 수 있을 만큼 충분히 아프지 않았다.

교육적으로는 아무런 효과가 없었지만, 내가 적어도 반나절 정도는 부모의 손아귀에서 벗어나 있도록 해 준 그런 감금 생활을 몇 년 한 뒤에, 성직자인 나의 이모부가 나를 면밀히 검사한 끝에 내가 아무것도 배우지 않았고 오히려 그가 가르쳐준 것까지 까먹고 있다는 사실을 발견했다. 그래서 나는 웨슬리언에서 나와서 킹스턴과 도키 사이의 글래스툴에 있는, 핼핀(Halpin)이라는 가문이 운영하는 대단히 사적인 학교로 보내졌다. 그러나 우리가 곧 도키에 있던 휴양지에서 다시 더블린으로 이사를 함으로써 이 학교에서의 공부도 끝났다.

이어서 나의 속물 비극이 시작되었다. 우리 가족이 매력적인 지휘자이며 독창적인 노래 선생으로 나의 어머니의 음악 가정교사이자 동료였던 조지 밴델러 리와 함께 살게 된 사연에 대해선 다른 곳에서 설명한 바가 있다. 나의 부모는 내가 관행대로 학교에 나가는 한 내가 교육을 받는지 여부에 대해선 거의 신경을 쓰지 않았던 것 같다. 그러나 리는 거의 전적으로 음악에만 매달려 지내면서도 나의 교육 문제에 대해 어떤 조치를 취해야 한다고 생각했다. 이유는 내가 배우지 말아야 할 것을 제외하곤 아무것도 배우지 않는 것이 분명하기 때문이라는 것이었다. 때마침 리가 미스터 피치(Mr. Peach)라는 사람을 알게 되었다. 말버러 스트리트에 있는 센트럴 모델 보이스 스쿨(Central Model Boys' School)에서 미술 교사로

센트럴 모델 스쿨의 울타리. 그건 감옥의 창살이나 다름없었다.

일하던 사람이었다. 이 학교는 이론적으로는 종교와 무관하고 계급이 없었지만 실제로는 로마 가톨릭 계통이었다. 이 학교의 소년들은 학교에 정기적으로 5실링씩 내야 했으며, 점수가 나쁜 경우에 웨슬리언 학교에서처럼 매를 맞았다. 그곳은 육중한 문과 난간이 있는 거대한 장소였다. 나에겐 그 문 위에 "이곳에 들어오는 자들이여, 그대들은 모든 희망을 포기할지어다."라고 새겨져 있는 것 같았다. 왜냐하면 쇼 가의의 관점에서 보면 프로테스탄트 상인 신사이고 봉건적인 다운스타트의 아들이 그런 문으로 들어가서 하층 중산 계급의 가톨릭 아이들과, 말하자면 소규모 가게 주인과 상인의 아들들과 함께 어울려야 한다는 것이 이해가 되지 않았기 때문이다.

그러나 피치는 리에게 그곳의 가르침이 숙련되고 정직할 뿐만 아니라, 점잖은 체하는 싸구려 사립학교들은 안 다니느니만 못하다는 인상까지 심어주었다. 그래서 나는 말버러 스트리트로 보내져 당장 학교 밖에서의 계급을 잃었으며 프로테스탄트 젊은 신사가 말을 걸거나 같이 놀지 않을 그런 소년이 되었다.

그러나 학교 울타리 안에서는 그렇지 않았다. 그곳에서 나는 탁월한 존재였으며, 노는 시간에도 학생들과 놀지 않고 선생들이 산책하는 곳에서 선생들과 함께 그곳을 오르내렸다.

그 생활은 오래 가지 않았다. 나는 열세 살(1869년)이었고, 그곳 생활을 2월부터 9월까지 견뎌냈다. 나는 처음으로 나의 운명에 반항하면서 무슨 일이 있어도 모델 스쿨로 돌아가지 않겠다고 버텼다. 그 학교에 대해 나만큼 부끄러워하고 있었고 또 결코 단호하지 못했던 나의 아버지는 내가 길을 선택하도록 내버려 두었다. 그래서 나는 '아일랜드 내 프로테스탄트 학교들을 장려하기 위한 통합 협회'(Incorporated Society For Promoting Protestant Schools in Ireland)의 어느 주간 학교에서 점잖은 체하는 프로테스탄티즘으로, 그러니까 나와 어울리는 신분으로 돌아갔다. 그 학교는 아인저 스트리트에 위치했으며 '더블린 잉글리쉬 사이언티픽 앤드 커머셜 데이 스쿨'(Dublin English Scientific and Commercial Day School)이라 불렸다. 이 학교는 1878년에 문을 닫았다. 이것이 나의 마지막 학교 감옥이었다. 나는 열다섯 살이던 1871년에 매우 배타적이고 신사적인 부동산 회사의 사무원이 되기 위해 학교를 떠났다. 이 회사엔 프리미엄을 내고 일을 배우는 초심자들이 많았으며, 대부분 대학 졸업자인 초심자들은 쇼가 생각하는 상류 계급의 기준에 부합했으며 평범한 나를 포함해 모두가 미스터라는 호칭으로 불렸다.

아인저 스트리트에 있던 학교의 수업료는 학기마다 4파운드 외에 그림을 배우는 과외 활동을 위해 4실링을 더 냈으며, 이 돈이 나의 부모가 지불하겠다고 생각한 유일한 과외비였다. 일주일에 한 번씩 목사가 성경을 가르쳤지만, 우리는 그 시간에 그를 상대로 온갖 장난을 쳤으며 종교를 진지하게 받아들일 생각은 꿈에도 하지 않았다.

당시에 말버러 스트리트의 학교가 노동을 하는 "보통 사람들"의 학생들이 다니는 곳이 아니라 도매가 아닌 소매에 종사하는, 적절한 생계 수단을 가진 가톨릭 또는 프로테스탄트 교인들의 자녀들을 위한 실험적인 모델 학교라는 사실을 누군가가 설명해 주었더라면 내가 수치심을 떨쳐낼 수 있었을 것인지, 나는 자신 있게 말하지 못한다. 왜냐하면 나는 이미 쇼 가의 속물근성에 반기를 들고 있었고, 또 나의 아버지의 재단사가 도키에 시골 저택을, 도키 사운드에 요트를 두고 있었으며 자신의 아들들을 나보다 옷도 훨씬 더 잘 입히고 준비도 더 철저히 시키며 돈이 많이 드는 예비 학교와 대학에 보낼 수 있다는 사실을 알고 있었기 때문이다. 그런 사치스런 생활을 하는 아버지의 재단사에게 생활비를 제때 대지 못할 만큼 무일푼이나 다름없는 나의 아버지보다 사회적으로 열등한 등급을 매기는 것은 열두 살 반이었던 나에겐 90대인 지금 생각하는 것 못지않게 부조리해 보였다.

나는 완고한 프로테스탄트와는 거리가 아주 먼 소년 무신론자였으며, 기도를 불합리한 관행으로 여기고 꽤 고의적으로 포기하면서 무신론자라는 사실을 자랑스러워하고 있었다. 그리고 나의 어머니의 음악 활동이 내가 가톨릭 신자들을 곱게 보지 않는 사회적 편견을 버리도록 했으며, 아울러 가톨릭 신자는 죽으면 모두 지옥에 간다는 식으로 나에게 주입된 믿음도 버리도록 했다. 나의 정치적 학습은 한마디로 페니언단(團)[30]을 통해 배운 것이었다. 나는 불

30 1860년대에 주로 아일랜드·미국·영국에서 활동한 아일랜드 민족주의 비밀 결사.

합리하지 않았다. 정반대로 나는 이성에 지나치게 열려 있었다.

사실들은 늘 너무나 완강했다. 계급들은 서로 섞이지 않으려 들었다. 서로 다른 계급들이 결혼할 만큼 소득의 평등이 충분히 이뤄질 때에만 계급 분리가 허물어질 것이다. 내가 어렸을 때엔 그런 일은 아직 일어나지 않았다. 소득이 높아질 때에만 계급 분리가 무너지는 현상이 나타날 수 있었다. 내가 모델 스쿨의 흔적을 털어내고 여러 해가 지난 어느 날, 나는 아일랜드 귀족들 중 한 사람인 파워스코트 자작(Viscount Powerscourt)의 집에서 손님으로 점심을 먹었던 적이 있다. 그의 딸이 더블린으로 가기 위해 파티 현장을 먼저 떠났을 때, 나에게 변명삼아 설명한 것이 그녀가 그날 밤 더블린의 중요한 상인인 존 아노트(John Arnot) 경의 집에서 열리는 무도회에 참석해야 하기 때문이라는 것이었다.

나는 깜짝 놀랐다. 나의 시대에 그녀는 카운터를 사이에 둔 상태가 아닌 상황에서 상인과 대화를 했다가는 내가 모델 학교인지조차 모르고 그냥 가난하고 낮은 계층의 자녀들을 위한 평범한 "국립학교"로 여기며 모델 학교로 옮겼을 때처럼 완전히 배척당할 위험이 있었기 때문이다. 그러나 이런 일에 대해 누군가가 나에게 설명해 준 적은 한 번도 없었다. 아무도 나에게 세상 돌아가는 일에 대해 설명해 주지 않았다. 나는 그 후로 내내 무엇이든 스스로 발견하고 있었다.

왜 모델 학교가 나에게 다소 병적인 수치심을 안겨 주었을까? 빈곤과 누추함, 그리고 그런 것들이 낳는 인간 동물 종(種)에 대한 나의 미학적 혐오는 나보다 더 형편없는 옷을 입거나 보살핌을 제대로 받지 않던 소년들이 다니던 모델 스쿨에서 습득한 것이 아니라, 나의 보모가 공원에서 운동시킬 시간에 자기 친구들을 방문하면서 나를 데려갔던 그 빈민가에서 습득한 것이었다는 점을 나는 다른 곳에서 밝힌 바 있다. 나는 그 경험을 대단히 싫어했다. 아름다움과 세련이 필수 조건이었던 나의 예술가적인 기질이 가난한 사람들을 동료 인간으로 받아들이지 않고, 빈민가의 공동 주택을 인간의 적절한 주거지로 받아들이지 않았을 것이다. 나에게 빈민가는 살 수 없는 곳이었다. 그 과정에 확립된 정신 작용은 50년 정도 지난 뒤 희곡 '바바라 소령'(Major Barbara)을 낳았다. 이 작품 속에서 백만장자 성자인 앤드류 언더샤프트는 가난은 악덕의 자연스런 처벌이 아니라 사회적 죄악이며, 이 죄에 비하면 우리의 산발적인 살인과 도둑은 무시해도 좋을 정도라고 외친다. 세균학자로 유명한 나의 친구 암로스 라이트(Almroth Wright)가 훗날 질병 퇴치에 있어서 위생의 효과는 순수하게 미학적이라고 경멸하듯 말했을 때, 나는 그의 말에 진정으로 동의하면서 그가 세균의 자연사에 대한 자신의 모든 기여를 가려버릴 만큼 중요한 발견을 했다고 주장했다.

최종적으로, 정신분석가들로부터 야단을 들을 이야기이다. 80년 동안 나 스스로 말버러 스트리트의 에피소드에 대해 결코 언급할 수 없었음에도, 수치심에 따른 침묵의 습관을 깨뜨리며 가슴뿐만 아니라 뇌까지 깨끗하게 정리한 지금, 나는 완전히 치료되었다. 지금 유치한 수치심의 흔적은 전혀 없다. 그 수치심은 하나의 콤플렉스로 남아 있었던 것이 아니라 조금의 어려움도 겪지 않고 가볍게 털어낼 수 있는 습관으로 남아 있었던 것이다.

이것은 심리요법의 실패와 성공을 동시에 보여주고 있다. 주입된 습관은 외상의 성격이 있기 때문에 치료가 가능한 반면에, 선천적인 콤플렉스는 치료가 불가능하다. 만약 어떤 아이가 무오류의 존재(대부분 부모 중 어느 한쪽이다)로 여기고 있는 사람으로부터 터무니없거나 불가능한 이야기를 듣는다면, 그 아이는 그것을 절대적 진리로 받아들이면서 그것에 대해 스스로 추론할 수 있게 될 때까지 별 생각 없이 그것을 고수한다. 어쩌면 이 아이의 추론은 절대로 일어나지 않을 수도 있다. 어릴 때 우리 집을 방문했던 미스터 호튼(Haughton)이라는 사람이 유니테리언[31]이라는 소리를 들었을 때, 나는 아버지에게 유니테리언이 무엇이냐고 물었다. 그러자 아버지는 유니테리언은 예수가 십자가에 못 박힌 것이 아니라 갈보리 언덕 너머로 달아났다고 믿는 사람이라고 유머러스하게 대답해 주었다. 그런데 나는 그 말을 거의 30년이나 믿었다.

나 자신이 어린 시절에 저지른 실수도 나의 아버지의 농담처럼 나에게 끈적끈적 오래 달라붙었다. 학교에서 가르치는 대수의 a와 b, n, x를 양(量)이 아닌 실물로 잘못 받아들인 것도 그런 실수

....

31 삼위일체를 배척하는 기독교 종파.

중 하나이다. 사람들의 마음은 어린 시절의 이런 잔존물로 가득하다. 이런 잔존물을 버리게 될 때(이런 일이 일어날지는 모르지만), 사람들은 마음의 변화를 일으킨 근거가 된 사실들이 새로운 것이라고 곧잘 상상한다. 그러나 대개 이 사실들은 그 사람이 그때까지 살아오는 동안에 언제나 그의 얼굴을 똑바로 응시하고 있었던 것이다.

나는 어린 시절에 이미 성경이 전지하고 무오류인, 사람의 모습을 한 어떤 신이 구술한 말씀이라는 주입된 믿음을 포기했다. 그때 나는 '신약성경'이 아니라 '구약성경'을 세속화하는 것으로 타협을 보았다. 변하고 있었던 것은 나였지 증거가 아니었다. 현재, 여호와가 예수가 말한 "하늘에 계신 우리 아버지"와 극히 다른 부족의 우상이라는 명백한 사실도 기독교인들이 여호와와 예수를 똑같이 전능한 신이라고 부르는 습관을 고쳐주지 못한다.

내각의 장관과 차관들 중에서 신사가 아닌 프롤레타리아가 다니는 학교 출신이 많은 지금, 잉글랜드와 스코틀랜드, 미국 독자들은 내가 모델 스쿨의 비밀을 그렇게 은밀히 간직하고 있었던 이유를 이해하기가 쉽지 않을 것이다. 그러나 빈곤한 곳에서는 지금도 여전히 변화가 전혀 없다. 육체노동자들과 신사들은 뚜렷이 구분되는 종으로 남아 있다. 내가 태어났을 당시에 아일랜드는 훨씬 더 열악했다. 열차는 일등석과 이등석, 삼등석이 있었으며, 부인과 신사는 삼등석으로 여행할 수 없었다. 삼등석 열차의 좌석에는 쿠션이 전혀 없었다. 남자 승객들은 독한 담배를 피워댔고, 침을 마구 뱉곤 했다. 남자 승객들은 무릎을 묶은 코르덴바지를 입고 깃이 없는 셔츠를 걸쳤다. 그런데 이 셔츠를 얼마나 오랫동안 빨지 않았는지, 그 냄새가 이등석 승객들의 코를 찔렀다. 그들 중에서 글을 읽거나 쓰는 사람은 아무도 없었다.

그들에게 모델 스쿨은 아무리 사회적 포부를 크게 키우더라도 절대로 다닐 수 없는, 귀족적인 중산층 대학이었다. 그들은 도시에서는 빈민촌 공동주택에서 살았고 시골에서는 흙바닥의 오두막이나 세를 낸 낡은 외양간에서 가축과 함께 살았다. 그들의 주위에 학교가 있다면, 그런 학교는 '래기드 스쿨'(Ragged Schools)[32]이라 불렸다. 그들의 부인들은 박람회에 가거나 종교 의식에 참석하는 등 특별한 행사에만 구두를 신고 양말을 신었다. 그럼에도 불구하고 그들은 인간이었고 가끔은 성인(聖人)다운 모습을 보였으며, 상원에서처럼 자연의 신사 계급과 자연의 비천한 계급으로 뚜렷이 나뉘었다. 그들도 나름대로 계급 속물근성으로 꽉 차 있었다. 잉글랜드 마을에 여성 협회(Women's Institutes)를 설립하려고 노력해 본 사람은 그 같은 사실을 잘 알고 있다. 마을의 여자들 중에서 어느 누구도 사회적으로 동등한 존재로서 서로를 만나려 하지 않기 때문이다.

그러나 그런 공통적인 인간의 속성이 계층들을 서로 섞어놓지

32 19세기 영국에서 빈민 어린이들을 위해 무료 교육을 실시했던 자선 단체.

못한다는 점을 나는 반복해야 한다. 부엌과 거실을 갖출 만큼 큰 집 어디를 가든, 애완견은 하인들과도 그 집 주인들과 있을 때만큼 편안하게 지내지만, 인간 동물들은 철저히 분리되어 지낸다. 나는 부엌과 거실이 있는 집에서 태어났으며 1년에 현금으로 8파운드를 지급하는 "숙련된 하인"을 언제나 적어도 한 사람을 두고 있었는데, 이 하인 역시 지하실에서 잠을 잤다.

따라서 점점 목소리를 높이고 있는 사회주의에 의해 아무리 변화한다 하더라도 극단적인 형태의 계급 분리가 여전히 만연하고 있다. 프롤레타리아 계급의 절대 다수가 흑인이거나 황인종인 나라에서는 겉으로라도 평등을 추구하려는 노력도 전혀 없고 인간적인 유사성을 인정하려는 기미도 전혀 없다. 나는 그 치유책이 모든 계층에게 옛날의 제도를 받아들이라고 강요하는 데 있는 것이 아니라, 계층들이 분리되어 있다는 사실을 직시하고, 프롤레타리아 학교들과 하층 중산층 학교들, 이튼 학교 같은 상류 계층 학교들, '짐 크로 카'(Jim Crow car)[33] 같은 것들을 서로 다른 것으로 허용하는 태도에 있다고 생각한다. 오늘날 사회적 계층 상승은 자치 단체와 폴리테크닉[34]의 장학금 수혜자들이 이튼 학교 졸업자들의 영역을 뚫고 들어가도록 하는 것으로 여겨지고 있지만, 그런 장학금 수혜자들은 "자신들끼리 똘똘 뭉쳐야" 하고, 자신들의 평등을 강조

....

33 미국에서 1892년에 통과된 법에 따라 흑인을 위해 별도로 만든 객차를 말한다.

34 대학 수준의 기술 전문학교.

할 것이 아니라 모든 가능한 근거들을 바탕으로 선택된 종으로서 자신들의 탁월성을 강조해야 한다. 흑인은 '짐 크로 카'를 반대할 것이 아니라 그런 것을 고집하면서 거기서 "가난한 백인들"을 배제해야 한다. 유대인은 평등한 존재로서 반(反)유대주의자에 대항할 것이 아니라, 여호수아가 가나안 사람들과 맞설 때 그랬던 것처럼 반유대주의자들을 다스리도록 신에게 선택된 그런 탁월한 존재로서 그들에게 대항해야 한다. 오직 이런 노선을 취할 때에만 유대인들은 스스로를 계발하기 위해 최대한 열심히 노력하고, 그러다 보면 유대인들의 문화가 일반화되면서 결혼을 통한 평등이 가능해질 것이다. 내가 아일랜드의 자작들이 아일랜드 셀프리지 백화점 경영자와 서로 왕래하며 지낸다는 사실에서 확인한 것이 바로 그런 것이었다.

'아일랜드 내 프로테스탄트 학교들을 장려하기 위한 통합 협회'의 학교는 학비가 싸고 프로테스탄트이고 웨슬리언처럼 품위 있으면서도 대학 교육을 준비하는 것처럼 꾸미지 않았으며, 교과목에서 고전을 노골적으로 배제했다. 그 학교는 나의 아버지처럼 트리니티 칼리지에 보낼 능력이 없는 아버지들의 아이들을 위한 곳으로, 목표는 학문을 위해 훈련을 시키는 것이 아니라 장사를 할 수 있도록 훈련을 시키는 것이었다. 고등 수학에 특별한 취미를 가졌던, 나이가 많은 소년들 두세 명은 별도의 학급에서 배운 것이 아니라 같은 학급 안에서 따로 앉아 자기들끼리 공부했다. 이유는 그들 외에는 누구도 그들을 가르치는 시늉조차 하지 못했기 때문이다. 교장은 서재에 앉아서 소년들이 회초리를 맞으러 오는 경우를 제외하고는 학생들과 일체 접촉을 하지 않았다. 윌리엄 글래드스턴(William Gladstone) 잉글랜드 수상이 아일랜드 성공회를 영국 성공회로부터 분리시켰을 때, 교장은 그 같은 "대체"에 따른 자격을 새로 얻기 위해 아일랜드 성공회의 성직을 얻을 준비에 매진하고 있었다. 가르치는 방법은 다시 웨슬리언의 방법이었다.

그러나 나는 웨슬리언에 다닐 때와 똑같은 인간이 아니었다. 내가 희곡 '인간과 초인'(Man and Superman)에서 도덕적 열정으로 묘사한 자연적 성숙이 내 안에서 일어났던 것이다. 웨슬리언에 다닐 때, 나는 나의 과목을 배울 생각도 하지 않았고, 공통의 적이자 사형집행관인 교장에게 진실을 말할 생각도 하지 않았다. 나의 양심의 가책은 모델 스쿨에서 시작되었으며, 아인저 스트리트에서 수석 학생으로서 거짓말은 나의 새로운 도덕적 존엄에 걸맞지 않았다. 나는 수석 학생의 자리를 던(Dunne)이라는 이름의 학생과 공동으로 차지했는데, 웨슬리언에서도 나와 함께 공부했던 이 학생은 얼마나 조숙했던지 열여섯 살쯤에 이미 주교의 풍모와 도덕적 분위기를 풍겼다. 그래서 나는 학급 공부를 열심히 함으로써(아주 사소한 문제였다) 명성을 지켜나가야 했다. 나는 학교 규율과 관련해서는 딱 한 차례 마찰을 일으켰다. 어떤 비행이 저질러졌는데, 그때 교장이 처벌할 사람을 찾아내기 위해서 모든 학생들에게 돌아가면서 네가 범인이냐는 식으로 물었다. 나는 어떤 학생도 법적으로 자기에게 불리한 증언을 하지 않을 권리가 있고 또 심문은 소년이 거짓말을 하도록 유혹할 수 있다는 점을 근거로 교장에게 대답하기를 거부했다. 그러고 나서 하루가 지나고 이틀이 지났다. 그 사이에 나는 끔찍한 처벌이 내려질 것이라고 짐작하고 있었지만, 그 일에 대해서는 더 이상 아무 말도 들리지 않았다. 그 상황이 우리를 가르치던 선생들에겐 새로운 사건이었기 때문이다. 권위자들은 자신이 어떻게 처리해야 할지 모르는 상황에 처하는 경우에 오직 그 전과 똑같이 할 수 있을 뿐이다. 내가 전례가 없는 상황을 야기했기 때문에, 선생들은 아무 조치도 취하지 않았지만, 그런 심문도 더 이상 없었다. 그것이 내가 이룬 첫 번째 개혁이었다.

모델 스쿨에서 나는 이미 또 다른 방향으로 나의 주장을 내세웠다. 역사에서 읽기 수업은 아일랜드를 무시하고 잉글랜드를 미화했다. 나는 언제나 그런 찬가가 나오면 잉글랜드를 아일랜드로 바꿔 읽었다. 그러는 나를 보고 소년들은 나에게 무슨 일이 벌어지는 것이 아닌가 하고 걱정했다. 그러나 선생은 미소만 지을 뿐 아무 말도 하지 않았다. 사실 나는 정치적 견해라는 측면에서 보면 그 소년들과 마찬가지로 어린 페니언단이었다.

아인저 스트리트에서 벌어진 사건이 하나 더 있다. 교장 선생님의 아내가 갑작스레 병에 걸렸기 때문에, 나의 학급에 교장의 감시 없이 한 시간 이상 동안 학생들만 있었던 적이 있었다. 그때 교장은 우리에게 떠들지 말라는 말만 남겼다. 우리는 아마 1분 정도 조용했을 것이다. 이어 우리는 고함을 지르고, 교실에 있던 온갖 것을 부수며 "본모습"을 드러냈다. 나도 나머지 학생들과 똑같이 했다.

그 경험이 나에겐 잊히지 않았다. 여러 해가 지난 뒤 나는 어른들 사이에도 똑같은 일이 벌어지는 것을 두 번 목격했다. 한 번은 정기 여객선의 일등급 승객들 사이에서, 또 한 번은 페이비언 협회(Fabian Society)[35]의 어느 잔치에서 일어났다. 그것이 러시아의 교육용 영화에 실린 것을 보았을 때에도 나는 놀라지 않았다. 그 일은 나에게 부르주아 문명의 겉치레가 얼마나 얇은지를 가르쳐 주었다. 또 그 일은 기껏해야 셰익스피어나 디킨스에 불과한 내가 타고난 지도자들과 통치자들이 없는 상태에서도, 자유를 구실로 하는 무제한적 참정권에 의해, 그러니까 정치적 교육을 받지 않은 모든 사람들이 무자격의 하찮은 집단을 선출하는 그런 무제한적 참정권에 의해서도 민주적인 문명이 성취될 수 있다고 설득 당할 수 있는 이유를 가르쳐 주었다. 처음 선출된 하찮은 집단이 나폴레옹 같은 인간들로 구성될 것이고, 이 인간들이 거의 틀림없이 히틀러 같은 인간이 될 것인데도 말이다.

....

35 시드니 웹과 조지 버나드 쇼 등이 1884년에 영국 런던에서 창설한 점진적 사회주의 단체.

스케치 #5

나의 사환 시절

길버트(William Schwenck Gilbert)와 설리번(Arthur Sullivan)의 어느 오페라를 보면, 승진한 영국 사환이 자신이 어떻게 창문을 닦고 마루를 쓸고 커다란 정문 손잡이의 광을 냈는지에 대한 이야기를 들려준다. 나는 그렇게 신사적이지 않은 일은 전혀 하지 않았다. 사무실은 아주 품위 있는 아일랜드 부동산 중개 회사였다(당시에 아일랜드에서는 부동산 중개가 전문 직종으로 꼽혔다). 토지감정국(Land Valuation Office)의 책임자였던 아버지 쪽 친척인 프레데릭 쇼(Frederick Shaw)의 소개를 받았기 때문에, 나는 그런 종류의 노동은 할 수 없었으며 스스로를 사무원이라고 불렀다. 1년에 18파운드를 받는 조건으로, 나는 외부에서 오는 편지들을 정리하고 필요할 때면 편지들을 찾아왔다. 밖으로 나가는 편지는 발송하기 전에 압착식 복사기로 복사를 했다. 내가 갖고 있던 유일한 계좌는 우표 계좌였다.

나는 심부름하는 소년으로서 임대차 계약서에 승인 도장을 찍기 위해 세관을 드나들었으며, 그래서 '리틀 도릿'(Little Dorrit)[36]에서 읽은 '번문욕례청'(繁文縟禮廳: Circumlocution Office)[37]의 무례함을 직접 경험할 수 있었다. 나의 점심은 1페니짜리 롤빵이었으며, 나는 그것을 사러 밖에 나가야 했기 때문에 나머지 직원들의 점심까지 같이 사왔다. 그 시대에 점심은 본격적인 식사가 아니었다. 기껏 점심은 스낵일 뿐이었다. 훗날 나는 그런 점심에 대해 아무것도 모르는 늙은 배우들과 충돌을 빚기도 했다. 늙은 배우들은 젊은 연기자들이 간단한 스낵을 먹기 위해서 리허설을 중단하거나 일을 중단하는 이유를 이해하지 못했다.

학교에서와 마찬가지로, 사무실에서도 아무도 나에게 일에 대해 설명해주지 않았다. 이상한 어떤 일이 나를 괴롭히고 있어도, 나는 겨우 "지난번에 어떻게 했는지 보도록 하라."는 정도의 조언만 들을 뿐이었다. 이런 경험 덕분에, 나는 행정 당국이 기존의 확립된 일상적인 일을 계속하는 것 외에 아무것도 생각하지 못하고 있을 때, 유능한 군주나 지도자, 독재자가 나타날 때까지 그 긴 기간에

....

36 찰스 디킨스의 소설.

37 절차 등이 까다로워 실무가 더디기만 한 관청을 뜻한다.

정치 헌법(Political constitution)[38]이 절실히 필요하다는 지식을 얻게 되었다. 나는 경험을 바탕으로 배우고 일반화하는 드문 능력을 갖추고 있었다. 물론, 당시에는 그런 능력이 드물다는 것을 몰랐고 또 그 능력에 전혀 아무런 중요성을 부여하지 않았다. 나는 토지 중개에는 전혀 관심을 두지 않았지만, 관찰은 많이 해 두었다. 이때의 경험이 헨리 조지(Henry George)가 토지의 정치적 의미에 대해 설명할 때 많은 도움이 되었다. 당시에 나는 그냥 상업 활동을 싫어했으며 그것에 대해 정치적으로 생각하지 않았다.

한 1년 정도 근무한 뒤의 일이다. 그 사무실에서 가장 바쁜 자리, 그러니까 선임 출납원의 자리가 갑자기 공석이 되었다. 선임 출납원은 고객들을 대신해 은행 업무를 처리해야 할 뿐만 아니라 수표를 받거나 끊고 임대료와 이자와 보험과 개별 수당 등을 계산하는 등 온갖 일을 다 해야 하기 때문에 아주 바쁜 자리일 뿐만 아니라 신뢰도 요구되는 자리였다. 그 자리가 너무나 갑작스럽게 비었기 때문에, 나이도 있고 인품도 갖춘 출납원이 새로 올 때까지 내가 그 공백을 메워야 했다. 그러나 내가 그 일을 하는 데 전혀 어려움을 겪지 않았고 또 전임자의 글씨체를 모방하면서 비뚤비뚤하던 나의 글씨를 간결하게 바꾸는 데 성공했기 때문에, 게다가 나의 임금이 48파운드(당시 임금은 24파운드였다)로 배가 뛰는 것이 상당한 발전이었기 때문에, 나이든 출납원을 구하는 것이 처음에 연

38 입법부가 행정부를 견제하는 중요한 기능을 하도록 정한 헌법을 말한다.

기되었다가 나중에는 취소되기에 이르렀다. 그래서 나는 개인적으로 가진 돈이 얼마인지는 제대로 안 적이 없어도 회사 구좌의 금액만은 1파딩[39]도 어긋나지 않게 관리했다. 이제 나는 더 이상 사환이 아니었다. 사무실 직원 누구와도 동등한 선임 출납원이었으며, 사무실 안에서 가장 바쁘고 책임이 무거운 존재였다.

그러나 나의 가슴은 상업 활동에 있지 않았다. 나는 집세를 낼 때마다 다시는 집세를 내지 않을 수 있었으면 좋겠다는 생각을 품지 않은 적이 없었다. 그럼에도 나는 모험심이 아직 많이 부족하고 내성적이고 세상사 앞에서 무력했기 때문에(나 자신은 이와 정반대인 것처럼 꾸미고 있다고 믿고 있었음에도 불구하고) 나 자신이 6개월마다 집세를 다시 내고 있는 것을 발견했다.

한편, 사무실은 품위 있는 전문 직종의 일을 배우기 위해 고액의 프리미엄을 지급한 일단의 신사 초심자들을 접할 기회를 나에게 보장해 주었다. 이 초심자들은 많은 돈을 내놓고도 내가 가르쳐주는 오페라의 아리아 한 토막 외에는 배우는 것이 거의 없었다. 언젠가는 초심자 하나가 세면대 위에 앉아서 세면대를 가리고 있던 가림판을 만리코[40]가 갇힌 성채 감옥으로 여기며 그 위로 얼굴만 내민 채 '아, 케 라 모르테'(Ah, che la morte)를 너무나 열정적으로 불렀던 때가 기억에 남아 있다. 이 초심자는 회사의 선임 파트너가

....

39 영국의 옛 화폐로 4분의 1페니였으며, 1961년에 폐지되었다.

40 베르디의 오페라 '일 트로바토레'에 등장하는 주인공.

갑자기 사무실로 들어오는 것을 모르고 있었고, 선임 파트너는 가림판 위의 슬픈 얼굴을 놀란 눈으로 응시하다가 그 상황에 완전히 충격을 먹고는 위층으로 달아났다.

그런 식으로 나는 사무실에서 어느 정도 재미를 느끼면서 대학 교육을 마친 남자들의 집단을 경험할 수 있었다. 그러나 나는 나의 직책과 일을 혐오했다. 그래서 나는 1876년에 사무실을 그만두고 무작정 런던으로 가서 와이트 섬에 살던 누나 아그네스가 죽은 직후에 그곳에 있던 어머니와 합류했다.

언급할 만한 것이 한두 가지 더 있다. 내가 그 사무실에 들어가고 조금 뒤에, 토지감정국의 고위 관리가 소개한 젊은이인 내가 독실한 프로테스탄트 신자로 교회에 다니는 사람이 아니라 그 시절에 '인피들'(Infidel)이라고 불리던 회의론자라는 사실이 드러났다. 그래서 논쟁이 벌어졌다. 그런 자리에서 나는 어리고 변증법을 익히지 않은 탓에 공격을 심하게 당했다. 험프리 로이드라는 초심자는 "당신이 삼단 논법을 모르는데 논쟁을 벌여봐야 무슨 소용이 있겠어?"라고 말했다. 나는 사전을 뒤져 삼단 논법이 무엇인지를 알아냈으며, 이어서 몰리에르의 작품에 나오는 부르주아 주인공처럼 나 자신이 그것이 뭔지도 모르는 가운데 언제나 삼단 논법으로 추론해 왔다는 사실을 깨달았다.

그 문제는 나의 선임 고용자였던 찰스 유니애크 타운센드(Charles Uniacke Townshend), 그러니까 국교회의 기둥이고 로열 더블린 소사이어티의 기둥이고, 더블린에서 받칠 수 있는 모든 것들의 기둥이었던 그 사람의 귀에까지 들어갔다. 그러자 타운센드는 나의 양심의 자유를 존중하면서 나를 설득하려 들지도 않았을 뿐만 아니라 나의 종교나 무신앙에도 간섭하지 않았으며 단지 그런 문제를 사무실 안에서 논하지 않겠다는 약속만 요구했다. 나는 나의 양심에 반하는 줄 알면서도 그에게 그러겠다고 약속했다. 나의 생계가 걸려 있어서 그랬던 것이 아니라(나는 나 자신이 타고 갈 보트를 불태우는(배수진을 치는) 일에 주저한 적이 한 번도 없었다), 그런 제약 속에 영원히 살 뜻이 없었기 때문에 그랬다. 그 일은 나로 하여금 토지 중개인과 사무실 생활을 중요한 커리어로 여기지 않도록 만들었다. 나는 그런 약속을 한 데 대해 수치심을 느꼈다. 내가 그곳을 떠난 뒤에 나의 고용자들이 나의 아버지의 요구를 받아들여 나에게 그럴 듯한 추천장을 써주었을 때, 나는 이유도 없이 그런 요구가 있었다는 사실 자체에 화가 났다. 그러나 지금(1947년)은 오히려 그 서류를 자랑스럽게 여기고 있다.

그럼에도 불구하고 나는 절대로 나 자신의 가치와 운명에 대해 뚜렷하게 자각하지 못했다. 그런데 '아, 케 라 모르테'를 아주 열정적으로 불렀던 그 초심자가 어느 날 모든 소년이 자기를 두고 위대한 인물이 될 것이라고 생각하고 있다고 말하는 것이 아닌가. 이 초심자의 말이 나에게 큰 충격을 안겨주었다. 그 충격이 돌연 나로 하여금 비록 나 자신이 셰익스피어나 셸리(Percy Bysshe Shelley),

모차르트(Wolfgang Amadeus Mozart), 프락시텔레스(Praxiteles)[41], 미켈란젤로(Michael Angelo) 등의 반열에 오를 인물이라는 점을 보여준 것이 거의 없음에도 불구하고 사무실 일이 나의 곤경이라는 생각을 품도록 만들었다. 출납원으로 승진한 사환에 지나지 않는 주제에 그럼 꿈을 꾸고 있었으니, 정말 가관이었다. 그런 한편으로 나의 망설임과 소심함은 나에게 '너는 무식한 얼간이에 지나지 않아.'라고 속삭이고 있었다. 그러나 나의 책상과 금고가 나에게 일상적인 일을 습관처럼 일깨워주었으며, 백일몽을 꾸고 있을 것이 아니라 뭔가를 배워야 한다고, 전문적인 기술과 연습, 효율성이, 한마디로 말해 숙달만이 나에게 유익할 수 있다고 가르쳤다.

나의 사촌들이 자신들의 고조부가 부쉬 파크의 로버트 쇼 경의 고조부와 같다는 사실에서 끌어내는 그런 종류의 침착은 나에게 어울리지 않았다. 당신도 예술계에 속한다면 남작 같은 것에 별다른 인상을 받지 않게 된다. 나는 나 자신이 하고 싶었던 것을 전혀 할 수 없었기 때문에 늘 수치심을 느끼고 있었으며 불행했다. 나는 유니애크 타운센드의 현금을 책임지면서 그것을 훔치는 것은 꿈에도 생각하지 않을 수 있었지만(나이가 더 들면서 나는 나의 예술적 재주 중 많은 것이 '기록 담당 천사'의 문서에서는 훨씬 낮게 평가될 수 있다는 것을 깨달았다), 당시에 그것은 전혀 중요하지 않았다. 그것은 내가 싫어하는 일을 할 수 있는 자질일 뿐이었다.

....

41 고대 아테네의 조각가(B.C. 395- B.C. 330).

비록 나 자신은 그 활동을 그런 것으로 여기지 않았지만, 이 기간에 문학 활동이 시작되었다. 오랜 학교 친구인 매튜 에드워드 맥널티(Matthew Edward McNulty)가 아일랜드 은행의 관리가 되어 뉴리 지점에 발령을 받았다. 훗날 아일랜드인의 삶에 관한 소설을 3편 쓴 그 맥널티 말이다. 상황이 우리 둘을 너무나 철저히 갈라놓은 탓에 학교를 마친 뒤로는 서로 만나지 못했지만, 이 친구와 나는 상상력이 풍부한 천재였기 때문에 서로 우정을 쌓았다. 소년 시절에 우리는 편지를 계속 주고받았다. 투박한 그림을 삽화로 넣고 풍자적인 희곡으로 감정을 더욱 생생하게 살린 편지를 서로에게 아주 많이 썼다. 당시에 편지는 답장을 쓰는 즉시 폐기해야 하는 것으로 여겨졌다. 이유는 스스럼없는 우리의 영혼의 이야기들이 낯선 사람들의 손에 들어갈 가능성을 좋아하지 않았기 때문이다.

그와 같은 집에서 하숙을 하게 되면서, 나는 대단히 소중한 지인을 한 사람 얻게 되었다. 이 사람이 바로 전화기의 발명자인 그레이엄 벨(Graham Bell)의 사촌이고, 따라서 '시화법'(視話法)이라는 표음문자를 발명한 멜빌 벨(Melville Bell)의 조카인 치체스터 벨(Chichester Bell)이었다. 그의 아버지는 『표준 웅변가』(Standard Elocutionist)의 저자인 알렉산더 벨(Alexander Bell)이며, 이 지구 위에 살았던 인간들 중 최고로 위엄 있고 당당한 사람이었다. 알렉산더 벨은 나의 옛날 학교, 그러니까 지금은 웨슬리 칼리지가 된 웨슬리언 커넥셔널의 웅변 교수를 지냈다. 치체스터 벨은 독일로 가서 헬름홀츠(Helmholtz)의 학교에서 화학과 물리학 연구에 헌신했던 탁월한 의사였다.

치체스터 벨과 나의 교류는 나에게 매우 유익했다. 우리는 이탈리아어를 함께 공부했다. 이때 나는 이탈리아어를 배우지 않았지만 그 외의 다른 것에 대해, 물리학과 병리학에 대해 아주 많은 것을 배웠다. 나는 존 틴들(John Tyndall)과 아르망 트루소(Armand Trousseau)의 『임상 강의』(Clinical Lectures)를 읽었다. 그리고 내가 바그너(Richart Wagner)를 중요하게 받아들이도록 만든 것도 벨이었다. 당시에 나는 이류 군악대가 연주하던 '탄호이저'(Tannhäuser) 행진곡 외엔 바그너에 대해 들은 것이 없었으며, 그때 내가 유일하게 한 말은 제2 주제는 칼 베버(Carl Maria von Weber)의 '마탄의 사수'(Der Freischütz) 서곡의 그 유명한 분위기를, 말하자면 변화가 뚜렷한 소절들이 끌어내는 분위기를 베낀 듯하다는 것이었다. 벨이 바그너를 위대한 작곡자로 존경하고 있다는 사실을 안 다음에, 나는 더블린의 악기 가게에서 구할 수 있는 유일한 작품이었던 '로엔그린'(Lohengrin)의 악보를 구입했다. 첫 몇 소절이 나의 생각을 완전히 바꿔놓았다.

이 일이 나로 하여금 우리 가족이 해체되고 어머니가 런던으로 갔을 때 그때까지 나의 삶 내내 나의 양식이 되어 주었던 음악을 갑자기 박탈당했다는 느낌을 받았다는 사실을 떠올리게 한다. 그래도 피아노는 그대로 남아 있었다. 그때까지 손가락 하나로 건반을 하나 툭 두드리는 외에는 건드린 적이 전혀 없었지만 말이다. 절망에 빠진 나는 건반 그림이 그려진 피아노 교본을 하나 샀다. 그때 나는 어머니가 갖고 있던 '돈 조반니'(Don Giovanni) 악보를 끄집어내서 서곡을 연주하려고 애를 썼다. 첫 코드의 음표를 손가락으로 짚는 데에도 몇 분이 걸렸다. 내가 베토벤(Ludwig von Beethoven)의 심포니들과 내가 아는 모든 오페라와 오라토리오의 악보를 놓고 몸부림을 치면서 겪은 고통은 말로 표현하지 못한다. 나의 집에 있던 다른 모든 사람들이 인내해야 했던 고통도 마찬가지다. 결국엔 나는 무엇이든 서투르게나마 연주할 수 있을 만큼 배웠다. 나는 건반을 통달한 적이 결코 없었지만, 런던에 정착한 초창기에 리듬 악기를 자주 연주했다. 한 번은 긴박한 상황에서, 그러니까 워털루 로드의 빅토리아 극장(올드 빅)에서 시민을 위해 열린 '일 트로바토레' 공연에서 내가 오케스트라의 빈 자리를 큰 사고 없이 메웠는데, 실은 온화하고 조심스러운 지휘자에게 나의 템포를 강요한 셈이었다.

그러나 이것은 나의 사무실 생활의 밖이었다. 나의 이주가 1876년에 직장 생활에 종지부를 찍었다.

스케치 #6

더블린 직장 생활 마감

더블린에서든 다른 곳에서든, 무엇이 한 사람의 인간을 사무원으로 바꿔놓는가? 당신은 베두인 족을 사무원으로 만들지 못한다. 그러나 영국인은 꽤 쉽게 사무원으로 만들 수 있다. 당신이 영국인을 사무원으로 만들기 위해 해야 할 것은 그 영국인이 중산층 가정에서, 그러니까 그를 부양하지도 못하고, 그에게 사업 자금도 대주지 못하고, 교육도 읽기와 쓰기, 계산 능력을 배우는 그 이상으로 시키지 못하면서도 아들이 기계공이 되면 불만을 느낄 그런 아버지가 있는 가정에 태어나게 하는 것뿐이다. 이런 상황들을 고려한다면, 가난한 사람이 사무원이 되는 외에 달리 무엇이 될 수 있겠는가?

나는 스스로 사무원이 되었다. 정부 부처의 고위 관리로서 사람들에게 강요할 수 있는 예외적인 기회를 누렸던 아버지 쪽 친척이 매우 품위 있는 사무실에 자리를 하나 쉽게 얻어 주었다. 이 친척은 아마 마음에 들지 않는 사람이 있으면 방해할 수 있는 힘을 지녔던 것은 말할 필요도 없을 것이다. 만약 내가 신중한 태도를 부정하면서 거기서 달아나지 않았다면, 나는 아마 지금도 거기에 있었을 것이고 천재성 있는 전문가가 되었을 것이다. 나는 "왜 당신은 내가 한 대로 하지 않지?"라고 말할 수 있을 만큼 성공한 사람은 아니다.

대단히 소중한 의무들을 소홀히 하면서 지낸 세월이 아주 길었다는 자각이 들 때면, 나는 가끔 나 자신이 그 사무실로 다시 돌아가 있는 꿈을 꾼다. 꿈속에서 나는 오전에 은행에서 돈을 찾지도 않고 오후에 돈을 맡기지도 않았다. 보험료도 지급하지 않았고, 임대료도 지급하지 않았으며, 주택 융자 이자도 내지 않았다. 사유지는 모두 매각되었음에 틀림없고, 미망인들과 고아들은 굶주려야 했음에 틀림없고, 저당 잡힌 물건은 다 날아갔음에 틀림없다. 아일랜드의 지주 계급이 전반적 파산과 혼란, 무질서에 무너졌다. 이 모든 일은 너무나 이상하게도 내가 여러 해에 걸쳐 일상적 의무를 게을리 한 탓에 생긴 일이었다. 정말 기이하게도 이 기간에 나뿐만 아니라 사무실의 다른 모든 사람도 조금도 더 성숙하지 않았다. 나는 대체로 나의 윗사람들에게 나의 인생 말년에나 얻게 될 그런 권위를 보이면서 거기에 무슨 일이 일어났는지, 그리고 나처럼 신뢰가 없는 사람을 책임이 막중한 자리에 앉힐 것인지 묻다가 잠에서 깨어났다.

어떤 면에서 보면 나는 대부분의 사무원들보다 더 나은 시간을 보냈다. 그 사무실에 있던 나의 동료들은 대부분 대학을 졸업한 사람으로서 사회적 지위가 괜찮은 초심자들이었다. 나도 그들과 같은 사회적 지위에 속하는 것처럼 행동했다. 회사 일로 출장을 가면서 일등석으로 여행을 해도, 나의 비용을 문제 삼는 사람은 전혀 없었다. 그러나 나는 실무자가 되기 위해 훈련을 받는 젊은이로 여겨지고 있었기 때문에 4년 반 근무하는 동안에 대부분 책임이 상당히 따르는 자리에서 일을 하면서도 생활 임금(living wage)[42]을 절대로 받지 못했다. 그 자리는 내가 말단 사무원일 때 갑자기 비게 되었다. 성격상 반나절도 공석으로 둘 수 없는 자리였기 때문에, 내가 임시방편으로 거기에 앉았고, 다른 대리자들과 마찬가지로 나도 어쩌다 앉게 된 자리에 그대로 남았다. 만약 내가 하루 종일 사무실에 갇혀 지내게 될 것이라는 사실을 알았다면, 당연히 나도 더 높은 자리와 더 다양한 일, 더 큰 책임을 선호했을 것이다.

그것은 임금의 문제가 아니었다. 나도 나에게 주려는 임금 중 가장 높은 금액을 받을 준비가 되어 있었지만, 1년에 18파운드였던

....

42 최저임금으로 보장하기 어려운 주거와 교육, 문화비 등을 고려해 노동자의 삶의 질을 실질적으로 향상시키기 위한 급여 개념이다.

초임을 그대로 받으면서 말단 사무원 일을 할 것인지 선임 파트너 일을 할 것인지를 물었다면, 나는 조금의 망설임도 없이 선임 파트너 일을 택했을 것이다. 훗날 사회주의 운동을 적극적으로 벌였을 때, 나는 일의 불평등이 임금의 불평등을 낳는다는 일반적인 가정 앞에서 당황했다. 그때 나는 경험을 바탕으로 다른 조건이 다 똑같다면 일의 수준 자체가 높을수록 그것을 처리할 수 있는 사람들의 숫자가 적어진다고 대답할 수 있었다. 만약 나의 고용주들이 나에게 파출부 일을 할 것을 요구했다면, 그들은 그 일에 대한 나의 반감을, 나를 승진시켰을 경우에 나에게 실제로 지급하게 될 돈의 20배로 임금을 올림으로써만 극복할 수 있었을 것이다.

나의 고용주가 나에게 지급한 돈과 나의 생활비의 차이를 나의 아버지가 메워야 했기 때문에, 엄격히 말하면 나의 고용주는 나의 아버지가 땀을 흘리도록 만든 셈이었다. 나의 고용주는 아일랜드 지주들의 사유지를 대신 관리해주고 있었다. 그 사업은 대리인들이 간혹 총을 맞는 그런 일이었다. 따라서 아일랜드를 먹여 살리던 산업이 나라를 피 흘리게 만들어 죽게 하는 산업에 착취당하고 있었다고 할 수 있다. 어떤 원한을 품고 하는 말이 아니다. 왜냐하면 세월이 흐르면서 나도 사유지를 물려받아 아일랜드의 부재지주도 되고 부동산 중개인도 되었기 때문이다. 따라서 나는 지금 지주 제도가 언제나, 또 반드시 나쁜 것은 아니라는 입장이다. 이유는 아일랜드에도 사유지로 인해 피해를 입고 있는 지주들이 있기 때문이다. 말하자면, 사유지가 지주들에게 안기는 것보다 지주들이 사유지에 들이는 비용이 더 많다는 뜻이다. 내가 아내를 설득시켜 사유지를 팔도록 할 때까지, 아내가 가진 아일랜드 사유지는 그녀에게 매년 600파운드의 비용을 안겼다.

나는 1876년에 아일랜드를 떠나면서 직장생활로부터 달아났다. 그때 나이가 스무 살이었다. 내가 다시 고향땅을 밟은 것은 그로부터 30년도 더 지나서였다. 어떤 공상이 나로 하여금 그 옛날의 사무실 앞을 지나가도록 만들었다. 거기에 들어갈 일이 전혀 없었는데도 말이다. 그때 마침 '선서 관리관'(Commissioner of Oaths) 앞에서 증언해야 할 서류가 주머니에 들어 있었다. 나는 옛날의 문을 지나치면서 2층에 선서 관리관의 사무실이 있는 것을 보았다. 그 사무실에서 나는 선서 관리관의 사무원으로부터 따뜻하게 환영을 받았다. 사무원은 태도가 아주 훌륭하고 존엄이 느껴지는, 프록코트[43]를 걸친 신사였다. 그는 자신의 상관이 외출중이라는 사실에 대해 아주 미안하게 생각했다. 이어서 우리는 격의 없이 담소를 나눴다. 그 과정에 나는 "30년 전에 나도 아래층의 부동산 회사의 사무원이었어요."라고 말했다.

그 즉시 그의 태도가 확 바뀌었다. 경멸과 불신의 표정을 숨기지 않은 채, 그는 "난 당신이 기억나지 않는데."라고 말했다.

나는 숨이 멎을 만큼 놀랐다. 내가 지구 온 곳을 돌아다니며, 사

....

43 허리선까지 단추를 채우는 남자용 코트.

더블린에서 런던으로 옮겨간 시절의 조지 버나드 쇼.
미성숙했고, 겉보기에 다시없이 까다로운 사람이었다.

무실 의자에 앉아 있던 무명의 존재에서 대여섯 번 이름을 날린 유명 인사로 바뀐 30년 동안에, 이 남자는 매일 이 사무실로 출근하고 있었다니! 그런데 그가 더 행복한 사람처럼 보이는 것이 아닌가. 분명히, 그는 나의 자존감 따위에는 아랑곳하지 않았다.

스케치 #7

소설가로서 9년 동안의 실패, 그리고 비평가로서 성공

이제 런던에서 도저히 있을 수 없는 상황에 처한 나를 보도록 하자. 그곳에서 나는 외국인, 즉 아일랜드 사람이었다. 영국 대학교를 나오지 않은 아일랜드 사람이라면, 외국인 중에서도 가장 낯선 외국인으로 여겨졌다. 곧 보게 되겠지만, 나는 교육을 받지 않은 상태는 아니었다. 그러나 내가 아는 것은 모두 영국 대학 졸업자들이 모르는 것이었고, 그들이 아는 것은 내가 모르거나 믿지 않는 것이었다. 나는 투박했고, 자기주장도 뚜렷했다. 내가 런던 사회에 받아들여지거나 묵인되기 위해서는 런던의 정신을 바꿔놓아야 했다.

런던은 무슨 일이 있어도 나를 관대하게 대하기를 거부했다. 내가 쓴 기사 한 건이 받아들여졌다. 그것이 나에게 15실링을 벌게

해 줬다. 어느 출판업자가 자신이 사 모은 낡은 판목들을 나에게 보여주었다. 그는 학교의 상품(賞品)으로 쓰기 위해서 그 판목들에 적합한 시를 써주기를 원했다. 나는 그가 원하는 것을 풍자적으로 써서 장난삼아 그에게 보냈다. 그런데 놀랍게도 그는 나에게 감사를 표하며 5실링을 지급했다. 나는 감동을 받고 다른 그림을 위해 진지한 내용의 시를 써서 보냈다. 그는 그것을 이상한 취향의 농담으로 받아들였으며, 그것으로서 풋내기 시인으로서 나의 경력은 끝났다. 한번은 나에게 5파운드짜리 일자리가 생겼다. 그러나 그 일은 출판업자나 편집자에게서 받은 것이 아니라 특허 의약품에 관한 논쟁에 쓸 목적으로 건강 에세이를 원한 어느 친절한 변호사로부터 받은 것이기 때문에, 나는 그 성공을 계속 추구할 수 없었다. 그리하여 9년 동안 내가 번 돈은 총 6파운드였다. 그럼에도 나는 갑자기 출세한 사람으로 불려왔다.

1885년에 윌리엄 아처가 브리티시 박물관 열람실에서 나를 발견했다. 그때 나는 바그너의 '트리스탄과 이졸데'(Tristan and Isolde)의 오케스트라 악보를 옆에 놓은 채 가브리엘 데빌(Gabriel Deville)이 프랑스어로 번역한 칼 마르크스(Karl Marx)의 『자본론』(Capital)을 읽고 있었다. 아처가 나의 일을 자기 일처럼 맡아서 너무나 잘 처리해주었기 때문에, 당시까지만 해도 존재하던 '폴 몰 가제트'(The Pall Mall Gazette)가 나에게 서평용 책을 보내주었다. 또 아처는 당시에 '월드'(The World)에서 맡고 있던 연극 비평과 미술 비평 중 미술 비평을 내가 맡도록 해 주었다. 그래서 나는 갑자기 돈을 벌기 시작했다. 첫 해에 117파운드를 벌었다.

가족의 어떤 인연으로 인해 노르웨이어를 배울 기회가 있었던 스코틀랜드 사람인 아처는 입센(Henrik Ibsen)의 매력에 깊이 빠져 있었으며, 그는 그 매력을 나에게 말로 전했다. 이런 공통점과 교권(教權)에 반대하는 견해가 우리 둘 사이를 끈끈하게 연결해 주었다. 그럼에도 그가 우리 둘이 함께 희곡을 쓰자는 제안에 따라 그가 구성을 맡고 내가 대화를 맡기로 했을 때, 그의 구성은 엄격히 당시의 전통적인 방식 위에 "구축"되었다.

아처는 또 드라마에서도 공동 작업을 제안했다. 그가 외젠 스크리브(Eugène Scribe)를 비롯한 프랑스 극작가들이 쓴, "구성이 탄탄한" 희곡들의 기술적 방식 위에 대단히 기교적인 것으로 계획한 작품이었다. 나는 그의 제안을 받아들이고 그런 방식들에 대단히 도전적인 방향으로, 그리고 아처가 기대하지 않은 방향으로 두 개의 막을 만들었다. 그러자 그가 협업을 포기했다. 그래서 내가 쓴 2막 분량의 작품은 6, 7년 동안 버림받은 상태로 있었다. 그 사이에 내가 그 작품을, 당시에 극작가로 인기 절정을 누리던 헨리 아서 존스(Henry Arthur Jones)에게 읽어주었다. 그의 논평은 "당신을 살해한 자는 어디 있어?"라는 것이었다.

네덜란드 태생의 어느 영국인 입센 팬(그라인(Jacob Thomas Grein)이다)이 마침내 인디펜던트 시어터라 불리는 '동인 극장'

(coterie theatre)을 시작했다. 그는 입센의 작품으로 논란을 불러일으키며 성공을 거둔 뒤에 잉글랜드에 상업적 극장 무대에 올려지지 않은 연극 걸작이 수백 편은 된다고 주장했다.

근거 없는 이런 추측을 뒷받침하기 위해 나는 깊이 묻어두었던 2막짜리 작품을 끄집어내서 막을 하나 더 더한 다음에 그라인에게 무대에 올리도록 했다. 두 차례의 공연이 그라인이 할 수 있었던 전부였다. 첫 번째 공연은 박수갈채와 야유를 동시에 받았으며, 나는 관중 앞에서 연설하면서 야유에 성공적으로 대처했다. 두 번째 공연은 만장일치의 호의적인 반응을 끌어냈으며, 그 희곡을 둘러싼 언론의 논평은 2주일 동안 이어졌다. 나는 극적인 능력을 결여한 팸플릿 저자로 폄하되었으나, 내가 계획했던 무대 효과만은 완벽한 성공이었다. 이 경험은 나에게 타고난 무대의 거장이라는 확신을 심어주었다.

1888년에 '스타'(The Star)가 창간되었으며, 나는 매싱엄(Harold John Massingham)의 조언으로 이 매체에 정치 담당으로 합류했다. 그러나 내가 쓴 기사 중에서 신문에 게재할 만한 것으로 평가받은 것은 하나도 없었다. 나는 타협안으로 매주 비정치적인 문제, 예를 들면 음악에 관한 칼럼을 하나씩 쓰게 해 달라고 제안했다. '코르노 디 바세토'(Corno di Bassetto)(바셋 호른을 뜻하는 이탈리아어)라는 이름의 이 칼럼은 순수 비평과 사사로운 농담을 섞은 것이었다. 성공작이었다.

1890년에, 유럽에서 최고의 증오의 대상이었던 음악 비평가이자 '월드'에서 아처의 동료로 활동하던 루이스 엥겔(Louis Engel)이 무분별한 행동으로 인해 나라를 떠나야 했다. 그러자 즉시 아처는 에디터 에드먼드 예이츠(Edmund Yates)에게 엥겔의 뒤를 이을 사람은 코르노 디 바세토뿐이라고 주장했다. 그래서 나는 '스타' 지를 떠났으며, 예이츠가 죽은 1894년까지 G. B. S. 로서 '월드'에 매주 음악에 관한 가시를 한 면씩 썼다. 예이츠가 죽었을 때, 나는 예이츠의 자질을 갖춘 다른 에디터를 찾아야겠다는 느낌을 받았다. 말하자면, 예외적인 온갖 것을 두려워하지 않고, 비평의 가독성을 높이는 진기함과 비정통성을 어느 정도 허용하는 것이 안전한지를 잘 아는 그런 에디터를 찾아야 했다는 뜻이다. 그래서 나는 그 자리에서 물러났으며, 이어 1895년에 막 '새터데이 리뷰'의 에디터가 되었던 프랭크 해리스(Frank Harris)로부터 연극 비평의 자리를 받아들였다.

앞서 해리스는 미국으로 이민을 가서, 거기서 카우보이로서, 브루클린 브리지의 건설에 고용된 노동자로서, 호텔 매니저로서, 그리고 변호사로서 다양한 모험을 경험했다. 그는 해적의 행실과 태도와 대화에다가 사람들의 주목을 끄는 목소리와 화술을 갖춘 상태로 잉글랜드로 돌아왔다. 그의 목소리와 화술은 그를 아주 두드러지게 만들면서 단번에 영국의 전문가 집단과 정치 집단에 받아들여지도록 했다. 그러나 그의 사랑은 문학 쪽으로 향하고 있었다.

그는 훌륭한 글과 나쁜 글을 구별할 줄 알았으며, 또 나쁜 글보다 훌륭한 글을 선호했다. 그는 이단을 두려워하지 않았으며, 그것이 위험하다는 것을 정말로 모르고 있었다. 이유는 그가 자신에 대해 그리스도 같은 성인이라고 믿고 있었고, 자신이 런던에서 또 다른 키드 선장(Captain Kidd)[44]으로 쉽게 통할 수 있다는 의심을 전혀 하지 않았기 때문이다.

한마디로 말해, 그 사람은 바로 나를 위한 존재였고, 나는 바로 그를 위한 존재였다. 내가 아일랜드 사람 특유의 기질로 그를 먼저 괴롭히지 않는다면 그도 나를 괴롭히지 않을 것이라는 사실을 잘 알고 있었기에, 나는 에이츠와 맺었던 관계와 똑같은 토대에서 그와 관계를 맺었다. 우리는 일주일에 6파운드의 임금에 동의했다. 에이츠는 나에게 5파운드를 지급했다. 그 시절에 그건 절대로 작은 돈이 아니었다.

드라마는 음악보다 훨씬 덜 배타적인 장르이기 때문에, 나의 명성은 곧 급격히 높아졌으며, 그 이후로 몇 년 동안 인쇄 매체에 나의 이름이 훌륭하다는 뜻의 형용사를 달지 않은 채 언급되는 경우는 거의 없었다. 그래도 정작 나는 그런 형용사를 별로 좋아하지 않았다. 그것이 내가 혐오하는 화려한 피상(皮相)을 암시했기 때문이다. 그러나 나는 그것을 거부할 수 없었다.

44 인도양을 항해하고 온 뒤에 해적 혐의로 처형된 스코틀랜드 선원 윌리엄 키드(1655?-1701)를 말한다.

스케치 #8

나의 젊은 시절

** T. P. 오코너(Thomas Power O'Connor)가 발행하는 잡지 'M. A. P.'(Mainly About People)에 실린 글이다. 원고의 날짜는 1898년 9월 17일로 되어 있다.*

친애하는 T. P.

모든 자서전은 거짓말입니다. 무의식적 거짓말, 즉 고의가 아닌 거짓말이라는 뜻이 아닙니다. 고의적인 거짓말이라는 뜻이지요. 어떤 사람도 살아생전에 자기 자신에 대해 진실을, 그러니까 자신의 가족과 친구, 동료들에 관한 진실을 반드시 포함하게 되어 있는 그런 이야기를 할 만큼 나쁘지 않습니다. 그리고 어떤 사람도 자신에게 반대할 사람이 남지 않을 때까지 감추어 온 문서에서 후손에게 진실을 털어놓을 만큼 선하지 않습니다.

나 자신이 좁은 범위 안에서 아주 솔직하게 자서전을 쓰듯 나에 관한 이야기를 들려주는 실험을 시도해 보았기 때문에, 나는 이 문제에 대해 자신 있게 말할 수 있습니다. 그런 실험을 했지만, 나는 영원한 인상을 전혀 남기지 못했지요. 아무도 나의 말을 믿으려 하지 않았기 때문입니다. 언젠가 동료 비평가[A. B. 워클리(Arthur Bingham Walkley)]에게 나의 가족에 대한 몇 가지 사실들을 털어놓은 적이 있었지요.

나의 친할머니는 결혼하고 20년 동안에 아이를 열다섯이나 낳았으며, 남편이 계속 살아 있었더라면 아마 열다섯 명은 더 낳았을 것입니다. 이 열다섯 아이 중에서, 할머니는 열한 명을 그럭저럭 키워냈어요. 그래서 나에게는 친가 쪽으로만 거의 한 다스에 가까운 삼촌과 고모와 무수히 많은 조카가 있답니다. 나의 외할아버지는 결혼을 두 번 해서 8명의 자식을 두었으며, 이 중 한 명만 결혼하지 않은 채 죽어서 후손을 남기지 못했습니다.

오늘날엔 그런 가족이 드물지만, 19세기 중반에 아일랜드에서는 그런 가족들을 경멸했습니다. 제대로 부양할 수 없었기 때문이지요. 대부분의 다산 가문들과 마찬가지로, 나의 가문도 금주주의자들만으로 이뤄지지도 않았으며 구성원 모두가 죽을 때까지 법이 정한 온전한 정신의 기준에 맞춰 살지도 않았지요.

우리 가문의 구성원 한 사람은 아주 독특한 자살 방법을 고안하기도 했답니다. 그 방법은 진부할 만큼 단순했지만, 그때까지 어떤 인간도 그 방법에 대해 생각하지 않았지요. 또 재미있기도 한 방법이었습니다. 그러나 그 방법을 실행하는 과정에 나의 친척은 자신의 심장의 작동을 방해함으로써 자기 자신을 죽이기 직전에 죽었지요. 따라서 검시(檢屍) 배심원은 그가 "자연적 원인"으로 죽었다는 사실을 발견했으며, 그의 자살은 대중뿐만 아니라 우리 가족 대부분에게도 비밀로 지켜졌지요.

나는 워클리와 개인적인 대화를 하면서 이 비밀을 털어놓았지요. 그러자 그는 새된 소리의 웃음을 터뜨렸으며 자신의 다음 에세이에 그 이야기를 모두 담았지요. 그에겐 그것이 실화라는 생각은 잠시도 떠오르지 않았던 것입니다. 한편, 내가 그 친척의 미망인과 형제자매들 앞에서 얼마나 곤란한 상황에 처했는지는 충분히 상상이 될 것입니다.

내 인생에서 두 번 변호사들에게 산문으로 아주 진실하게 쓴 글을 건네며 일을 부탁한 적이 있는데, 그것이 실행되지 않는 것을 보고는 깜짝 놀랐던 적이 있습니다. 그들은 내가 과장해서 말하거나 농담을 하는 것임에 틀림없다고 생각했지요.

만약 여기서 내가 그야말로 진짜 자서전을 쓰려고 시도한다면, 그와 똑같은 어려움이 일어날 것입니다. 나는 나 자신이 진실을 쓰고 있다는 사실을 아는 몇몇 친척들에게 도덕적으로 죄를 짓는데도 그들 외에는 아무도 나를 믿지 않을 테니까요.

한 가지 어려움이 더 있습니다. 내가 아직 나 자신에 대한 진실을 찾아내지 못했다는 사실이지요. 예를 들면, 이런 질문을 던질 수 있습니다. 나는 어느 정도 미쳤고 어느 정도 제정신인가? 이 질문에 나는 대답하지 못합니다. 나는 특별한 재능 덕분에 런던에서 활동하면서 두각을 나타낼 수 있었지만, 돈키호테 같은 인간도 두각을 나타낼 만큼 똑똑하지만 완전히 미쳤지요.

어느 비평가는 최근에 나에 대해 "동료 인간들에 대해 다정한 반감"을 품고 있는 것으로 묘사했습니다. 반감보다는 공포가 진실에 더 가까운 표현일 것 같습니다. 왜냐하면 내가 극도로 무서워하는 유일한 동물이 인간이기 때문이지요. 나는 사자 조련사의 용기에 대해 대단하다고 생각해 본 적이 한 번도 없습니다. 사자 울타리 안에 있으면 사자 조련사는 적어도 다른 인간들로부터는 안전하지요. 살찐 사자는 덜 위험합니다. 사자는 이상도 없고, 종파도 없고, 정당도 없고, 민족도 없고, 계급도 없습니다. 한마디로, 사자에겐 먹고 싶지 않은 것을 파괴할 이유가 전혀 없지요. 멕시코 전쟁에서, 미국인들은 스페인 함대를 불태웠으며, 최종적으로 용광로가 되다시피 한 선체에서 부상병들을 끌어내야 했습니다. 이 장면을 본 미국 지휘관 한 사람은 자기 병사들을 모아놓고 그들 앞에서 자신은 전능하신 신을 믿는다는 것을 밝히고 싶다고 말했습니다. 사자라면 절대로 그런 짓을 하지 않았을 것입니다. 그 같은 내용을 읽자마자, 그리고 여론을 대변하는 신문이 그것을 매우 신뢰할 만하고 자연스럽고 경건한 사건으로 판단하는 것 같다는 사실을 확인하자마자, 나는 나 자신이 미쳤음에 틀림없다고 결론을 내리지 않을 수 없었습니다. 여하튼 만약 내가 제정신이라면, 나머지 세상이 그런 식이어서는 안 되지요. 나나 세상의 나머지나 똑같이 사물을 그 자체로 보지 못합니다.

나의 아버지는 작은 아들들을 일컫는 다운스타트에 속하는 아일랜드의 프로테스탄트 신사였습니다. 그에겐 상속 재산도 전혀 없었고, 직업도 없었고, 기술도 없었으며, 사회적 역할을 할 수 있는 어떤 종류의 자질도 없었습니다. 그는 초등 교육은 받았음에 분명합니다. 왜냐하면 읽고 쓰고, 다소 부정확하지만 계산을 할 수 있었으니까요. 그는 교육을 받은 아일랜드 신사처럼 말하고 옷차림도 그렇게 꾸몄지요. 철도역의 짐꾼처럼 말을 하거나 옷을 입지 않았습니다. 그러나 그는 분명히 대학은 졸업하지 않았습니다. 아버지께서 다녔을 만한 학교나 대학에 대해 말하는 것을 한 번도 들어보지 못했으니까요. 그러나 그는 쇼 가문의 모든 사람들은 윌리엄 정복왕(William the Conqueror)(노르망디의 모험가가 아니라, 영광스럽고 경건한 네덜란드인 윌리엄을 뜻한다)의 지지자로서, 그리고 아일랜드의 사유지 소유자들 또는 그들의 친척으로서 고상함이라는 미덕을 타고났다는 믿음을 갖도록 교육을 받으며 자랐지요. 출중한 능력을 가진 쇼 가문의 작은 아들들은 더블린에 크게 이바지했지요. 그들 중 하나가 로열 뱅크를 설립했는데, 내가 어릴 때 나이 든 사람들은 그때까지도 이 은행을 쇼 가의 은행이라고 불렀지요. 그 사람은 준(準)남작이 되었으며, 래스판햄 외곽에 부쉬 파크라 불리는 가문의 본거지에 더블린 쇼스(Dublin Shaws)를 설립했지요. 나의 아버지는 그 준남작의 6촌이었으며, 그곳에서 벌어지는 가문의 파티에 초대받을 권리 외에 부쉬 파크에서 열리는 장례식에 마차를 빌려서 참석할 특권을 누렸지요. 당연히 쇼 가의 모든 사람은 프로테스탄트이고 속물들이었답니다.

나의 아버지는 자존심을 굽히고 사무직 일을 한두 번 한 뒤에 속물근성을 바탕으로 국가에 가문을 내세우면서 일자리를 요구했으며, 그 결과 사재판소(아일랜드 법원 건물)에 자리를 얻는 데 성공했지요. 그런데 그가 일하던 부서가 폐지되었고, 그는 연금을 받는 조건으로 퇴직했습니다. 그는 연금을 팔았으며, 거기서 얻은 돈으로 자신이 전혀 알지 못하는 분야인 곡물 무역을 시작했답니다. 내가 아는 한, 나의 아버지는 죽는 날까지 곡물 거래에 관한 지식을 별로 습득하지 않았어요. 시골의 조금 외진 곳에 방앗간이 하나 있었으며, 방앗간의 기계가 계속 돌아간 것으로 볼 때 거기서 나오는 돈으로 임대료는 낼 수 있었던 것 같습니다. 그러나 방앗간의 주요 용도는 나와 나의 유쾌한 두 친구, 즉 아버지의 사업 파트너의 아들들을 즐겁게 해 주는 것이었다고 나는 믿고 있습니다.

프로테스탄트 신사 계급에 관한 한, 아일랜드는 세상에서 가장 비종교적인 나라라는 생각이 듭니다. 나는 나의 친척 아저씨로부터 세례를 받았으며, 나의 대부가 술에 취해서 모습을 드러내지 않았기 때문에, 교회지기가 대부를 대신해서 서약하고 약속하라는 지시를 받았지요. 나의 친척 아저씨가 교회지기에게 예배실의 난로에 석탄을 더 넣으라고 지시하듯이 나의 대부 역할을 대신하라고 한 것이지요. 나는 견진을 받지 않았어요. 나의 부모도 마찬가지로 견진을 받지 않았다고 나는 믿고 있습니다. 영국인 가족들이 견진을 왜 그렇게 중요하게 여기는지, 이해가 되지 않습니다. 아일랜드 프로테스탄티즘은 당시에 종교가 아니었으니까요. 아일랜드 프로테스탄티즘은 정치적 파벌의 어느 한쪽이었고, 계급 편견이었으며, 로마 가톨릭 신자들은 사회적으로 열등한 인간이라는 확신이었습니다. 가톨릭 신자들은 죽어서 지옥으로 가고 천국은 프로테스탄트 부인들과 신사들만의 소유로 남겨두게 되어 있다는 확신이 아일랜드 프로테스탄트들 사이에 있었지요. 어린 시절에 나는 일요일마다 주일학교에 보내졌습니다. 거기서 상류 사회의 어린 아이들은 성경 구절을 따라 읽었으며 성경 구절이 새겨진 카드를 선물로 받았지요. 이런 공부를 한 시간 하고 나면, 우리 아이들은 인접한 교회(어퍼 리슨 스트리트에 있는 몰리뉴 교회)로 줄을 지어 가서 제단 난간 주위에 앉아서 그곳의 사람들이 우리가 그랬던 것처럼 예배가 끝나기를 진심으로 바랄 때까지 몸을 비틀고 있었지요. 내가 이런 고역을 견뎌냈던 것은 나의 구원을 위해서가 아니라 나의 아버지의 체면 때문이었지요. 우리는 도키로 이사를 간 뒤 그 낡은 의식을 버리고는 다시는 재개하지 않았지요.

"교회"를 모든 사회적 악덕의 온상으로 만드는 데 일조를 한 것은 바로 노동에 종사하는 사람들이 그곳에 오지 않는다는 점이지요. 잉글랜드에서 목사는 가난한 사람들을 찾아 가고 가끔은 가난한 자들이 교회에 나오도록 하려고 결사적으로 노력합니다. 아일랜드에서 가난한 사람들은 로마 가톨릭 신자들입니다(오라녜 공을 지지했던 나의 할아버지는 그들을 '파피스트'(Papist)라고 불렀지요). 프로테스탄트 교회는 로마 가톨릭 신자들과 전혀 아무런 관계를 맺지 않습니다. 내가 살던 시기에 아일랜드에서 모든 프로테스탄트들이 자신들의 종교 때문에 형편이 더 나빠졌다고 나는 말하지 못합니다. 나는 단지 내가 아는 사람들에 한해서만 대답할 수 있습니다.

점잖게 행동할 구실들이 빈곤 때문에 그 힘을 빼앗기고 있는 나라에서, 노동자를 경멸하고 신사를 존경하라고 가르치고 있다고 상상해 보십시오! 세상에는 하나의 신이 있다고, 또 교황이라 불리는 우상 숭배 사기꾼에게 맞서면서 천국을 신사 계급만을 위한 곳으로 지키는 완벽한 신사 프로테스탄트가 있다고 가르친다고 상상해 보십시오! 영국 중산층의 소득으로 살아가는 영국 귀족계급의 허식을 상상해 보십시오! 나는 스톱퍼드 브루크(Stopford Brooke)가 언젠가 한 말을 기억하고 있습니다. 나의 책에서 사회에 대한 경멸적 증오가 강하게 느껴진다고 하더군요. 전혀 놀라운 일이 아니지요.

만약 어린 시절에 이런 것들로 인해 고통을 겪지 않았다면, 나도 아마 그런 것들을 참고 견딜 수 있었을 것입니다. 아웃사이더의 눈에, 증권 중개인들과 의사들, 토지 중개인들 등 옹졸한 부자 계급이 이끄는 가톨릭 국가에서 절망한 프로테스탄트 상인들이 살아가는 황량한 장면에선 코미디밖에 보이지 않습니다. 소득과 사회적 지위에 대해 끊임없이 거짓말을 요구하는 가식에 삶의 온갖 본질들이 희생되고 있습니다.

그런데 씁쓸하기 짝이 없는 이런 혐오로부터 나를 구해줄 수 있을 만큼 충분히 종교적인 아일랜드에서 내가 어떤 힘을 발견했을까요? 간단히 말하면, 예술의 힘이었습니다. 마침 나의 어머니는 음악적 재능이 상당했습니다. 나의 어머니는 그 재능을 가꾸기 위해 음악적 재능을 가진 사람들과 연결을 꾀해야 했지요. 신이 진정으로 선한 프로테스탄트가 될 수 있는지에 대한 나의 첫 번째 의심은 위대한 작곡자들의 작품에서 나의 어머니의 목소리와 가장 잘 어울리는 목소리들의 주인공이 묘하게도 모두 로마 가톨릭 신자들이었다는 사실에 의해 생겨났지요. 신이 신사 계급일 것이라는 생각조차도 금방 의심의 대상이 되었습니다. 이유는 이 가수들 중 일부가 분명히 상인이었기 때문이지요. 가톨릭 신자임이 분명한 최고의 테너가 적어도 회계사였다면, 어릿광대 역의 가수는 착한 서적상이었지요.

달리 방법이 없었습니다. 나의 어머니가 응접실에서 그냥 소박한 발라드만 부를 생각이 없었다면, 그녀는 신념이나 계급을 조금도 따지지 않고 비슷한 예술적 재능을 가진 사람들과 분파와는 전혀 관계없는 토대 위에서 연결되어야 했지요. 그녀는 실제로 로마 가톨릭 성직자들이 자신에게 접근해 오는 것을 허용해야 했으며, 그들의 초청으로 로마 가톨릭 예배당인 벨리알(Belial)의 그 하우스로 가서 모차르트의 미사곡을 불렀습니다. 만약 종교가 인간을 서로 묶어놓는 것이고 비(非)종교가 인간을 서로 갈라놓는 것이라면, 나는 나의 나라의 음악적 천재성에서 종교를 발견하고 교회와 거실에서 비종교를 발견했다고 증언해야 하는 것이 아닐까요.

나의 소년 시절에 소중한 피난처의 역할을 해주었던 아일랜드 국립 미술관에 감사의 말을 전하고 싶습니다. 관리들을 제외하고는 내가 거길 들렀던 유일한 아일랜드 사람이라고 나는 믿고 있습니다. 그러나 아일랜드 국립 미술관이 나에겐 알코올 거래로 얻은 수익으로 장엄하게 "복원한", 몰수된 두 곳의 중세 성당보다 훨씬 더 도움이 되었습니다.

사람은 자연으로부터도 어디서나 배웁니다. 자연은 많은 아일랜드 사람들을 슬프게 만들고, "흘러간 날들"을 생각하며 울먹이게 만듭니다. 일전에야 1798년[45]을 미화하기 위해 다른 아일랜드 사람들과 함께 모임으로써 압정에 신음하는 나의 조국에 힘을 불어넣

....

45 아일랜드에서 1798년에 장로교를 주축으로 한 비국교회가 로마 가톨릭 교도들과 함께 독립 국가를 세울 목적으로 반란을 일으켰다. 프랑스의 지원을 받았음에도 불구하고, 반란은 영국군에게 진압되었다.

자는 제안을 받았습니다. 나는 1798년에는 조금도 관심이 없습니다. 아일랜드 사람들은 아일랜드가 1998년에 처할 조건에 스스로 적응시킬 때까지 애국심을 거의 발휘하지 못할 것입니다.

G. 버나드 쇼

1898년 런던에서

스케치 #9

나는 누구이며, 나는 무엇을 생각하는가?

**짧은 기간 발행되었던 '캔디드 프렌드'(The Candid Friend)라는 잡지에 실린 이 인터뷰는 1901년 5월 11일과 18일자에 나뉘어 게재되었다.*

■ 당신의 부모에 관한 이야기와 그들이 당신의 삶에 끼친 영향에 대해 듣고 싶다.

나 자신에 대한 이야기를 루공-마카르(Rougon-Macquart)[46] 식으로 20권 이내의 분량으로 당신에게 들려주는 것은 불가능한 일이다. 나의 아버지에 관한 이야기를 한 가지 하고 싶다. 내가 어렸

....

46 프랑스 소설가 에밀 졸라(Émile Zola)의 소설 20편으로 이뤄진 총서의 제목을 말한다.

을 때, 아버지는 킬리니 만의 바다에 나를 처음으로 깊이 담가주었다. 아버지는 수영을 배우는 것이 매우 중요하다는 사실을 진지하게 가르쳐주기 위해 그렇게 했으며, 이런 말로 아들에 대한 설교를 끝맺었다. "내가 겨우 열네 살 소년일 때, 그때 수영을 할 수 있었던 덕분에 너의 삼촌 로버트의 목숨을 구할 수 있었단다." 이어 아버지는 내가 강한 인상을 받는다는 것을 확인하고는 허리를 구부정하게 굽혀 내 귀에다 대고 둘만의 비밀이라도 털어놓듯 이렇게 덧붙였다. "그리고 솔직히 말하면 나는 그 후로 내 인생에서 어떠한 것에 대해서도 깊이 후회한 적이 없었어." 그러고는 아버지는 바다 속으로 몸을 날리며 시원하게 수영을 즐겼으며 집으로 오는 길 내내 낄낄거리며 웃었다.

지금 나는 '앤티 클라이맥스'를 절대로 의식적으로 추구하지 않는다. 나의 작품에 앤티 클라이맥스는 저절로 나타난다. 그러나 그날 나의 아버지가 낄낄거리며 웃었던 일과 나의 희극적인 방법에 의해 극장에서 일어나는 즐거움 사이에는 어떤 연결이 있음에 틀림없다.

■ 당신은 언제 글을 쓰고 싶은 마음을 느끼는가?

숨을 쉬고 싶은 마음을 느낀 적이 없듯이, 나는 글을 쓰고 싶다는 마음을 느낀 적이 한 번도 없었다. 나의 문학적 감각이 예외적이라고 생각해본 적도 없었다. 나는 누구나 문학적 감각을 갖고 있다고 생각한다. 그렇게 생각하는 이유는 타고난 재능을 가진 사람에게 그 재능에 기적적인 것이 전혀 없기 때문이다. 예술에서 아마추어나 수집가, 팬은 작품을 생산하는 능력을 결여하고 있는 사람이다. 베네치아 사람은 기병(騎兵)이 되기를 원하고, 가우초[47]는 선원이 되기를 원하고, 물고기는 하늘을 날기를 원하고, 새들은 헤엄을 치길 원한다. 나는 글쓰기를 절대로 원하지 않았다. 물론 나도 오늘날 문학적 능력이 희소하다는 것을 알고 있지만, 나는 여전히 문학적 능력을 원하지 않는다. 어떤 것을 원하면서 그것을 갖고 있을 수는 없는 법이다.

■ 당신의 문학 활동은 맨 먼저 어떤 형식이었는가?

소년일 때 단편을 하나 써서 소년 잡지에 보냈던 기억이 희미하게 남아 있다. 그 작품은 글렌 오브 더 다운즈[48]에 있는 남자를 공격하는, 총을 든 어떤 남자에 관한 이야기였다. 나에겐 총이 관심의 초점이었다. 에드워드 맥널티와의 서신 교환이 내 안에서 막 끓어오르던 문학적 에너지를 해소해 주었다.

나는 긴 서신 교환을 한 번 더 경험했다. 이번에는 영국인 부인(엘리노 허다트(Elinor Huddart))과의 교류였다. 그때 내가 그녀로

....

47 아르헨티나와 우루과이의 초원 지대에 살며 유목 생활을 하는 목동이나 마부를 일컫는다.

48 아일랜드 동해안의 숲이 있는 빙하 계곡으로, 절벽의 높이는 250m, 길이는 2km에 이른다.

하여금 이름을 공개하도록 설득시킬 수 있었다면, 아니면 적어도 작품마다 필명을 바꿀 것이 아니라 하나의 필명만을 쓰도록 할 수 있었다면, 상상력이 출중했던 이 부인의 소설들은 그녀를 유명한 인물로 만들었을 것이다. 사실상, 나의 첫 번째 작품들은 1879년부터 1883년까지 쓴 다섯 편의 소설이었다. 아마 이 작품은 아무도 출간하려 하지 않았을 것이다. 주인공의 어머니가 입이 험한 여자로 나오는, 신성 모독적인 예수 수난극을 하나 시작했지만 마무리하지 못했다. 나에겐 다행한 일이었지만, 나는 사소한 것을 추구하는 사람으로서는 언제나 실패자였다. '예술을 위한 예술'을 추구하려는 나의 시도는 모두 실패로 끝나고 말았다. 그 시도들은 두꺼운 메모지 묶음에다가 못을 박는 것과 비슷했다.

■ 당신이 정치 문제에 관심을 갖기 시작한 것은 언제이며, 정치 문제가 당신의 작품에 어떤 식으로 영향을 미쳤는가?

1880년대 초반에 헨리 조지의 연설을 들은 적이 있는데, 그가 경제학의 중요성 쪽으로 눈을 열도록 해주었다. 나는 마르크스를 읽었다. 지금 마르크스가 지니는 매력의 진짜 비밀은 그가 인식되지도 않고 이름도 붙여지지 않은 어떤 열정에 호소력을 발휘하고 있다는 점이다. 그 열정이란 바로 존경할 만하고 교육 받은 부류들의 보다 관대한 영혼들이 자신들을 요람에서부터 정신적으로 굶주리게 하고, 방해하고, 오도하고, 타락시킨 중산 계급의 제도들에게 품고 있는 증오이다. 마르크스의 『자본론』은 사회주의에 관한 논문이 아니다. 그것은 다수의 공식적인 증거와, 비난에 특별히 탁월한 유대인의 천재성을 바탕으로 자본가 계급을 향해 쏟아낸 넋두리이다. 마르크스의 책은 노동 계급을 대상으로 쓴 것이지만, 노동자는 자본가 계급을 존경하며 자신도 자본가 계급이 되기를 원한다. 깃발을 빨갛게 칠한 사람들은 모두 자본가 계급의 반항적인 아들들이었다. 라살(Ferdinand Lassalle), 마르크스, 리프크네히트(Karl Liebknecht), 모리스, 힌드먼(Henry Hyndman) 등. [거기다가 레닌(Vladimir Lenin)과 트로츠키(Leon Trotsky), 스탈린(Joseph Stalin)을 더하라.] 모두가 나처럼 중산층이다. 군인 가족과 귀족 출신인 바쿠닌과 크로포트킨은 극단적인 아나키스트 좌파이다. 전문직을 추구하는 무일푼의 작은 아들들은 사회에서 혁명을 추구하는 요소이다. 토리당의 민주주의자인 디즈라엘리(Benjamin Disraeli)가 잘 알고 있었듯이, 프롤레타리아는 보수적인 요소이다. 마르크스는 나를 사회주의자로 만들었고 내가 문학만 하는 사람이 되지 않도록 구해주었다.

▪ 당신이 최초로 이룬 진정한 성공은 무엇이었는가? 그 성공의 감정이 어땠는지 말해주시길. 성공에 절망한 적이 있는가?

아직 어떤 성공도 거두지 못했다. 그런 의미에서 말하는 성공은 당신에게 다가와서 당신의 숨을 멎게 하는 어떤 것이다. 바이런

(George Gordon Byron)과 디킨스와 키플링(Rudyard Kipling)에게 성공이 찾아왔을 때처럼. 나에게 온 것은 되풀이되는 실패였다. 그 실패와 맞서 싸워 마침내 실패를 극복하게 되었을 때, 나는 너무 많은 것을 알았던 탓에 실패나 성공에 신경을 쓸 수 없었다.

▪ 빈곤은 성공의 길에 장애로 작용했는가 아니면 성공을 이루게 한 자극으로 작용했는가?

사회주의만이 제공할 수 있는 여가의 부족과 빈곤은 인구 중에서 신으로부터 사회주의에 꼭 필요한, 사고하고 관리하는 능력을 물려받은 소수의 사람들을 비참할 정도로 황폐화시킨다.

그러나 당신이 말하는 가난이 품위 있는 척 꾸밀 수 있을 정도의 궁핍을 의미한다면, 내가 할 수 있는 말은 우리의 사회제도가 너무 생각 없이 만들어진 탓에 돈의 풍족과 돈의 부족 중 어느 것이 작가의 발달에 더 큰 장애가 되는지를 말하기가 불가능하다는 것이다. 나는 『포스 클라비제라』(Fors Clavigera)와 『천로역정』(The Pilgrim's Progress)을, 러스킨(John Ruskin)이 양철공인 것처럼, 그리고 번연(John Bunyan)이 독립할 수단을 가진 신사인 것처럼 다시 쓸 수 없었다. 그러나 나는 돈의 부족이 돈의 풍족이 부유한 사람을 절름발이로 만드는 그 이상으로 가난한 사람을 절름발이로 만드는지에 대해서는 자신 있게 말하지 못한다. 그러나 가진 돈이 없으면서도 부자의 가식과 편견과 습관을 가진 계급과, 가난을 인정할 만큼 솔직하지 못한 가난한 자들의 빈곤, 그리고 극장의 1층 앞자리에 앉을 능력은 없고 상층의 관람석에 앉아 있다가 아는 사람들의 눈에 띄는 것이 부끄러워 극장에 가지 않는 사람들이 최악의 인간이라고는 꽤 자신 있게 말할 수 있다.

가장 저주스런 빈곤은 이런 것이다. 상위 중산층과 지주 계급의 맨 꼭대기에서부터, 작은 아들로 태어난 사람의 증손자가 아일랜드와 스코틀랜드에서 연 300파운드를 벌면서 800파운드를 버는 것처럼 더 이상 꾸미지 못하고, 런던에서 연 500파운드를 벌면서 5,000파운드를 버는 것처럼 더 이상 꾸미지 못해서 겉치레를 포기하게 되는 맨 밑바닥에 이르는 그 사이의 내리막길에 서 있는 것, 프롤레타리아 학교에도 다니지 못하고 폴리테크닉이나 대학에도 다니지 못하고 오직 신사들의 자녀들을 위한 이상한 싸구려 사립 학원의 교육만을 받는 것, 가난한 사람을 당신의 방문록에서 지워 나가다가 세상의 나머지가 당신을 배제하고 있다는 사실을 발견하는 것, 그런 빈곤이 최악이다.

그럼에도 우리의 문학과 저널리즘 중 많은 것이 빈곤에서 싹텄다. 소년 디킨스가 구두약을 만드는 창고 같은 건물에서 느꼈을 수치심과 그의 어머니가 그에게 계속 거길 다니길 기대했을 때 느꼈을 깊은 분노를 생각해 보라. 그리고 아버지가 하인 없이 살지 못한다는 이유로 구멍 난 바지를 입고 상류층 학교에 다녔던 트롤로프에 대해 생각해 보라. 으악! 방랑자가 되거나 백만장자가 되어

라. 둘 중 어느 것이 되느냐 하는 것은 대수로운 일이 아니다. 문제가 되는 것은 부자의 친척이 되는 것이며, 그것은 매우 끔찍한 일이다.

공산주의가 나를 구원하러 왔다. 나는 거의 무일푼에 가까웠을지라도 블룸스베리에 웅장한 도서관을, 트라팔가 광장에 소중한 미술관을, 햄튼 코트에 또 다른 미술관을 두고 있었다. 그런 것을 즐기면서도 보살펴야 할 하인을 둘 필요도 없었고, 임대료를 낼 필요도 없었다. 나는 자연으로부터 그것들을 이용할 두뇌를 받았다. 전문적인 음악에 대해 말하자면, 나는 사실 런던에서부터 바이로이트[49]까지 다니며 최고의 음악을 물릴 정도로 즐기면서 돈까지 받았다. 친구들도 있지! 나의 방문록은 언제나 값을 매길 수 없을 만큼 귀중했다.

어쨌든, 내가 먹고 입고 자는 데 필요한 그 이상의 돈으로 살 수 있는 것이 무엇일까? 담배? 나는 담배를 피우지 않는다. 샴페인? 나는 술을 마시지 않는다. 멋있는 정장 30벌? 만약 내가 설득 당해서 그런 것을 입는다면, 내가 극구 피하고 있는 사람들이 나에게 만찬을 같이 하자고 요구할 것이다. 지금 나는 그런 것들을 다 살 수 있지만, 예전에 사지 않고 지낼 수 있었던 것은 절대로 사지 않는다. 게다가, 나는 상상력을 갖고 있다. 내가 기억하기 시작한 이래로, 나는 눈만 감으면 무슨 일이든 할 수 있고 어떤 존재든 될 수

....

49 독일 바이에른 주 북부에 있는 도시.

있다. 조지 버나드 사르다나팔루스(Sardanapalus)[50]여! 본드 스트리트에서 산 그대의 잡동사니 사치품들이 나에게 무슨 의미인가? 나는 열 살이 되기도 전에 낭만적인 백일몽을 다 꿔버렸다. 당신의 대중적인 소설가들은 지금 내가 젖니를 갈기 전에 나 자신에게(가끔 다른 사람들에게) 들려주었던 이야기들을 쓰고 있다.

언젠가 나는 나 자신이 상상 속에 살았던 삶의 역사를, 말하자면 결투와 전투, 여왕과의 연애 등을 글로 적음으로써 진짜 픽션의 심리학을 창설하려 노력할 것이다. 문제는 상상 속의 삶의 많은 것들이 너무나 에로틱하기 때문에 고상한 구석이 조금이라도 있는 작가에 의해서는 글로 표현될 수 없다는 점이다. [이 글을 쓴 1901년에, 나는 지그문트 프로이트(Sigmund Freud)처럼 고상한 구석이라고는 조금도 없는 저자가 인간 존재들 속으로 파고들 수 있다는 사실뿐만 아니라, 그가 맹인이 그림에 관한 에세이로 유명해지듯이 자신의 결점으로 인해 유명해지고, 심지어 교육자의 역할까지 할 수 있다는 사실을 믿지 않았다. 나는 또 섹스에 관한 해블록 엘리스(Havelock Ellis)의 장황한 논문에 대한 금지가 해제될 수 있을 것이라고도 믿지 않았다.]

....

50 사르다나팔루스는 아시리아의 마지막 왕이다. B.C. 7세기에 산 것으로 전해지는 인물로서 평생 방종한 태도를 보이고 파괴적인 광란 속에 죽은 것으로 알려져 있다.

■ 하나의 전문 직종으로서 저널리즘에 대해 어떻게 생각하는가?

일일 저널리즘은 인간의 힘과 끈기의 한계를 넘어서기 때문에 문인들이 일을 대충 처리하는 데 익숙해지게 만든다. 주간 문예란은 그래도 가능하다. 나는 쓰는 문장마다 그 깊은 뿌리까지 파고들면서 뜻을 명확히 전달하기 위해 최대한 노력하면서 그런 지면을 10년 동안 맡았다. 문장들의 깊은 속까지 파고드는 노동을 천직으로 여기는 작가의 결론에는 작은 요정 같은 무엇인가가, 말로 표현할 수 없는 경솔이, 결코 하찮지 않은 경솔이 있다. 일부만 진리인 말은 앞뒤가 꼭 들어맞고, 무겁고, 진지하며, 중년 또는 노년의 철학자를 암시한다. 충분히 추론된 결론은 종종 바보나 어린이의 머리에 가장 먼저 들어오는 것이며, 논리적인 사람이 자신이 쌓은 지식의 수많은 층을 뚫고 힘들게 결론에 닿을 때, 그 결론은 놀라울 뿐만 아니라 재미있기도 하다.

10년에 걸친 그런 작업은 나를 나의 직종에서 달인으로 만들어 준 도제살이 같은 것이었다. 그러나 그것은 일일 저널리즘은 아니었다. 문예란 한 면을 맡는 그 이상의 일을 해야 했다면, 나는 기사의 품질을 성취하지 못했을 것이다. 또 일주일 내내 다른 활동은 꿈도 꾸지 못했을 것이다. 나의 능력을 발휘해야 할 곳도 많고, 나 자신을 생명과 경험으로 가득 채워야 하는 상황에서 말이다.

저널리스트로서 나의 소득은 1885년에 117파운드에서 시작해 약 500파운드에서 끝났다. 이때는 내가 흔히들 저널리즘은 젊은이가 할 일이지 늙은이의 생계 수단은 아니라는 것을 확인하는 나이에 이른 때였다. 그래서 나는 주간 저널리즘도 젊은이가 아닌 다른 사람에게는 초인적이라고 결론을 내린다. 나이 많은 저널리스트들은 덜 꼼꼼하게 쓸 수 있어야 하고, 젊은 저널리스트들은 자신이 생각하는 바를 말할 수 있게 될 만큼 권위를 쌓으려면 소박하고 싸게 살아야 한다. 물론, 저널리스트들은 그렇게 하지 않는다. 그들이 그렇게 한다면, 저널리즘이 그들에게 문학 훈련을 시킬 것이다. 그 외의 다른 것은 젊은이들에게 그런 훈련이 되지 못한다. 저널리즘이 그런 역할을 할 수 있지만, 실제로 보면 그런 역할을 하지 못한다. 반대로 저널리즘이 젊은 저널리스트들을 망쳐 놓는다. 만약 어떤 문제를 언급하길 원한다면, 노련한 저널리스트는 그것을 해결하는 것이 차선책이라는 분위기가 느껴지도록 글을 쓸 것이다. 그러나 그는 그 문제를 절대로 풀지 않는다. 그에겐 시간도 없고, 시간이 있어서 해결책을 제시한다 하더라도 그것으로 인해 더 많은 돈을 받게 되는 것도 아니다. 그래서 그는 설명만 늘어놓고는 해결책으로부터 달아난다.

■ 당신은 언제나 채식주의자였는가? 채식주의자가 된 사연이 있는가?

옛날부터 채식주의자였던 것은 아니다. 25년 동안 나는 '식인종'이었다. 그 이후로 나는 채식주의자로 살고 있다. 내가 즐기는 식단의 야만성에 처음 눈을 뜨도록 만든 사람은 셸리였지만, 런던에 채식 전문 식당들이 생김으로써 내가 채식주의자가 될 기회를 준 것은 1880년쯤의 일이었다.

나의 채식주의가 나의 비평가들에게 별난 영향을 미치고 있다. 당신도 나의 신간에 대한 서평으로 쓴 기사를 읽으면서 비평가가 하고 있는 것이 실은 나의 사생활에 맞서 자신의 사생활을 방어하고 있다는 사실을 확인할 수 있을 것이다. 말하자면, 당신이 읽고 있는 서평이 실은 깊이 상처 받은 인간의 '자신의 삶에 대한 변명'이라는 뜻이다. 그 비평가는 여느 때나 마찬가지로 펜으로 인상적인 성과를 거두려고 노력하지만, 데프트퍼드 군수국 창고(Deptford Victualling Yard)[51]의 피가 그를 질식시키고, 패링던 마켓(Farringdon Market)[52]의 도살된 동물들의 끔찍한 몸통이 숲을 이루며 그의 앞에 나타난다. 이유 없는 이 온갖 겸손은 물고기나 육류, 가금류가 삶과 문학에서 성공하는 데 필수불가결한 것이 절대로 아니라는 점을 뒷받침하는 산 증거인 저자 앞에서 고기를 먹는 사람이 느끼는 가책이다. 그 외의 나의 다른 모든 변덕은 그들에게도 익숙하며 종종 그들도 공유하고 있다. 그러나 이것은 유혈죄의 문제이며, 피는 아주 특이한 액체이다.

....

51 17세기 중반부터 1960년대까지 템스 강에 자리 잡았던 영국 해군의 보급 창고.

52 1829년 런던의 패링던 스트리트 이스트와 슈 레인 웨스트 사이에 세워졌던 시장을 말한다. 그후 1870년대 말과 1880년대 초에 걸쳐 스미스필드 시장으로 옮겼다.

결혼할 즈음의 나의 아내

■ 결혼생활이 당신의 관점에 영향을 끼치고 있는가?

당신은 결혼생활을 무엇이라고 부르는가? 진정한 결혼생활은 꽃을 꺾어서 자신들의 어깨로 눈사태 같이 쏟아지도록 하는 청년과 처녀의 삶이다. 30년 동안 아틀라스[53]처럼 일한 다음에, 아버지와 어머니로서 휴식을 취하고 있다. 나처럼 나이 마흔에 결혼했고, 독립적인 소득을 올리면서 아이 없이 사는 사람이 결혼에 대해 무슨 말을 할 수 있겠는가? 나는 방관자로서가 아니고는 결혼생활에 대해 아는 것이 전혀 없다.

■ G. B. S.에 대한 당신의 진정한 평가는 어떤가?

오, G. B. S.는 나의 픽션들 중에서 가장 성공한 작품 중 하나이지만 다소 지겨워지고 있다고 나는 생각해야 한다. G. B. S.는 G. B. S. 스타일로 말해야 하는 무엇인가에 대해 말하고 있을 때를 제외하곤 나를 따분하게 만든다. G. B. S.는 하나의 기만이다.

■ 유머를 어떻게 정의하는가?

당신을 웃게 만드는 모든 것. 그러나 가장 훌륭한 유머는 웃음과 함께 눈물도 끌어낸다.

....

53 그리스 신화 속에서 여러 신들에게 반항한 벌로 평생 하늘을 어깨에 짊어져야 했던 거인.

■ **당신의 관점에서 보면 '세상 코미디'(world-comedy)의 의미는 무엇인가?**

이처럼 경솔하게 어떤 의미를 요구하는 것이 바로 코미디를 낳는다. 우리가 세상을 있는 그대로의 모습으로 볼 수 있는 100만 년의 범위 안에 있지 않은데도, 당신은 그 의미를 한 단어로 요구하고 있다. 우리는 아직 지적으로 아기들이다. 아기의 얼굴 표정이 전문적인 철학자를 그렇게 강하게 암시하는 이유도 아마 거기에 있을 것이다. 아기의 정신적 에너지는 모두 육체적 의식을 획득하려는 노력에 소진되고 있다. 아기는 눈과 귀와 코와 혀와 손가락 끝의 감각들을 해석하는 것을 배우고 있다. 아기는 멍청한 장난감에도 터무니없이 즐거워하고, 전혀 해롭지 않은 목욕을 말도 안 되게 무서워한다. 감각의 세계에서 겨우 두 살로 접어든 것처럼, 우리는 사고의 세계에서도 여전히 아기이다. 인간들은 우리에게 진정한 인간들이 아니다. 인간들은 영웅이고 악당이고, 존경스런 사람이고 범죄자이다. 인간들의 자질은 미덕과 악덕이며, 인간들을 지배하는 자연의 법칙들은 신들과 악마들이다. 인간들의 운명은 보상과 속죄이다. 인간들의 추론은 원인과 결과의 한 공식인데, 깊이 들여다보면 대개 말(馬)이 수레 뒤에 있다. 인간들은 이런 공상들을 머릿속에 가득 담은 상태에서 나에게 온다. 그런데 인간들은 이 공상들을 놀랍게도 "세상"이라고 부르면서 나에게 그 공상들의 의미가 무엇이냐고 묻는다. 마치 나나 다른 모든 사람들이 전지전능한 신이라서 그 공상들에 대해 알 수 있는 것처럼. 정말 재미있는 일이지 않은가? 그러나 인간들이 자신들의 괴상한 종교와 끔찍한 형법을 폭력적으로 강요하기 위해 추방하고 처벌하고 살해하고 전쟁을 일으킬 때, 희극이 비극이 된다. 육군과 해군, 교회, 법조계, 극장, 미술관, 도서관, 노동조합들은 각자 특별한 환상을 품지 않을 수 없다. 그것으로 충분하다. 당신은 내가 절대자에 대해, 본질에 대해, 제1 원인에 대해 실없는 수다를 떨고 보편적 원인에 대답하기를 기대하고 있다. 이런 말들이 인쇄된 것이 확인될 때, 그 책은 휴지통으로 던져진다. 굿 모닝.

1901년

런던에서

스케치 #10

나는 어떻게 대중 연설가가 되었는가?

1879년 겨울, 아일랜드 출신의 영국 재무부 직원이면서 음성학과 건반의 음율, 게일어[54]에 개인적으로 관심을 갖고 있던 제임스 레키(James Lecky)가 나를 '제테티컬'(The Zetetical)이라 불리는 토론 클럽의 모임에 끌고 갔다. 그는 자신이 관심을 두고 있는 것이면 무엇이든 나에게 강요했다. '제테티컬'이라는 클럽은 젊은이들이 한때 유명했던 '다이어렉티컬 소사이어티'(Dialectical Society)를, 말하자면 존 스튜어트 밀이 자유에 관해 쓴 에세이가 새롭게 받아들여지던 때에 그것을 놓고 토론을 벌이기 위해 설립된 클럽을 모방해 만든 것이었다. 두 클럽은 똑같이 존 스튜어트

54 켈트 어에 속하는 아일랜드 언어.

밀을 강하게 옹호했다. 클럽 안에서는 공히 정치와 종교, 남녀 구분 없이 토론의 자유가 완전히 보장되었다. 여자들도 토론에서 중요한 역할을 맡았으며, 토론의 두드러진 특징은 연설하는 사람이 마지막에 결론을 내리면서 그 결론에 대한 반대 의견을 들어야 한다는 점이었다. 연설의 분위기는 매우 개인주의적이고, 무신론적이며, 맬서스(Thomas Robert Malthus)와 잉거솔(Robert Ingersol)과 다윈(Charles Darwin)과 허버트 스펜서(Herbert Spencer)를 지지하는 쪽이었다. 회원들의 서가에는 헉슬리(Aldous Huxley)와 틴들, 조지 엘리엇(George Eliot)의 책들이 꽂혀 있었다. '기혼 여성의 재산법'(Married Women's Property Act)을 지지하던 목소리는 그 법으로도 잦아들지 않았다. 신성모독 행위를 처벌하는 데 대해 분노하는 것은 너무나 당연한 일이었으며, 애니 베선트(Annie Besant)[55]와 셸리 등이 걸린 중요한 사건에 대한 비난에는 어떤 말도 지나칠 수 없었다. 두 사람의 아이들이 대법관에 의해 부모와 떨어져 지내야 했으니 말이다. 이유는 애니 베선트와 셸리가 공언하는 무신론자로서 부모의 역할에 적절하지 않다는 판단 때문이었다. 사회주의는 로버트 오웬(Robert Owen)의 오류 같은 것이 폭발적으로 터져나온 오류로 여겨졌으며, 아무도 마르크스 사회주의가 5년 안에 젊은 세대들을 모두 낚아채고 다이어렉티컬 소사이어티와 제테티컬 소사이어티를 영원한 밤의 동굴 속으로 몰아넣을 것

55 영국의 사회주의자이자 여권 운동가(1847-1933).

연단에서 청중을 휘어잡던 시절의 조지 버나드 쇼.
쇼의 연설에 끌렸던 버사 뉴컴(Bertha Newcombe)이 그린 초상화.

이라곤 꿈도 꾸지 않았다. 산업 분야에서는 콥덴(Richard Cobden)의 개인주의가 근본적이었다.

레키와 함께 제테티컬 소사이어티의 모임에 갈 때까지, 나는 대중 앞에서 연설을 한 적이 한 번도 없었다. 따라서 공개회의나 그런 회의의 진행 규칙 같은 것에 대해 아는 것이 전혀 없었다. 나는 건방진 분위기를 풍겼지만, 실제로 보면 터무니없을 만큼 소심하고, 예민하고, 자의식이 강했다. 그럼에도 나는 입을 다물고 있지 못했다. 나는 토론 중에 벌떡 일어나서 무슨 말인가를 했으며, 이어 스스로 웃음거리가 되고 말았다는 느낌을 강하게 받았다. 너무나 창피했던 나머지 나는 그 단체에 가입하고 매주 거길 나가서 모든 토론에서 의견을 밝히면서 연설가가 되거나, 그렇게 노력하다가 사라져 버리거나 둘 중 하나가 되겠다고 다짐했다. 나는 이 결심을 실행에 옮겼다. 그래서 나는 아무도 의심하지 않는 고통으로 힘들어했다. 내가 반박하기로 작정한 토론자가 말을 하는 동안에, 나의 심장은 신병이 처음으로 포화 세례를 받을 때처럼 아플 만큼 쿵쾅거리곤 했다. 나는 노트를 이용할 수 없었다. 손에 쥔 종이를 볼 때면, 단어 하나 제대로 보지 못할 정도로 마음을 진정시키기가 어려웠기 때문이다. 이처럼 귀신처럼 남몰래 연설을 연습해야 했던 네댓 가지 구실들 중에서 가장 중요한 구실을 당연히 나는 망각해 버렸다.

그 소사이어티는 나를 증오했음에 틀림없다. 그 단체의 눈에 내가 너무나 교만하고 냉정하게 보인 탓에 내가 겨우 세 번째 참석한 모임에서 나에게 사회를 맡으라고 요구했으니 말이다. 나는 마치 나 자신이 하원 의장이라도 되는 것처럼 즉석에서 그 제안에 동의했다. 그때 간사는 내 손이 그 전 모임의 의사록에 서명조차 못할 만큼 심하게 떨리고 있는 것을 보고는 아마 내가 두려움을 감추고 있다는 사실을 눈치 챘을지도 모른다. 소사이어티도 나의 연설을 조마조마한 마음으로 지켜보았음에 틀림없다. 소사이어티의 불안도 나 자신이 나의 연설에 대해 느끼고 있던 불안보다 결코 덜하지 않았다.

그러나 나는 나의 연설이 무시당하지 않았다는 것을 알 수 있었다. 왜냐하면 모임이 있는 날 나의 연설에 화답하는 연사로 나선 사람이 거의 전적으로 나의 발언에 대해 드물게 호의적인 맥락에서 언급했기 때문이다. 더욱이, 나는 경제학에 문외한이었음에도 불구하고 소년 시절에 밀이 자유와 대의 정부와 아일랜드 토지 문제에 대해 쓴 에세이를 읽었으며, 다윈과 틴들, 조지 엘리엇에 대해 나의 청중 대부분만큼 잘 알고 있었다. 이미 모든 주제가 나의 청중에게 새로운 반향을 일으킬 수 있는 방향으로 나의 정신을 때리고 있었다. 나의 첫 성공은 그 소사이어티가 철저히 무시하던 예술에 관심을 두도록 한 때였다. 어느 날 밤에 그 당시에 윌리엄 모리스를 추종하던 무리들 사이에 유행하던 아름다운 드레스를 입은 어느 부인이 예술에 관해 쓴 논문을 위해 시간을 할애한 것이었다. 나는 그날 모인 사람들을 완전히 압도해 버렸다. 훗날 몇몇 회원들은 오만하고 까칠하면서도 바보처럼 보였던 나에 대한 첫인상을 처음으로 바꾸도록 만든 것이 그날 나의 활동이었다고 털어놓았다.

나는 집요하게 노력했다. 런던에서 강연에 이어서 토론이 벌어지는 모임이 있으면 어디든 찾아다녔다. 나는 거리에서도, 공원에서도, 시위 현장에서도 나의 의견을 밝혔다. 가능한 한 모든 곳에서, 장소를 가리지 않고 말을 한 것이다. 한마디로 말해, 나는 소심함 때문에 고민하는 장교가 그 단점을 극복하고 자신의 임무를 배우기 위해 집중 포화를 받을 기회가 있으면 무조건 나서듯이 공개적인 모임마다 찾아다녔다.

나는 유니버시티 칼리지에서 열리는, F. J. 퍼니볼(Frederick James Furnivall)이 이끄는 뉴 셰익스피어 소사이어티의 모임과 역시 퍼니볼이 주도하는 브라우닝 소사이어티의 보다 쾌활한 모임을 통해서 꽤 문학적인 밤을 보냈다. 브라우닝 소사이어티의 경우에 세상엔 장발의 예술 애호가들의 모임으로 알려져 있었지만, 실은 복음주의 노부인들이 퍼니볼과 함께 자신들의 종교를 논의하는 비밀 집회소 같은 것이었다. 퍼니볼은 '강건한 기독교인'(Muscular Christian: 스포츠를 좋아하는 교구 목사를 뜻하는 속어)이라 불렸으며, 겟세마네 동산에서 싸우지 않은 예수를 용서하지 못했다. 그가 셸리 소사이어티를 창설했을 때, 나도 합류했다. 셸리 소사이어티가 첫 번째 공식 모임을 갖는 자리에서, 나는 나 자신이 셸리처럼 사회주의자이고, 무신론자이고, 채식주의자라는 사실을 선언했다. 그러자 로버트 브라우닝(Robert Browning)을 추종하는 두 명의 부인이 그 자리에서 탈퇴해 버렸다.

나는 베드퍼드라 불리는, 매우 재미있는 또 다른 토론 모임에 가입했다. 이 모임은 스톱퍼드 브루크(Stopford Brooke)가 문학에 전념하기 위해 베드퍼드 예배당에서의 목회 활동을 포기하기 전에 설립한 모임이었다.

이 모든 모임에서 나는 토론에 참여했다. 그 과정에 나의 과도한 조바심은 곧 사라졌다. 내가 자주 나간 공적 모임들 중 하나는 1884년에 패링던 스트리트에 있던 비국교회 기념관(Nonconformist Memorial Hall)에서 열렸다. 밤의 연사는 '토지 국유화 및 단일 세금'(Land Nationalization and Single Tax) 운동의 미국인 사도로서 매우 잘 생기고 달변이었던 헨리 조지였다. 그의 말은 나에게 큰 충격을 안겨 주었다. 어안이 벙벙하여 말문이 막힐 지경이었다. 그는 나를 소모적인 불가지론적 논쟁에서 끌어내어 경제학으로 안내했다. 나는 그의 『진보와 빈곤』(Progress and Poverty)을 읽고 헨리 힌드먼의 '마르크스주의 민주 연맹'(Marxist Democratic Federation) 모임에 갔다. 거기서 나는 그 모임이 조지가 개척한 길에 엉뚱한 것을 들고 나와 사람들의 관심을 흩뜨려놓는 데 대해 항의했다. 그 자리에서 나는 경멸하는 투로 마르크스의 그 유명한 『자본론』첫 권도 읽지 않은 풋내기라는 소리를 들었다.

나는 즉시 마르크스의 『자본론』을 읽은 뒤에 거길 가서 그 책으로 인해 완전히 전향하게 되었다고 선언했다. 그 즉시, 경멸이 외경심으로 바뀌었다. 이유는 힌드먼의 신봉자들이 실제로 그 책을 읽지 않았기 때문이다. 당시에 『자본론』은 내가 매일 찾는 휴식처나 다름없던 브리티시 박물관 열람실에서 데빌이 옮긴 프랑스어 판으로만 읽을 수 있을 뿐이었다. 그때부터 나는 어떤 신념을 가진 연사가 되었으며, 연설 기술을 배우려 노력하는 초심자는 더 이상 아니었다.

나는 당장 민주 연맹의 회원이 되려고 신청했다가 새로 발족한 페이비언 협회를 발견하고는 지원을 철회했다. 이 단체가 교육을 받은 중산층 지식인들의 단체로 나에게 더 적절한 곳이라는 판단이 섰기 때문이다. 노동하는 가짜 마르크스주의자들로 이뤄진 힌드먼의 집단은 나에게 단지 방해만 될 수도 있었다.

나는 페이비언 협회로 옮긴 뒤에 곧 사회주의자 웅변가로 충분히 알려지게 되었다. 공개적인 토론장을 찾아 나설 필요는 더 이상 없어졌다. 이젠 내가 초청을 받는 그런 존재가 되었다. 울위치[56]의 한 급진적인 클럽에서 강연해 달라는 초정을 받은 것이 그 시작이었다. 처음에 나는 강연 내용을 글로 써서 읽는 것을 고려했다. 그때까지 오직 토론에서만 10여 분 정도 말한 것이 고작이었는데, 텍

....

56 영국 런던의 한 지구.

스트 없이 한 시간을 강연하는 것이 불가능해 보였기 때문이다. 그러나 사회주의에 대해 한 시간 동안 공식적으로 강연을 해야 하는 상황이라면, 늘 시간이 부족했던 탓에 그 내용을 글로 쓰는 것이 불가능했다. 그렇기 때문에 나로서는 텍스트 없이 즉석에서 연설하는 수밖에 없었다. 강연 제목은 '도둑들'(Thieves)이었으며, 주요 내용은 불로소득을 누리는 사람이 공동체에 입히는 피해는 도둑이 공동체에 입히는 피해와 아주 똑같다는 것이었다. 나는 한 시간 동안 쉽게 연설할 수 있었으며, 그 이후로 나의 연설은 언제나 즉흥적으로 이뤄졌다.

연설 활동은 약 12년 동안 지속되었으며, 그 기간에 나는 적어도 2주일에 평균 세 번꼴로 사회주의에 대해 설파했다. 나는 요청을 받는 경우에 때와 장소를 가리지 않고 강연을 했다. 요청을 받는 순서에 따라 강연하는 것이 원칙이었다. 강연을 해달라는 요청이 들어오면, 길모퉁이든, 선술집이든, 시장이든, 영국 협회(British Association)의 경제 파트든, 시티 템플(City Temple)[57]이든, 지하실이든, 응접실이든 장소에 상관없이 나는 요청을 받은 날로부터 일정이 비어 있는 첫 날을 강연 날짜로 잡았다. 나의 청중은 수십 명에서 수천 명까지 다양했다. 나는 연설을 할 때면 언제나 반대를 예상하지만 반대의 소리를 듣는 경우는 거의 없었다. 경찰이 사회주의자들의 거리 집회를 저지하려 들던 힘든 상황에서(경찰은 언

....

57 영국 런던에 있는 비국교도 교회.

제나 그 목적을 달성하지 못했다. 이유는 똑같이 옥외에서 적극적으로 활동했던 종교 단체들이 사회주의자들이 경찰과 대치하는 것을 도와주었기 때문이다), 나는 교도소로 끌려가기 직전 상황까지 가는 경험을 두 차례 했다. 첫 번째는 내가 의도적으로 경찰들을 무시한 날 아침에 경찰들이 봉쇄 작전을 포기했던 부두 지역의 도드 스트리트에서 일어났다. 두 번째는 그러고 나서 많은 세월이 흐른 뒤 첼시[58]의 '월즈 엔드'(World's End)[59]에서 있었는데, 그때 경쟁 관계에 있던 한 사회주의자 단체의 회원이 '순교의 종려나무 가지'를 누가 들 것인지를 놓고 나와 '경합'을 벌여 표결에서 2표 차로 나를 이겼다. 그 같은 사실에 나는 속으로 안도의 한숨을 내쉬었다.

가장 길었던 연설은 어느 일요일 오전에 맨체스터 트래퍼드 브리지에 모인 청중 앞에서 한 것으로, 장장 4시간이나 이어졌다. 가장 훌륭했던 연설 중 하나는 비가 억수같이 쏟아지는 가운데 하이드 파크에서 나를 감시하러 나온 경찰관 6명과 나에게 연설을 부탁했던 단체의 간사 앞에서 한 연설이었다. 당시에 이 간사는 나를 위해 우산을 들어 주었다. 그때 나는 이 경찰관들이 나에게 관심을 갖게 하기로 마음을 먹었다. 경찰관들로서는 나의 말에 귀를 기울이는 것이 의무였을지라도, 내가 결코 해로운 존재가 아니라는 확

....

58 옛 런던의 자치구 중 하나. 1965년에 켄싱턴 앤드 첼시로 편입되었다.

59 런던 첼시의 한 지구.

신을 갖게 되면, 그들이 평소에 더 이상 나에게 관심을 갖지 않을 수도 있을 테니까. 그래서 나는 한 시간 이상 동안 그들을 즐겁게 해주었다. 지금도 눈을 감으면 경찰들의 방수 망토가 빗속에서 빛을 발하던 모습이 선하다.

연설을 한 대가로 돈을 받은 적은 한 번도 없었다. 지방의 일요 단체들이 논쟁적인 정치와 종교를 제외한 일상적 강의를 한다는 조건으로 나에게 통상 10기니를 제시하는 경우가 종종 있었다. 그럴 때면 나는 언제나 대단히 논쟁적인 정치와 종교가 아닌 다른 주제에 대해 강의를 한 적은 결코 없었다고, 또 나의 강연료는 장소가 나 자신이 개인적으로 부담할 수 있는 곳보다 더 먼 경우에 3등석 기차 요금이라고 대답했다. 그러면 일요 단체는 그런 조건이라면 내가 좋아하는 어떤 주제를 어떤 방식으로든 할 수 있다고 나에게 확신시켰다. 강연으로 생계를 유지하는 다른 강연자를 당혹스럽게 만드는 일을 피하기 위해, 강연료 문제는 가끔 강연료를 받았다가 다시 내놓는 방식으로 해결되었다. 말하자면, 내가 통상적인 수수료와 비용을 받고, 그것을 다시 그 단체에 기부금으로 내놓는 방식이었다. 이런 식으로, 나는 완벽한 표현의 자유를 확보했으며, 나 자신에게 직업적인 선동가라는 비난이 나오지 않도록 완전 무장을 했다.

일례로, 1892년 선거에서 내가 도버의 타운 홀에서 연설을 하고 있을 때 이런 일이 있었다. 한 남자가 벌떡 일어나더니 청중을 향해 런던에서 고용한 전문 선동가의 말을 듣지 말라고 외쳤던 것이다. 즉시 나는 나의 보수를 5파운드에 팔겠다고 그에게 제안했다. 그가 머뭇거렸다. 그래서 나는 다시 가격을 4파운드로 낮췄다. 그래도 그 사람이 반응을 보이지 않자, 나는 값을 5실링으로, 다시 반크라운으로, 1실링으로, 6펜스로 낮췄다. 그 사람이 1페니에도 나의 보수를 사려하지 않을 때, 나는 그가 내가 자비로 그 자리에 섰다는 사실을 너무나 잘 알고 있었음에 분명하다고 주장했다. 내가 이런 식으로 강하게 반박하고 나설 수 없었다면, 어렵고 적대적인 자리(당시에 도버는 부패한 선거구로 악명 높았다)였던 그날 모임은 아마 엉망이 되고 말았을 것이다.

이처럼 전적으로 자발적이고 자유로운 위치가 얼마나 필요한지를, 나는 아가일 공작(Duke of Argyll)의 '자유와 재산 방어 연맹'(Liberty & Property Defence League)이 내가 가는 모임이면 어디든 따라가서 나를 반박한다는 조건으로 주급 3파운드에 고용한 전문 연설가를 통해서 배웠다. 우리 둘은 함께 여행함에 따라 곧 유쾌한 지인이 되었다. 이 전문 연설가는 언제나 똑같은 연설을 했으며, 이에 대해 나도 언제나 똑같이 그의 주장을 통렬히 깨뜨리는 내용의 연설을 했다. 그의 연맹이 해체되었을 때, 그는 페이비언 협회를 위해 그 일을 하겠다고 제안했다. 그 과정에 그는 페이비언 협회의 연사들은 돈을 받지 않는다는 사실을, 나도 사실 "무료"로 강연을 해 왔다는 사실을 알고는 크게 놀랐다.

런던의 세인트 제임스 홀에서 여성의 참정권을 지지하며 모인 어느 모임에서, 과감하게도 나는 기발한 수법을 성공적으로 동원한 적이 있었다. 내가 연설을 하기 직전에, 적대적인 사람들이 무리를 지어 룸으로 들어왔다. 나는 우리가 수적으로 열세이고, 우리의 뜻과 반대로 어떤 개정이 이뤄질 것이라는 것을 알아차렸다. 침입자들은 모두 페이비언 협회에 반대하는 사회주의자들이었으며, 그들을 이끄는 사람은 내가 아주 잘 아는 사람이었다. 그 사람은 당시에 거의 발작이라고 할 정도로 흥분할 수 있었으며, 대중 선동과 불안 조장 등으로 닳고 닳은 인물이었다.

그때 나에게 이런 생각이 떠올랐다. 개정이 이뤄지지 않고, 그 대신에 그들을 자극해서 회의 자체를 망가뜨리게 함으로써 그들 스스로 얼굴에 먹칠을 하도록 하면, 명예가 우리 쪽으로 돌아가지 않을까 하는 생각이었다. 나는 주교가 욕하고 나서도록 하거나 양이 싸우고 나서도록 할 만한 내용의 연설을 했다. 그러자 그 집단의 지도자가 도저히 참을 수 없는 상태가 되어 나에게 항변하기 위해 미친 듯이 연단으로 돌진했다. 이어 그의 추종자들은 그가 돌격할 것을 지시했다고 판단하고는 즉시 연단을 아수라장으로 만들어 버렸다. 모임이 깨어진 것은 말할 필요도 없다. 그러자 그들은 자신들의 지도자를 사회자로 내세우고 모임을 복구했다. 그때 나는 발언 기회를 요구했으며, 그것이 공정한 처사였기 때문에 나에게 발언할 기회가 주어졌다. 그래서 나는 한 차례 더 나의 뜻을 밝힐 기회를 가졌으며, 결과는 대만족이었다. 어떤 피해도 입지 않았고, 주먹질도 없었다. 그러나 신문들은 이튿날 폭력과 파괴의 장면을 묘사했으며, 그 장면은 철부지 소년조차도 관심을 줄 만한 것을 전혀 보여주지 않았다.

나는 누구에게도 공개적으로 나와 논쟁을 벌이도록 하지 않았다. 내가 볼 때 노련한 대중 연사가 상대적으로 초심자인 사람에게 말로 결투를 벌이자고 초대하는 것은 불공적인 관행일 뿐만 아니라, 다른 어떤 대결보다도 가치가 없는 대결인 것 같았다. 그러나 지금도 나는 나 자신이 아직 초심자일 때 사회주의자 연맹(Socialist League)(모리스가 이끌던 단체였다)이 마련하려던, 나와 찰스 브래들래프(Charles Bradlaugh)의 토론이 성사되지 않은 것을 안타깝게 생각하고 있다.

당시에 브래들래프는 연단에서 큰 소리로 호전적으로 외치는 연사였고, 나는 단지 무패를 기록 중인 헤비급 복싱 선수를 이기려 노력하던 라이트급 선수나 마찬가지였지만, 그럼에도 나는 적어도 할 말은 할 수 있었을 것이다. 사회주의자 연맹은 그에게 토론을 벌이라고 권하면서, 사회주의자 연맹의 회원도 아닌 나를 그들의 투사로 선택했다. 나는 두려움을 느꼈지만 뒤로 물러설 수는 없었다. 그러나 브래들래프가 한 가지 조건을 제시했다. 내가 페이비언 협회에 강력히 반대하고 있던 '사회 민주 연맹'(Social-Democratic Federation)의 팸플릿과 발언을 넘어서서는 안 된다는 것이었다.

당연히 나는 그가 어떤 조건이든 내세우도록 내버려두고는 그런 것에는 신경을 쓰지 말았어야 했다.

그러나 나는 그런 것까지 알기에는 아직 풋내기였다. 단지 나는 "사회주의가 영국 국민에게 이로울 것인가?"라는 주제를 제안했다. 그는 사회주의를 힌드먼의 연맹이 의미하는 그런 것으로 본다는 조건에서만 이것을 받아들였을 것이다. 나는 그런 식으로 얽매이기를 거부했고, 내 생각엔 그가 의도했을 것 같기도 한데, 결과적으로 토론은 성사되지 않았다. 그러자 당시엔 나도 차라리 잘 됐다는 생각이 들었다. 나 자신이 그에게 맞서면서 뭔가를 보여줄 수 있을 것인지가 매우 의문스러웠기 때문이다.

나는 그 기회를 놓친 나 자신을 쉽게 용서할 수 없었다. 그러나 그것은 소심함 때문이 아니라 자신이 없는 데 따른 망설임 때문이었다. 초기에 나는 이런 망설임 때문에 피해를 꽤 입은 편이었다. 나는 정말로 내가 알고 있던 것보다 훨씬 더 유능한 연사였고 더 가공할 만한 토론 상대였다. 나는 이미 시티 로드에 있는 사이언스 홀(Hall of Science)에서 브래들래프를, 그러니까 그의 기반 위에서 정면으로 맞섰던 적이 있었다. 그때 나의 자리는 뒤쪽이었다. 내가 일어나서 겨우 두 문장을 말하기도 전에, 브래들래프가 갑자기 끼어들며 말했다. "저 신사는 연사입니다. 앞으로 나오시지요." 그래서 나는 호기심 어린 시선을 느끼며 앞으로 나갔다. 브래들래프는 답변 대부분을 나의 연설에 할애했다. 그는 틀림없이 나에 대해 나 자신이 스스로 생각하고 있던 것보다 더 중요하게 생각하고 있었다. 에드먼드 킨(Edmund Kean)[60]이 매크레디(William Macready)[61]와 함께 연기하기를 거부했듯이, 그가 나와의 일대일 토론을 거부했다는 상상은 언제나 나를 즐겁게 만든다.

그 후로 브래들래프는 자신이 이길 것이라고 확신했던 8시간 노동 문제를 놓고 힌드먼과 토론을 벌였다. 둘 중 어느 누구도 그 주제에 매달리지 않았으며, 따라서 결론이 나오지 않았고, 당연히 양측 모두 불만스러웠다. 그래서 그 문제를 놓고 나와, 전국세속주의협회(National Secular Society) 회장 자리를 브래들래프로부터 물려받은 노련한 연사인 고(故) G.W. 푸트(George William Foote)가 다시 토론을 벌이는 자리가 마련되었다. 사이언스 홀에서 우리는 이틀 밤 동안 8시간 노동 문제를 놓고 거세게 붙었다. 연설만을 놓고 본다면 둘 다 막상막하였지만, 경제학에서 내가 푸트보다 더 나았으며 표결이 있었다면 아마 내가 이겼을 것이라고 나는 믿는다. 그 토론은 조지 스탠드링(George Standring)이 발행하는 책자에 소개되었다.

나의 대중 연설은 나에게 정치 활동에 아주 긴요한 한 가지 자질을 안겨주었다. 위원회 습관이었다. 어떤 단체에 가담하든, 나는 즉시 실행위원회에 앉혀졌다. 처음에 나는 저자들이 보헤미안 기질

....

60 셰익스피어 작품을 자주 연기한 영국 배우(1787-1833).

61 영국 배우(1793-1873)로 에드먼드 킨과의 관계가 나빴다.

의 아나키즘과 개인주의에 젖어서 하던 대로 했다. 저자들은 어떤 이슈에서든 패배하면 그 자리에서 물러났다. 나도 토지복원연맹(Land Restoration League)이 강령에 사회주의를 포함시키자는 나의 제안을 거절했을 때 그들처럼 했다. 그러나 나는 그 후로는 두 번 다시 그렇게 하지 않았다. 나는 곧 '절대로 물러나지 말라'는 원칙을 배웠다. 나는 또 선동가들의 위원회는 언제나 '어떤 조치를 취해야 한다'는 확신을 품고 있지만 무엇을 할 것인가 하는 문제에 있어서는 매우 모호하다는 것을 배웠다. 그들은 토론하고 또 토론을 하지만 절대로 결론에 이르지 못한다. 분명히 제안할 무엇인가를 갖고 있으면서 나머지 회원들이 완전히 지쳐서 나가떨어질 때까지 그것을 꼭꼭 숨기는 회원이 아무도 그에게 동의하지 않을 때조차도 상황의 지배자가 된다. '그것 아니면 다른 것은 절대로 안 돼, 그런데 무슨 조치가 취해져야 해.' 이것이 혼자 특별한 의견을 가진 사람이 리더가 되는 방법이다. 나도 종종 그런 특별한 의견을 가진 입장에 처해 보았다.

위원회를 통한 훈련과 연설 기술이 부족한 경우에 재능이 아주 탁월한 사상가도 능력을 제대로 발휘하지 못한다는 사실은 웰스(Herbert George Wells)의 예를 통해 잘 확인된다. 그가 페이비언협회를 단번에 휘어잡으려 들 때, 나는 그와 유명한 토론을 벌인 바가 있다. 연사와 위원회 활동에 익숙한 사람으로서 나는 그보다 10년은 더 앞서 있었으며, 그는 완전히 풋내기였다. 내가 그를 완전히 압도했다는 표현은 맞지 않다. 오히려 그가 스스로를 파괴함으로써 나를 곤경으로부터 구해주었다는 말이 맞다. 그가 스스로 처신을 잘못할 수 있었을 뿐이었다. 그에겐 정말 다행한 일이지만, 그가 토론에 너무나 무도하게 임했는데도 페이비언 협회는 상황을 아주 현명하게 꿰뚫어 보면서 그를 전술적으로 불가능한 사람으로 치부하는 한편으로 사회주의의 선구자로 여기고, 보다 탁월했던 나를 연설의 달인으로 여겼다.

초보 웅변가들은 연사로서의 나의 기술을 순전히 연습만으로 얻은 것으로 여겨서는 안 된다. 연습은 단지 나의 조바심을 치료해 주었고, 내가 개인적으로 잘 아는 사람들뿐만 아니라 대중의 앞에서도 말하는 데 익숙하도록 도와주었을 뿐이다. 내가 알자스의 늙은 최저음 오페라 가수 리처드 데크(Richard Deck)를 어떻게 알게 되었는지에 대해선 다른 곳에서 설명한 바가 있다. 데크는 자신이 새로운 벨칸토 창법을 발견했다고 믿었으며, 그 창법을 완전히 숙달했을 때 그는 자신이 가수로서의 경력을 새롭게 했을 뿐만 아니라 그것으로 문명까지 재생시켰다고 상상했다. 그는 가난한 가운데 유니버시티 칼리지 하스피틀에서 사망했다. 그 사이에, 델사르트(François Delsarte)[62]의 제자였던 그는 연사가 대중에게 말의 뜻을 분명하게 전달하기 위해선 모든 자음을 따로 따로 폭발적

....

62 프랑스의 가수이자 웅변가이며 작곡자(1811-1871)이다. 특히 노래와 연설법을 가르친 선생으로 유명하다.

으로 발음하고 외국어의 모음들을 영국식 이중 모음과 뚜렷이 구분하는 쪽으로 알파벳을 다시 배워야 한다고 나에게 가르쳤다. 그에 따라 나는 가수가 음계를 연습하듯이 알파벳을 연습했다. 그 결과, 나는 마침내 'Lo here I lend thee this sharp pointed sword'[63]를 'Loheeryelentheethisharpointed sword'라는 식으로 말하지 않게 되었다. 또 나는 다양한 방언들을 흉내 낼 때에는 극적인 연설을 할 때만큼 발음을 분명하게 내는 방법을 배우지 않아도 된다는 생각을 버리게 되었다. 대중 연설가들은 가능하다면 언제나 음성학적으로 유능한 선생을 찾아 연설법을 배워야 한다. 그러나 예술은 그 인위성을 숨겨야만 한다. 그리고 연기를 가르친다고 공언하면서도 음성학에 근거한 연설 훈련에 대해선 아무것도 모르는 노배우들을 전염병으로 여겨 피해야 한다.

마침내, 나는 나에게 들어오는 모든 초청에 응할 수 없게 되었다. 그리고 똑같은 비유와 똑같은 주장을 되풀이하는 것 자체가 지겨워졌다. 나는 한 가지 연설문만 가진 수다쟁이가 될 위험에 처했다. 나는 노동조합 조직책들의 운명을, 말하자면 처음에 금주주의자로 시작했다가 새로운 청중에게 늘 똑같은 진부한 연설을 집어넣어야 하는 필요성 때문에 자신을 술로 채우는 수 밖에 없게 되는 그런 운명을 너무나 많이 보았다. 1895년에 나는 이미 더 이상 전력을

....

63 셰익스피어의 '리처드 3세' 중 1막 2장에 나오는 대사의 한 구절로 '자, 예리한 이 칼을 받으라.'는 뜻이다.

쏟을 수 없는 상황에 이르렀으며, 나의 건강에 문제가 생기고 이어 1898년에 결혼을 함에 따라, 일요일 대중 연설 스타로서의 나의 경력은 종지부를 찍게 되었다. 그 이후로 나는 특별한 일이 있을 때나 페이비언 협회의 공식적 만남, 그리고 교구 총회였을 때 위원으로 선출되었던 세인트 팬크러스 버러 의회에서만 연설자로 나섰다. 그러나 나는 연설의 달인으로서 습득한 기술을 망각하지 않았다. 그 기술은 내가 85세를 앞둔 1941년에 개인적인 연설까지 최종적으로 접을 때까지 계속 이어졌다.

스케치 #11

알찬 우정

제테티컬 소사이어티에 가입하고 몇 주일 뒤에, 나는 연사로 나왔다가 토론에도 참석했던 어떤 사람에게 매우 강하게 끌렸다. 그는 21세 정도 되었으며, 중키보다 작았고, 손과 발이 작고, 옆모습은 잘생긴 나폴레옹 3세 같았다. 코와 황제 수염이 그랬다는 뜻이다. 그는 앞이마가 멋지고, 머리통이 길고, (골상학자들에 따르면) 두 눈은 매우 잘 발달한 발성 기관 위에 자리 잡고 있었으며, 머리카락은 유난히 굵고 억세고 검었다. 그는 토론 주제에 관해 모든 것을 알았으며, 강연자보다 더 많이 알고 있었고, 그 자리의 누구보다 더 많이 알았으며, 글로 쓰인 모든 것을 읽었으며, 주제와 관계있는 사실들을 모두 기억하고 있었다. 그는 메모지를 이용했다. 그는 메모지를 한 장 한 장 확인하며 꼼꼼하게 읽으면서 한 장씩 버렸으며, 마지막은 냉정해 보일 만큼 깔끔하게 정리했다. 그런 모습이 나에겐 정말 신기해 보였다.

이 사람이 바로 잉글랜드에서 가장 유능한 인물인 시드니 웹이었다. 내가 지금까지 한 일 중에서 가장 현명했던 것은 바로 그에게 나와의 우정을 강요하고 그 우정을 지킨 것이었다. 그날 이후로 나는 쇼 개인일 뿐만 아니라 웹과 쇼의 위원회이기도 했다.

훗날 '패스필드 코너의 패스필드 남작'이 되었다가 지금은 나의 강력한 요청에 따라 웨스트민스터 대성당에 묻혀 있는 웹은 가장 탁월하고 유능한 행정관들과 역사가들 중 한 사람으로서 세상을 형성한 인물로 입증되었다. 어쨌든 나는 우리 둘이 아직 똑같이 무명일 때 그에게서 이런 능력을 예견했다. 존 스튜어트 밀의 제자로서, 그는 생산 요소들의 사유화와 계약의 자유가 결합될 경우에 필히 노동자 계급과 맞서는 부자 계급을 낳게 된다는 것을, 또 순수한 민주주의가 계급 전쟁으로 대체된다는 것을 잘 이해했다. 애덤 스미스와 맬서스, 리카도(David Ricardo), 오스틴(Austin), 매콜리(Thomas Macaulay)도 이것을 알았지만 대안을 보지는 못했다. 현대의 상급 공무원으로서 웹은 생산 수단을 국유화하고 국가가 중요 산업을 직접 경영하는 데에 꽤 실현 가능한 대안이 있다는 것을 알고 있었다. 그는 그런 대안의 존재와 성공을 보여주는 놀라운 예들을 갖고 있었다. 이를 근거로 보면, 그는 확실한 사회주의자였다.

웹의 두뇌와 지식, 공적 경험 등을 공유하는 쇼와 쇼 자신만의 쇼 사이의 차이는 어마어마했다. 그러나 나는 그때나 지금이나 구제 불가능한 엉터리 연극인이고 웹은 아주 소박한 천재였다. 그렇기 때문에 나는 종종 무대의 중심에 섰던 반면에 그는 프롬프터 박스(prompter's box) 안에 있어서 밖으로 보이지 않았다.

헨리 조지의 영향으로 경제학 쪽으로 기울면서, 나는 '토지개혁연합'(Land Reform Union)이라 불린, 조지를 추종하는 단체와 접촉하게 되었다. 이 단체는 '영국 토지복원연맹'으로 몇 년 더 존속했다. 거기서 나는 '성 마태오의 길드'(Guild of St. Matthew)를 조직했던 조지 사슨(George Sarson)과 헨리 캐리 셔틀워스(Henry Cary Shuttleworth)와 스튜어트 헤들램(Stewart Headlam)과 노팅엄의 사임스(Symes of Nottingham) 등을 포함하는 기독교 사회주의 성직자들 외에 이튼 칼리지의 선생인 제임스 리 조인스(James Leigh Joynes)와 시드니 올리비에(Sydney Olivier)[64], 헨리 하이드 챔피언(Henry Hyde Champion)[65]을 만났다. 나의 기억에, 노팅엄의 사임스는 토지 국유화가 모든 것을 해결할 것이라고 주장했고, 이에 대해 나는 자본이 여전히 사적으로 활용된다면 사임스는 "해적선의 목사"로 남을 것이라고 대답했던 것 같다. 사슨은 영국 교

....

64 인도 장관을 지낸 고위 공무원으로 영화배우 로런스 올리비에의 삼촌이다(1859-1943).

65 사회주의자이자 언론인(1859-1928)이었으며, 독립노동당 창설에 중요한 역할을 했다. 1893년에 호주로 이주했다.

회의 제1조를 근거로 영국 성공회 신학은 무신론적이라고 주장했다. 그는 세실 샤프(Cecil Sharp)[66]와 소머셋 지방의 민속 음악을 함께 수집하면서 그의 동료로 알려지게 되었다.

그때 조인스는 채식주의자이고 인도주의자이고 셸리 추종자였다. 그는 헨리 조지와 함께 아일랜드를 여행했다는 이유로 이튼의 자리를 박탈당했으며, 두 사람은 '게일당'(Clan na Gael)[67]의 밀사로 여긴 경찰에 의해 체포되었다. 조인스의 여형제는 이튼의 사감 헨리 솔트(Henry Salt)와 결혼했다. 솔트도 마찬가지로 채식주의고, 인도주의자이고, 셸리와 드 퀸시(Thomas De Quincey)의 추종자였다. 그는 이튼을 관리하는 일을 아주 싫어했다. 그는 시골에서 노동자의 오두막에서 살 수 있을 만큼 돈을 저축하자마자(그에겐 아이가 없었다) 살던 집을 포기하고, 자신의 모든 것에서 이튼의 흔적을 털어내고 인도주의 연맹을 창설했다.

그와 나, 그리고 그의 아내 케이트 솔트(Kate Salt)는 매우 친한 친구가 되었다. 케이트 솔트와 나는 이튼에서 서리 카운티의 오두막으로 옮겨온 요란한 그랜드 피아노로 듀엣을 연주하곤 했다. 시골에 살던 그들을 처음 방문하던 날의 추억은 내가 '폴 몰 가제트'에 '서리 힐스의 어느 일요일'이라는 제목으로 쓴 글에 고스란히 담겨 있다. 재미있거나 재미없는 나의 희곡들 중 몇 장면은 내가

66 잉글랜드의 민속 음악 부흥에 지대한 공을 세운 인물(1859-1924)이다.

67 19세기 말과 20세기에 미국에서 활동한 아일랜드 공화국의 조직이었다.

그들을 방문한 동안에 보랏빛 히스 꽃밭에서 쓴 것이다. 여기서 독자 여러분은 나와 인도주의자들의 연결을 확인하고 있다.

솔트 가족과 아주 친한 사람이 에드워드 카펜터(Edward Carpenter)[68]였다. 우리는 그를 '고상한 야만인'(Noble Savage)이라 불렀다. 그도 케이트와 듀엣을 연주했으며, 나로 하여금 샌들을 신도록 했다. 그러나 나는 샌들을 처음 신고 오랜 시간 걸은 뒤 발에 피가 나는 것을 경험하고는 바로 샌들 착용을 포기했다.

이 서클 안에서는 헨리 조지와 칼 마르크스 같은 사람들에 대한 논의는 전혀 없었으며, 월트 휘트먼(Walt Whitman)과 소로(Henry David Thoreau)에 대한 이야기가 많이 오갔다. 그들에게 일어난 최악의 일은 바로 조인스의 죽음이었다. 심장이 나빴던 조인스는 의학계의 고착성과 알코올성 자극이라는 치료법에 의해 살해당한 것이나 마찬가지였다. 이 치료법이 너무나 명백하게 치명적이었기 때문에, 나는 그 방법을 택한 의료계를 절대로 용서할 수 없었다. 그럼에도 그 치료법은 여전히 유행하고 있다. 조인스는 1848년 독일 혁명 때 불렸던 혁명가(革命歌)들을 멋지게 번역한 책을 한 권 남겼다. 솔트는 셸리와 제임스 톰슨(James Thompson), 제프리스(Richard Jefferies), 드 퀸시에 관한 전공 논문을 몇 편 발표했다. 그는 이튼 회고록과 베르길리우스(Virgil) 번역을 끝냈다. 그는 자신의 자서전 제목을 '야만인들 틈에서 보낸 70년'(Seventy Years

....

68 영국 철학자이자 사회주의자이며, 시인(1844-1929).

Among Savages)으로 정했다.

여기서 잠깐 토지개혁연합으로 돌아간다. 내가 시드니 올리비에(Sydney Olivier)를 만난 것은 그곳에서였다. 그는 식민성의 고급 관리였다. 시드니 웹도 마찬가지였다. 그와 웹은 상주 관리였으며 서로 아주 친한 친구였다. 페이비언 협회가 1884년에 결성되었을 때, 나는 그 이름과 '왜 다수가 가난할까?'라는 제목의 팸플릿에 끌렸다. 나는 마르크스를 통해서 우리에게 필요한 운동은 헤겔(Georg Wilhelm Friedrich Hegel)의 이론화 작업이 아니라 자본주의 문명의 공식적인 사실들을 드러내 보이는 것이라는 확신을 갖게 된 터라, 웹에게도 합류할 것을 권했다. 그런데 자본주의의 민낯을 드러내는 작업이야말로 웹이 정통한 일이었다. 그의 첫 번째 기고였던 '사회주의자들을 위한 사실들'(Facts for Socialists)이라는 제목의 소논문이 페이비어니즘의 실질적인 시작이었다.

1943년에 세상을 떠난 올리비에는 최고의 행정 능력과 결코 마르지 않는 선의(善意), 독재적인 요소라고는 한 점도 없는 예외적인 양심이 절묘하게 결합된 인물이었다. 나는 그의 전기에 쓴 기고문에서 그를 묘사했다. 그는 훗날 우리와 합류하게 될 그레이엄 월러스와 옥스퍼드에서 친구가 되었다. 몇 년 동안, 페이비언 협회 정치국의 리더들은 웹과 올리비에, 월러스, 쇼, 그리고 토리당의 민주주의 옹호자인 휴버트 블랜드(Hubert Bland)였다.

나의 동료들이 예외적으로 개성이 강하고 학식이 아주 높았기 때문에, 나는 페이비언 협회의 관점과 지식을 갖고 글을 쓸 수 있었으며, 이 관점과 지식이 문예란 기사를 비롯한 나의 문학적 성과물을 평범한 문학적 은둔자들의 작품과는 완전히 다르게 만들었다. 따라서 탁월하다는 평판을 듣는 쇼는 사실 페이비언 정치국에 그의 사상을 엄격히 비평하는 탈곡기 같은 존재들이 있었기 때문에 찬란하고 특별할 수 있었다. 대단히 독창적이고 환상적인 글을 쓴 것처럼 보였을 때, 종종 나는 필사생에 불과했고, 끊임없는 연습을 통해 가꾼 약간의 예외적인 문학적 소질과 연극적 소질을 갖춘 대변인에 지나지 않았다.

나의 동료들은 나에게서 난센스와 무지, 통속적인 시골 근성을 많이 벗겨냈다. 그것은 우리가 서로에게 꽤 냉혹하게 비판을 가했던 덕분에 가능한 일이었다.

그러나 페이비언 협회의 정치국에는 기질에 따른 갈등이 상당했으며, 다른 사회주의자 단체들에도 분열과 대립은 마찬가지로 잦았다. 이는 영국인들이 언쟁을 매우 즐기는 편이라서 생기는 일이었다. 나는 나 자신의 쓰임새가 아일랜드인 특유의 임기응변적 재주로 이런 마찰을 부드럽게 해결하는 데 있다고 믿고 있다. 그런데 영국인들에겐 이런 재주가 극히 부족한 것 같았다. 불화가 일어날 때마다, 나는 그것을 분석하면서 대단히 과장된 언어로 명쾌하게 설명함으로써 모든 사람들의 신념을 겉으로 고스란히 드러냈다. 그 결과, 양측은 그 모든 것이 나의 잘못이라는 데 동의했다. 나는 모든 사람들로부터 무모하게 이간질을 일삼는 사람이라는 소리를 들었지만, 괴짜 아일랜드인의 특권 정도로 용서를 받았다.

페이비언 협회를 심하게 경멸했던 경쟁적인 단체들이 그 흔적조차 망각되고 있는 가운데서도 페이비언 협회는 그 정책뿐만 아니라 초기 단계부터 관리 면에서 두드러졌던 아일랜드인 특유의 한 가지 요소 때문에 특이하게 살아남았다는 사실에 대해 나 스스로 아주 대견하게 생각하고 있다.

조지 버나드 쇼를 탁월한 존재로 만들었던 페이비언의 우정에 대한 이야기는 이쯤에서 접는다.

스케치 #12

나는 교육받은 사람인가?

나 자신이 이론적인 자격은 전혀 갖추지 않았음에도 실은 대부분의 대학교 학자들보다 훨씬 더 많은 교육을 받았다는 점은 아무리 자주 되풀이해도 지나치지 않다. 내가 자란 집안은 음악적인 가정이었으며, 나에게 그 음악은 헨델(Georg Friedrich Handel)로 시작한 "학구적인" 음악이었고, 또 글루크(Christoph Willibald Gluck)와 모차르트(Wolfgang Amadeus Mozart)로 시작한 극적인 음악이었다. 이 두 가지 음악은 현대의 문화적 예술의 몸통을 형성하고 있지만, 죽은 언어의 문학은 길버트 머리(Gilbert Murray)의 위대한 번역이 아니고는 문화적인 예술이라고 절대로 주장하지 못한다. 머리의 번역은 영국적이며 영어로 쓰인 어떤 독창적인 작품

못지않게 현대적이며, 셰익스피어도 자신의 이야기들을 처음으로 창작한 것이 아니라 옛날의 이야기들을 번역하고 변모시켰다는 점을 우리에게 상기시킨다.

나의 가족은 친절했음에도 사랑이 없는 것으로 여겨질 수 있었지만, 교회의 교리문답에 정통하기도 전에 '그대, 사랑하는 이여'(A te O cara)[69]와 '나팔을 불며 용감하게'(Suoni la tromba intrepido)[70]를 부를 수 있었던 아이에겐 그런 것은 전혀 중요하지 않았다. 이런 노래들 속에 어떤 아이에게나 충분한 정서와 기사도가 담겨 있었다.

이런 교육은 결코 중단되지 않았다. 그 교육은 로시니(Gioacchino Antonio Rossini)와 마이어베어(Giacomo Meyerbeer)와 베르디(Giuseppe Verdi)에서부터 바그너로, 베토벤에서부터 시벨리우스(Jean Sibelius)로, 헨델과 멘델스존(Felix Mendelssohn)의 영국식 변형에서부터 엘가(Edward Elgar)와 윌리엄스(Vaughan Williams)의 순수 영국 음악으로, 드뷔시(Claude Debussy)의 온음계와 쇤베르크(Arnold Schonberg)의 반음계에서부터 여러 기법을 동원한 스콧(Cyril Scott)의 실험으로 계속 이어졌다. 이 교육의 상당 부분은 오스카 와일드(Oscar Wilde)의 가르침, 즉 "최신 유행을 피하라. 그렇게 하지 않으면 6개월 안에 가망 없이 시대에 뒤떨어

69 벨리니(Vincenzo Bellini)가 1835년에 작곡한 오페라 '청교도' 제1막 3장에 나오는 아리아.

70 벨리니의 오페라 '청교도' 2막에 나오는 노래.

지고 말 것"이라는 가르침이 유효하다는 점을 증명해 주었다. 바그너가 '탄호이저'에서 우리에게 받아들일 준비가 되어 있지 않았던 '장9화음'을 떠들썩하게 소개했을 때, 우리는 귀를 막았다. 바그너는 13화음을 갖고도 그렇게 했다. 그런 음들은 오늘날엔 아무도 놀라게 하지 않지만, 당시에 분명히 나를 놀라게 만들었다. 그때 베토벤의 초반부 작품인 '프로메테우스 서곡'(Prometheus Overture)이 베이스에 7도 음정이 있는 감7화음으로 시작하는 것을 처음 들으면서 엄청나게 강한 인상을 받은 기억이 있으니 말이다.

이런 교육을 교과서의 전문용어로 어떤 식으로 표현할 수 있을까? 이튼과 해로, 윈체스터 또는 럭비 스쿨에서 베르길리우스와 호메로스(Homeros), 호라티우스(Quintus Horatius Flaccus), 유베날리스(Decimus Junius Juvenalis)의 글을 억지로 읽은 대학 졸업자가 그것을 이해할 수 있을까? '존 길핀'(John Gilpin)[71]과 '늙은 뱃사람'(The Ancient Mariner)[72]의 운율 있는 글을 억지로 시처럼 보이도록 인쇄하는 것이, 장식적인 무도곡에서 분위기를 표현하는 베토벤의 음악으로 넘어가는 것을, 이 둘을 결합시키는 모차르트의 기적 같은 재능을 거쳐 진화해 가는 과정을 가르치는 것보다 더 교육적인가?

대학교 음악가들이 있다는 사실을 상기해야 한다. 스탠퍼드

....

71 윌리엄 쿠퍼(William Cowper)가 1782년에 쓴 발라드.

72 영국 시인 새뮤얼 테일러 콜리지(Samuel Taylor Coleridge)가 1797-98년에 쓴 장시.

(Charles Villiers Stanford)와 패리(Joseph Parry) 같은 음악 박사들이 있다. 그러나 박사 학위의 효과는 학위 소지자로 하여금 통주저음을 배운 경험이 전혀 없는 바흐(Johann Sebastian Bach)와 엘가(Edward Elgar) 같은 거장들을 폄하하면서 흘러간 작곡자들을 모방하는 내용으로 오선지를 채우면서도 자신이 작곡하고 있다는 믿음을 갖게 하는 것뿐이다. 나의 여자 가정교사는 나에게 글자를 가르쳤지만, 나에게 희곡 쓰는 법을 가르쳐준 사람은 아무도 없었다. 나의 희곡은 그것이 아주 많은 돈을 벌어주면서 유행을 바꾸고 내가 셰익스피어의 후계자라는 칭송을 듣게 되기 전까지는 전혀 희곡으로 대접을 받지 못했다.

예술 판에서 동시대의 전개를 개인적으로 직접 경험하는 것이 케케묵은 문서들을 공부하는 것보다 훨씬 더 교육적이다. 쪼가리 지식을 외워서 시험을 치는 사람은 예술이 아이스킬로스(Aeschylus)에서 에우리피데스(Euripides)로, 다시 메난드로스(Menandros)로 '쇠퇴'해 가는 과정을 절대로 느끼지 못한다. 그러나 나는 도니체티(Gaetano Donizetti)에서 바그너로, 부게로(William Adolphe Bouguereau)에서 고갱(Paul Gauguin)으로, 리더(Benjamin Williams Leader)에서 윌슨 스티어(Wilson Steer)와 모네(Claude Monet)로, 카노바(Antonio Canova)에서 로댕(Auguste Rodin)으로, 스크리브(Eugène Scribe)와 사르두(Victorien Sardou)에서 입센으로, 배리 설리번(Barry Sullivan)에

피아노를 치며 노래를 부르는 조지 버나드 쇼.

서 어빙(Henry Irving)으로, 콜렌소(Colenso)에서 잉거(William Motter Inge)로, 테니슨(Alfred Tennyson)에서 브라우닝(Robert Browning)으로, 매콜리에서 마르크스(Karl Marx)로, 맥스 바이스만(Max Weismann)에서 허버트 딩글(Herbert Dingle)로, 틴들에서 클라크 맥스웰(Clerk Maxwell)과 플랑크(Max Planck), 아인슈타인(Albert Einstein)으로, 윌리엄 클리퍼드(Willam Kingdom Clifford)에서 하디(Thomas Hardy)로 발달해 가는 과정을 느꼈다. 한마디로 말해, 나의 경우에 죽은 자들의 걸작을 다시 듣는 것을 흠모하는 단계에서부터 새로운 놀라운 일탈이 나 자신에게 가하는 압박을 느끼는 단계까지 그 과정을 직접 경험했다는 뜻이다.

이론적 교육을 평가하는 시험은 그래도 없는 것보다는 낫다. 아리스토텔레스(Aristotle)에서 루크레티우스(Tius Lucretius Carus)로, 플라톤(Platon)이 전하는 소크라테스(Socrates)에서 플로티누스(Plotinus)로, 투키디데스(Thucydides)에서 기번(Edward Gibbon)으로, 프톨레마이오스(Klaudios Ptolemaios)에서 코페르니쿠스(Nicolaus Copernicus)로, 성 베드로(Saint Peter)에서 로버트 오웬(Robert Owen)으로, 아퀴나스(Thomas Aquinas)에서 후스(Jan Hus)와 루터(Martin Luther)로, 에라스무스(Desiderius Erasmus)에서 볼테르로 넘어가는 단계들을 공부한 사람은 적어도 마지막에 행해진 것이 무엇이었는지를 발견할 수 있고, 그것을 다시 할 수 있는 사람들에게 자격을 부여할 수 있다.

그러나 산 경험이 없는 사람은 절대로 교양 있는 사람이 될 수 없다. 학위만 갖고 있는 상태에서 죽은 언어로 된 수박 겉핥기식의 지식과 싸구려 대수학 지식이 지나치게 많은 경우에, 대단히 학구적인 졸업자도 무지하고 멍청한 존재가 될 것이다. 글로 읽는 것과 실제 경험의 결정적인 차이는 시험 점수로 측정되지 않는다. 그 차이 덕분에 나는 거만하게도 나 자신이 세상에서 교양이 가장 깊은 사람 중 한 사람이라고 주장하고, 학계의 유명인사들 중 95%를 향해, 같은 분야의 극소수 학자들이 가진 특별한 재능 덕분에 어부지리로 명예를 누리는 멍청이라고 폄하할 수 있었다.

내가 문학 밖에서 굶어죽지 않도록 구해준 것은 바로 이런 소양이었다. 윌리엄 아처가 충분한 자질을 갖추지 않은 상태에서 강요받고 있던 미술 비평 일을 나에게 넘겼을 때, 나는 로켓처럼 상승했다. 순수 예술 전반에 걸쳐 매주 만들던 문예면의 기사들은 60년이 지난 지금 읽어도 여전히 읽을 만하다. 소설가로서 만장일치로 퇴짜를 받은 이후 10년 동안, 런던이 제공할 수 있었던 모든 전시와 공연은 나에게 자유롭게 열려 있었다. 나의 소설은 훌륭한 작품일수록 출판사들의 전문 독자들로부터 반감을 더 많이 샀지만, 비평가로서 나는 아무런 이의 없이 정상에 올랐다. 한편, 예술이 없는 영국 가정에서 성장하고 현대의 훌륭한 학교에서 교육을 잘 받은 문학 초심자들은 절대로 그런 성과를 낼 수 없었을 것이다.

비평을 하던 이 시기는 나로 하여금 세심하게 고려한 끝에 판단을 내리게 하고 또 유행을 좇는 유명인들의 찬란한 재능이나 기술적 성취와 천재성을 구분하도록 함으로써 나의 정신적 교육을 크게 강화시켰다. 유행을 추구하는 명사들의 인기는 본인이 죽을 때 끝나거나 죽기 전에 끝나지만, 천재는 한 시대가 아니라 영원히 감동을 전한다. 선생들의 가르침에서 벗어나면서 대단히 유망한 전시를 한 초심자들에 대한 이야기를 나는 자주 들었다. 그러나 그런 초심자들은 자신이 배운 것들의 가치를 모르는 탓에 선생들의 후견에서 벗어나면서 평범한 존재로 전락하고 말았다. 오직 그런 경험을 통해서만, 비평가는 분석에 유능해지고 아울러 분석할 줄 모르는 비평가는 쉽게 속는다는 것을 배운다.

아흔두 해째를 살고 있는 지금도 나는 여전히 배우고 있다.

언어와 수학에 대해 말하자면, 나의 능력은 무시해도 좋을 만하다. 나는 프랑스어를 영어만큼 익숙하게 읽을 수 있으며, 이탈리아와 스페인에서는 현지 신문을 통해서 뉴스를 알아낼 수 있다. 내가 받는 독일어 편지들을 통해서 나의 길을 짐작해낼 수 있을 만큼 독일어를 알고 있다. 여러 외국어를 해독할 수 있지만, 대화에는 영 젬병이었다. 수학 쪽으로 가면, 나는 전직 출납원의 산술 실력 정도이며(지금은 오류가 상당히 많다), 고등 수학의 경우에 나는 전문적 지식이 전혀 없는 상태에서 그저 이해하고 상상할 뿐이다. 엄밀히 말하면 나는 얼간이이지만, 나의 전성기에 그 시대의 잣대로 측정하면 나는 '감탄할 만한 크라이턴'(Admirable Crichton)[73] 같은 사람처럼 보였다.

나의 교육이 유명한 책과 위대한 그림, 숭고한 음악에 힙 입은 바가 크기 때문에, 나는 지금보다 훨씬 더 무식해야 했지만, 열 살 때 내가 태어난 거리에서 이사를 간 덕분에 조금 다른 모습으로 성장할 수 있었다. 내가 태어나서 살던 곳은 아름다움과는 거리가 먼 들판을 마주보고 있었으며, 이 들판의 풍경마저도 곧 광고가 덕지덕지 붙은 광고판에 가려져 버렸다. 새로 옮겨간 곳은 도키 섬에서부터 호스 곶까지 더블린 만(灣)의 풍경을, 그리고 도키 섬에서 브레이 곶까지 킬리니 만(灣)의 풍경을 굽어보는 도키 언덕 높은 곳의 토카 오두막이었다. 거기선 늘 꿈틀거리는 바다와 저 멀리 아래와 위로 하늘이 광활하게 펼쳐지는 모습이 눈에 들어왔다.

행복은 절대로 나의 목표가 아니다. 아인슈타인처럼, 나는 행복하지 않고 행복해지기를 원하지도 않는다. 나는 아편 한 대나 위스키 한 잔으로 얻을 수 있는 그런 혼수상태를 허용할 시간도 없고, 그런 것을 즐기는 취향도 없다. 꿈에서는 나도 매우 놀라운 성격의 혼수상태를 두세 차례 경험했지만 말이다.

그러나 나는 어린 시절에 무아경의 행복을 한 순간 경험했다. 바로 나의 어머니가 우리가 도키에서 살게 될 것이라는 이야기를 들

....

73 J. M. 배리(James Matthew Barrie)가 1902년에 쓴 코믹 희곡의 제목. 주인공 크라이턴의 실제 모델은 16세기 박식가 제임스 크라이턴이었다.

나의 자연 학교였던 토카 오두막.

"THE MEN OF IRELAND ARE MORTAL AND TEMPORAL, BUT HER HILLS ARE ETERNAL."
G. B. S.

TORCA COTTAGE
THE HOME OF
GEORGE BERNARD SHAW
FROM 1866 TO 1874

ERECTED BY THE DALKEY DEVELOPMENT AND PROTECTION ASSOCIATION 1947.

토카 오두막에 설치된 명판.

려주었을 때였다. 거기선 눈만 뜨면 어떤 화가도 그리지 못하는 그런 그림을 즐길 수 있었다. 나는 셰익스피어의 글에서 "번개무늬로 황금 불꽃이 새겨진 이 장엄한 지붕"이라는 표현을 읽기 전까지 그런 하늘이 이 세상의 다른 곳에 존재할 수 있다는 것을 믿지 않았으며, 셰익스피어가 토카 오두막이 아니고 어디서 그것을 볼 수 있었을까 하고 궁금하게 생각했다.

그런 하늘을 즐기는 기쁨은 평생 나와 함께 했다.

1947년 8월 3일

아옛 세인트 로런스에서.

스케치 #13

나의 종교적 신앙은 무엇인가?

나는 유아 세례를 받음으로써 아일랜드 성공회 일원으로 프로테스탄트이지만, 나는 아일랜드 프로테스탄트 성공회의 교리를 2개 이상은 믿을 수 없으며, 내가 믿고 있는 교리들(성도(聖徒)의 교제와 영생)도 흔히들 알고 있는 것과 완전히 다른 의미에서 받아들이고 있을 뿐이며, 로마 가톨릭과 청교도주의 사이에 정치적 평화와 안정을 이룰 목적으로 나온 39개 신조 안에 담긴 그런 뜻과는 거리가 멀다. 39개 신조 속의 이 교리들은 자기모순적인 측면이 너무 강하기 때문에 논리적인 사고를 할 줄 아는 사람에게는 받아들여질 수 없다. 프로테스탄트 성공회 교회의 또 다른 교리인 '아타나시우스(Athanisius) 신경'은 나의 시대에 광교회파(廣敎會

派)[74]들로부터 자신들이 반대하는 지옥에 대한 믿음을 암시한다는 이유로 강한 반대에 직면했으나, 나는 그 교리를 지지한다. 왜냐하면 나 자신이 그것을, 이 세상이 간절히 필요로 하는 것은 신앙이 아니라 이해(理解)라는 뜻을 의미하는 것으로 해석하고 있기 때문이다. 또 그 교리의 명백한 역설을 생물학적 사실에 관한 합당한 진술로 받아들이지 못할 만큼 섬세하지 않은 사람은 수사학적으로 '지적으로 저주받은 사람'으로 묘사될 수 있다는 뜻으로 받아들이기 때문이다.

만약 내가 견진을 받았다면, 이 같은 회의(懷疑)는 '신성모독 금지법'(Blasphemy Law)에 따라 배교로 처벌을 받았을 것이다. 그러나 나는 견진을 받지 않았기 때문에 그런 일로 기소되더라도 책임은 나에게 있는 것이 아니라 나의 할아버지와 할머니(두 분 다 돌아가셨다)에게 있다고 주장할 것이다.

이것이 나로 하여금 이런 질문을 마주하게 만든다. "프로테스탄트 교인이 아니라면, 그러면 당신은 무엇인가?"

처음에 나는 무신론자라고 대답하곤 했다. 그러나 이것은 절대로 대답이 될 수 없었다. 왜냐하면 분별 있는 사람이 알고자 하는 것은 사람들이 믿지 않는 것이 아니라 사람들이 믿고 있는 것이기 때문이다. 그러나 그 당시에 공개적으로 밝힌 무신론자들은 부

....

74 영국 국교회에서 고교회파(高敎會派)와 저교회파(低敎會派) 사이의 중간 노선을 취한 교파를 말한다. 관용(寬容)과 자유주의적인 경향을 보였다.

자가 아닌 경우에 야만적일 만큼 심하게 박해를 받았다. 무신론자인 찰스 브래들래프는 하원에서 얼마나 심하게 쫓겨났던지, 때마침 현장에 도착했던 존 브라이트(John Bright)는 브래들래프가 6명의 경찰관에 의해 계단으로 끌려 내려오는 것을 보고는 경악을 금치 못했다. 브래들래프에 이어 전국세속주의협회 회장을 맡은 G. W. 푸트는 현대적인 의상에 사울(Saul)에게 기름 붓는 사무엘(Samuel)의 그림을 찍은 혐의로 1년 동안 옥살이를 했다. 동료 배교자들이 스스로 무신론자나 불가지론자라고 고백함으로써 그들에게 무조건적 지지를 보낸 것은 명예가 걸린 문제였다. 나는 스스로를 무신론자라고 부르길 더 좋아했다. 이유는 당시에 신에 대한 믿음이 여호와라 불린 옛날 부족의 우상을 믿는 것을 의미했기 때문이다. 나는 스스로에 대해 불가지론자라고 부름으로써 나 자신이 신이 존재하는지 여부를 모르는 것처럼 꾸미고 싶지 않았다. 나는 지금도 전통적인 근본주의자들을 다룰 때엔 여전히 나 자신은 그들이 믿는 우상을 믿지 않기 때문에 그들의 목적에 따라서 나를 무신론자로 보는 편이 차라리 낫다고 말한다.

그렇다면 나는 무엇이었는가? G. W. 푸트가 지급 불능 상태가 되어 파산을 신청함에 따라 그가 전국세속주의협회의 회장 자리에서 물러나는 경우에 누가 그 뒤를 이을 것인가 하는 문제가 대두되었을 때, 조지 스탠드링을 중심으로 일부 회원들이 나를 후보자 목록에 올린 다음에 내가 적임자인지를 판단하기 위해 나에게 협회 앞에서 연설을 하도록 했다. 그 후의 나의 경력이 내가 최악의 선택이 될 수 없다는 점을 입증했지만, 내가 그들 앞에서 자유사상의 진보에 대해 연설한 뒤에 그곳의 근본주의자들은 분노로 얼굴이 새하얘졌으며, 그것을 보고 스탠드링은 내가 선출될 확률은 캔터베리 대주교에 오를 확률보다도 낮을 것이라고 직감했다.

그 연설에서 내가 제시한 다음과 같은 주장은 근본주의자들의 뼛속까지 얼어붙게 만들었다. 삼위일체는 산술적으로 불가능한 것이 아니라 아버지와 아들, 정신이 한 사람 속에서 일어나는 평범한 결합이고, 원죄 없는 잉태라는 교리는 모든 임신은 원죄 없다는 신성한 진리를 강조하는 것이며, 로마 가톨릭이 성모 마리아를 숭배하는 것은 사실상 삼위일체의 아버지에 어머니를 더하는 데 필요한 것이고, 똑똑한 예수회 수사는 누구든 평범한 세속주의자를 로마 가톨릭으로 개종시킬 수 있다는 것이 연설의 주된 내용이었다. 당시에는 베선트 부인이 신지학으로 개종한 것은 그들에게 충격을 안기지 않았다.

가장 유능한 세속주의 지도자에 속하는 찰스 와츠(Charles Watts)는 자신을 무신론자로도 부르지 않고 불가지론자로도 부르지 않고 합리주의자로 불렀다. 이것이 브래들래프의 무신론보다 더 강력한 입장이었다. 이유는 그것이 긍정적인 관점이었기 때문이다. 브래들래프의 경우를 보면, 그가 하원을 상대로 승리를 거둔 것이 최종적으로 그를 죽음으로 몰고 가기 전까지, 영웅적인 그의 인격이 그를 무대의 중심에 서게 만들었다. 그러나 합리주의를 공언하는 것은 이성은 방법일 뿐만 아니라 동기이기도 하다는 믿음을 암시하며, 나는 지나치게 비판적이고 논리적인 사람이기 때문에 그 같은 실수를 저지를 수 없었다. 이성의 여신을 내세운 로베스피에르(Maximilien Robespierre)가 금방 이성은 단지 하나의 사고 장치에 불과하다는 것을 깨달았고, 신이 없으면 인위적으로라도 만들 필요가 있다는 볼테르의 말에 동의해야만 했다는 것을 나는 알고 있었다. 인간들을 지배하기 위해서, 실용적인 지배자들은 상황을 지배할 과학과 권력을 추구하면서 명예와 양심, 공공심, 사회적 양심, 애국심, 자기희생 등을 고려해야 한다. 한마디로 말해, 지배자들은 선험적 악덕, 즉 불가피하지만 비합리적인 것들뿐만 아니라 선험적인 미덕까지 두루 감안해야 한다는 뜻이다. 내가 종종 말했듯이, 이성은 당신을 위해 피카딜리 서커스에서 퍼트니까지 가는 최선의 방법을, 말하자면 버스나 전차, 지하철 또는 택시를 발견할 수 있지만, 당신이 피카딜리 서커스에 머물지 않고 퍼트니로 가길 원하는 이유를 설명하지는 못한다. 합리주의는 또한 유물론과 연결되었으며, 나는 그때도 생기론자(生氣論者)였고 지금도 마찬가지로 생기론자이다. 생기론자에게 생명력은 확실한 사실들 중에서도 가장 확실함에도 불구하고 완전한 신비로 다가온다. 나는 이성을 갖고 끊임없이 물질을 다뤄야 하지만, 나는 합리주의자도 아니고 유물론자도 아니다.

적어도, 나 자신을 진화론자라고 부를 수는 있었을 것이다. 그러나 그 당시엔 다윈이 진화를 발명했다는 것이 일반적인 견해였다. 그가 한 일은 그와 정반대였는데도 말이다. 그는 신성한 창조주의 힘으로 돌려졌던 진화적 발달의 많은 것들이 목적이나 의식조차 없이 우연적으로 생겨날 수 있다는 점을 보여주었다. 이 과정을 다윈은 자연 선택이라 불렀다. 당시에 회의적인 지식인들 사이에 성직자와 성경에 대한 반발이 아주 강했다. 그런 분위기 속에서 지식인들은 속아서 자연 선택을 곧이곧대로 믿게 되었다. 당시에 가장 탁월했던 신(新)다윈주의자였던 바이스만(August Weismann)은 우리의 몸짓과 행동은 모두 단순한 반사작용에 지나지 않는다고 주장했다.

이것은 그 자체로는 아주 괜찮았지만, 통찰력 있는 새뮤얼 버틀러(Samuel Butler)는 6주 동안 그 같은 반응에 휩쓸려 지내다가 갑자기 다윈은 자연의 역사에서 목표를 추방함으로써, 버틀러의 표현을 빌리면, 우주에서 정신을 추방해 버렸다는 사실을 깨닫게 되었다. 그러자 금방 다윈이 도덕성까지 추방했다는 것이 드러나기 시작했다. 왜냐하면 종교의 새로운 대체물인 과학이 온당하고 인도적인 모든 고려로부터 면제를 요구했기 때문이다.

과학이 한 일은 여러 가지였다. 리스터(Joseph Lister)와 파블로프(Ivan Pavlov) 같은 얼빠진 편집광들을 우상화했고, 생체 해부를 생물학적 과학에 이르는 유일한 길로 확립했고, 근본주의자들이 자신들이 기독교 증거라고 부른 것을 내세울 때만큼이나 무모하게 미숙한 통계학을 내세웠고, 산 육체와 죽은 육체 사이에 화학적 차이가 전혀 없기 때문에 거기에는 과학적 차이가 전혀 없다고 선언했으며, 무해하고 시적인 침례 의식을 야만스런 미신으로 치부하고, 인간들을 병으로부터 자유롭게 하는 모든 것을 50가지 유독한 접종으로 대체하고, 태양의 냉각으로 지구 위의 생물이 멸종할 것이라고 예언했다. 그러면서 과학은 전반적으로 편협하고 완고한 모습을 보이게 되었다. 그리하여 과학은 마침내 기독교로의 복귀를, 혹은 미가(Micah)[75]가 인간 정신 작용의 엄청난 무지와 미숙 앞에서 정의와 사랑과 겸손을 강조한 가르침이 들어설 자리가 있는 그런 교리로의 복귀를 요구하는 소리가 생겨나도록 만들고 있다. 다윈에 대한 믿음을 거부하거나 신에 대한 믿음을 확언하느니 차라리 순교를 택하겠다는 다윈 지지자들도 간혹 여자나 돈이 걸린 문제에서는 비양심적인 악당이 되었다.

그렇다면 나의 종교에 대해 규정하라는 요구를 받을 때 예술가이자 생물학자인 나는 스스로를 뭐라고 불러야 하는가? 나는 나 자신이 변변치 못한 우리 문명도 공산주의라는 거대한 토대가 없으면 단 한 주일도 존재하지 못한다는 것을 이해할 만큼은 지적인 공산주의자이기 때문에 가톨릭 신자라고 할 수 있다(가톨릭 신자와 공산주의자는 같은 것을 의미한다). 청결하게 유지되는 도로와 다

....

75 성경에 나오는 기원전 8세기의 선지자.

리, 상수도, 가로등, 법원, 학교, 교회, 입법, 행정, 관습법, 성문법, 군대, 해군, 공군 등이 그런 토대가 아닌가. 이 토대가 무지한 과반수 사람들, 그러니까 공산주의자를 천박하게 권력이나 남용하는 그런 존재로 받아들이고 공산주의를 약명 높고 사악한 모든 것의 전형으로 보는 사람들의 얼굴을 빤히 노려보고 있다.

그러나 만약 내가 나 자신을 가톨릭 신자라고 부른다면, 나는 로마 가톨릭이든, 성공회든, 그리스 정교회든, 아니면 다른 교파든 가톨릭 신자로서, 확립된 기독교 교회들의 구성원으로 받아들여지게 된다. 하느님의 벌이 내리는 지옥의 마귀를 무서워하면서 6일 동안 죄를 짓고 일곱째 날에 양의 피로 죄를 씻어내는 불성실한 사람들이 좋아하는 속죄 같은 최면성(催眠性) 강한 공상에 흠뻑 젖어 있고, 평범한 사람이 느끼는 죽음의 공포를 마비시키는 개인의 불멸이라는 허구에 매달리는 그런 신자로 말이다. 마크 트웨인(Mark Twain)은 "평범한 사람은 겁쟁이"라고 말했다.

"서로 사랑하라."라는 기독교의 주요 가르침에 대해 말하자면, 나는 다수의 가난한 노동자들과 맞서고 있는 소수의 부유한 부인들과 신사들의 인간성에 대해 깊이 생각하고, 투쟁을 찬양하고, 미신에 빠진 상태에서, 부자들을 사랑하지 않을 뿐만 아니라 너무도 싫어하기 때문에, 문명이 구원을 받으려면 그들이 보다 분별 있는 동물들로 대체되어야 한다고 생각한다. 나는 히틀러나 파블로프 같은 인간들과 그들의 숭배자들을 진정으로 사랑할 수 없다. 그것은 내가 성자 같은 토르케마다(Tomas de Torquemada)[76]나 미적인 네로(Nero)를 사랑할 수 없는 것과 똑같다.

나 자신을 생기론자라고 부르면, 과학자들, 그러니까 생명력의 존재를 인정하지만 그것을 증기나 전기처럼 순수하게 기계적인 것으로 인식하는 과학자들은 나를 유물론자로 분류할 것이다.

나 자신을 단순히 진화론자라고 부른다면, 나는 다윈설의 신봉자로 열거될 것이다. 그럼에도 다윈을 부정한다면, 나는 자연 선택과 이성이 인간의 운명에서 맡고 있는 역할에 전혀 중요성을 부여하지 않는 것으로 여겨질 것이다. 이유는 대중의 상상은 오직 극단적인 방향으로만 작동하기 때문이다. 이를테면 흑이냐 백이냐, 오른쪽이냐 왼쪽이냐만을 따진다는 뜻이다. 나는 희지도 않고 검지도 않고 고전적인 회색이며 매우 무지한 존재이다. 모든 고양이는 어둠 속에서 회색이다.

나는 심지어 거의 의문이 제기되지 않는 원인과 결과의 순서마저도 받아들이지 않는다. 나에겐 원인과 결과의 순서가 거꾸로다. 순수한 우연을 제외한다면, 소위 원인을 낳는 것이 목적이고, 목표이고, 의도한 결과이다. 만약 내가 나의 이웃을 총으로 쏜다면, 그것은 나의 권총의 잘못도 아니고 방아쇠의 잘못도 아니며, 처형장의 밧줄도 내가 처형당하는 원인이 아니다. 두 가지는 살해하려는

....

76 스페인 도미니크 수도회의 수사로 초대 종교재판소 소장을 지냈다(1420-1498).

나의 의도의 결과이고 배심원단의 정의감의 결과이다.

그래서, 베르그송(Henri Bergson)이 나의 종파의 인정받은 철학자이기 때문에 나는 나 자신을 창조적인 진화론자로 규정한다. 나의 종교에 신이 들어오는 지점이 어디냐는 질문만 없다면, 나는 새로운 묘기를 터득하기엔 너무 늙어버린 개나 다름없기 때문에 이 문제에 대한 논의는 이쯤에서 끝내야 한다. 내가 그런 질문에 "당신의 종교에는 신이 어디서 들어오는가?"라는 질문으로 받아넘길 때, 두 질문에 대한 대답은 같다. 교회들은 전능한 어떤 신을 가정해야 하지만, 그 신은 틀림없이 전능하지 않거나 자애롭지 않다. 왜냐하면 지금 세상이 선한 것 못지않게 악한 것으로도 가득하기 때문이다. 그 정도가 얼마나 심한지, '전도서'의 저자에서부터 셰익스피어까지 이 세상의 유능한 사상가들 중 많은 사람들이 염세주의자였으며, 낙관주의자들은 신만 아니라 악마도 가정해야 했다. 염세주의자들과 낙관주의자들은 똑같이 교회들은 섭리라고 부르고 과학자들은 플로지스톤(phlogiston)[77]이나 기능적 적응(Functional Adaption), 자연 선택, '자연 치유력'(Vis Naturae Medicatrix), 필수 신화(Necessary Myth), 우주의 설계(Design in the Universe) 등의 이름으로 부르는 어떤 자연적 힘의 작용을 고려해야 한다. 나는 그 힘을 생명력 또는 진화적 욕망(Evolutionary Appetite)이라고 부른다. 베르그송은 그것을 '생명의 약동'(Elan

....

77 산소가 발견되기 전까지 가연물의 주요 성분으로 여겨졌던 가상의 원소.

Vitale)이라고 불렀고, 칸트(Immanuel Kant)는 그것을 '정언명령'(Categorical Imperative)이라고 불렀고, 셰익스피어는 그것을 "우리의 목적들을 다듬고, 그 목적들을 우리가 의도한 방향으로 대략적으로 마무리해 주는 신성"이라고 불렀다. 그 모든 것들은 똑같은 것을 가리키고 있다. 즉 우리의 상황을 보다 강력하게 지배하길 원하고 자연을 보다 깊이 이해하길 원하는 신비한 욕망과 다르지 않은 것이다. 이런 것들을 추구하면서, 남자와 여자들은 탐험가나 순교자로서 죽음을 무릅쓸 것이고, 신중과 확률, 상식에 맞서면서 개인적 안락과 안전을 희생시킬 것이다.

불가사의한 이 힘은 다양한 이름으로 불리고 있음에도 불구하고 하나의 확고한 사실로서 모든 종교를 똑같이 마주하고 있다. 그렇기 때문에 이 힘은 가장 일상적인 표현인 섭리로 불려도 괜찮을 것이다. 따라서 대단히 조악한 복음주의와 창조적 진화 사이에 나타나는 차이의 대부분은 행정상의 실무라는 측면에서 보면 상상적인 것으로 확인된다. 최소 5명은 되는 성경의 신들은 틀림없이 모두 이론적으로 전능하고, 무오류이고, 온 곳에 편재하고, 전지한 반면에, 생명력은 아무리 자애로울지라도 반드시 시행착오를 통해 앞으로 나아가고 실패한 실험들과 실수를 통해 악의 문제를 일으킨다. 실용적인 행정 당국은 전능한 권력과 무오류, 전지(全知)가 세상에 존재하거나 존재했거나 존재할 것이라는 전제에서는 절대로 제대로 기능하지 못한다. 무신론자가 플리머스 형제단(Plymouth

Brethren)[78]의 형제가 되거나 거꾸로 플리머스 형제단의 형제가 무신론자가 될 때, 최종적 논평은 "변화가 거듭되어도 본질은 똑같다."라는 것이다. 신의 무오류성은 교황의 무오류성이나 영국 상원의 법사 위원회의 무오류성만큼이나 정치적으로 필요한 허구이지만, 그것은 언제나 똑같이 하나의 허구일 뿐이다.

우리 각자의 종파가 무엇인가 하는 문제는 전혀 중요하지 않다. 나는 나의 종파를 다른 사람들에게 강요하려는 계획을 절대로 품어서는 안 된다. 나는 예수의 경고를 잊지 않고 있다. 우리가 기성 종교들에서 잡초를 제거하려고 노력하다 보면 밀까지 뽑게 되고, 결과적으로 농부들이 종교가 없는 상태로 남게 될 것이라는 경고 말이다. 나는 예수의 속죄 교리를 혐오한다. 부인들과 신사들이 다른 누군가가 잔혹한 죽음의 고통을 당하도록 함으로써 자신들의 죄를 보상하는 것은 불가능하다는 것이 나의 생각이다.

그러나 나는 이런 불쾌한 미신에 젖어 있는 감리교가 우리의 광부들과 그들의 아내와 어머니를 야만인에서 비교적 개화된 존재들로 바꿔놓았다는 것을 하나의 분명한 사실로 받아들이고 있다. 또 그들을 창조적 진화로 개종시키려는 노력은 그들을 그 전 어느 때보다 더 위험한 야만인으로, 말하자면 자신을 자제시킬 양심의 가책도 전혀 없고 개인적인 신(그들이 유일하게 믿을 수 있는 신의 종류이다)도 전혀 없고, 지옥에 대한 두려움도 전혀 없는 그런 존

78 1820년대에 아일랜드 더블린에서 복음주의 운동을 통해 생겨난 교파.

재로 바꿔놓을 수 있다는 것을 나는 알고 있다. 무엇이든 쉽게 믿는 농부에게 부정적인 무신론과 그들의 두뇌의 능력 밖에 있는 과학을 주입시킴으로써 회의적인 농민으로 바꿔놓는 것은 아마 새로운 문명의 시작을 알리는 것이 아니라 기존 문명의 종말을 부를 것이다. 처음 있는 일도 아니다. 어쩌면 그 같은 노력은 인류의 종말을 부를지도 모른다. 그것이 이미 디플로도쿠스[79]와 공룡, 매머드, 마스토돈의 종말을 불렀듯이 말이다. 창조적 진화가 우리를 대체할 수 있지만, 우리도 마치 우리 자신이 창조의 결정판인 것처럼 우리의 생존과 발달을 위해 노력해야 한다. 패배주의는 정책들 중에서 가장 비열한 정책이다.

....

79 후기 쥐라기(1억 5400만년 전~1억 5000만년 전)에 살았던 초식 공룡으로 그 흔적은 미국 서부 지역에서 발견되었다.

스케치 #14

전기 작가들의 실수 교정

1) 윈스턴 처칠 하원의원

"나는 저교회파[80]와 예배당에 질질 끌려 갔다."

절대로 그런 일은 없었다. 아일랜드 프로테스탄트들 사이에 교회는 저교회파(혹은 제단에 촛불이 있다면 전례주의자)를 의미하고, 로마 가톨릭 교회는 예배당이라 불린다. 로마 가톨릭 신자와 프로테스탄트의 구분은 비국교회와, 잉글랜드와 웨일스에서 신봉하는 국교회 사이의 모든 구분을 능가한다. 아일랜드에서 당신은 프로테스탄트이거나 프로테스탄트가 아니거나 둘 중 하나이다. 만약

....

80 영국 국교회의 한 파. 종교개혁의 전통과 성서를 강조한다.

당신이 프로테스탄트라면, 성공회의 교구 교회에 나가는가, 감리교 교회당에 나가는가 아니면 장로교회에 나가는가 하는 것은 중요하지 않다. 비국교회 신자들 중에 지방의 유지나 주(州) 부지사도 있다. 그 사람이 비국교회 예배를 선호하면 그만이다. 그러나 그가 로마 가톨릭의 예배당에 발을 들여놓았다 하면 후환이 따를 것이다.

내가 웨일스의 어린 비국교회 신자처럼 자랐다는 생각은 크게 틀렸다. 우리 가족의 분위기는 다소 냉소적인 가운데 자유로운 사상을 촉진하는 쪽이었다. 내가 열 살이 될 때까지, 나의 부모는 교회를 나가는 시늉조차 포기했다. 나는 부모의 그런 조치에 대해 꽤 진지하게 추론한 뒤에 스스로 나는 무신론자라는 이유로 기도를 그만두었다. 나의 기도는 나 자신이 직접 공을 들여 만든 창작이었기 때문에, 나는 그 기도를 버리면서 나의 신념에 제물을 제대로 바치고 있다는 느낌을 받았다. 나의 대부모에겐 소니 쇼가 회의론자라는 사실에 관심을 조금이라도 기울여야겠다는 생각은 절대로 떠오르지 않았다.

"그는 호텔과 거리 귀퉁이에서 연설을 한다."

왜 호텔인가? 나는 영국 협회에서부터 선창, 시장, 그리고 나라 내의 온 곳에서 연설을 했지만 호텔에서 한 경우는 거의 없다. 헨리 제임스(Henry James)는 누군가로부터 내가 어느 날 템스 강변의 거리에서 걸음을 멈추고 행인들을 향해 열변을 토했더니 꽤 품위 있는 관중이 모이더라는 말을 듣고는 나에게 약간의 두려움을 느꼈다고 했다. 그는 나에게 그게 사실인지 물었다. 그래서 내가 사실이라고 하자, 그는 "나는 그렇게 하지 못했어. 나는 차마 못하겠던데!"라며 감탄했다. 나는 언제나 열린 공간이 대중 연설가에겐 최고의 학교라는 생각을 품고 있었다.

대중적인 웅변가로서 나의 절정기는 1914-18년 전쟁에 이어 치러진 총선 때였다. 나 자신도 놀랐는데, 근처의 거리들이 내가 연설하는 곳에 입장하지 못한 군중으로 꽉 차 있었다.

연단과 그 허영에 작별을 고한 것은 뉴욕의 메트로폴리탄 오페라 하우스에서였다. 90분에 걸쳐 청중을 사로잡으면서 성공적으로 연설을 마쳤지만, 그에 따른 피로가 3일이나 이어졌다. 그때 나는 그런 일을 하기엔 내가 너무 늙었다는 사실을 깨달았다.

게다가, 라디오 뉴스 방송으로 인해 연단의 인기가 시들해졌다. 나는 그래도 방송은 몇 분 동안 효과적으로 할 수 있었다. 반의 노력만으로도 수백 만 명에게 다가갈 수 있는데 누가 수백 명을 앞에 놓고 연설을 하려 하겠는가?

"그는 1889년에 마르크스의 영향을 처음으로 보여주었다."

연도가 실제보다 늦게 되어 있다. 나의 마지막 소설 '어느 비사회적인 사회주의자'(An Unsocial Socialist)는 마르크스에 관한 이야기이며, 이 작품은 1883년에 쓰였다. 페이비언 협회가 1884년에 시작되었고 내가 그것을 나의 무대로 선택했을 때, 나는 프랑스어로 나온 마르크스의 책들의 내용을 모두 소화한 뒤였다. 그때만 해도 영어로 된 마르크스 책은 사실상 전무했다.

"그 뒤에 그는 시드니 웹을 위해 마르크스를 버렸다."

마르크스를 결코 버리지 않았다. 기본적인 사항들에서 나는 그 전 어느 때 못지않게 마르크스주의자이다. 그러나 제본스(William Stanley Jevons)에 의해 전향한 필립 윅스티드(Philip Wicksteed)가 마르크스의 유명한 가치 이론을 공격했고 이어 나보다 더 나은 사람이 없었던 탓에 내가 그 이론을 옹호해야 했을 때, 나는 추상적인 경제학에 대해 전혀 아무것도 몰랐다.

몇 년 동안 나는 윅스티드가 제본스의 이론에 대해 강의한 사적인 모임에서 윅스티드 밑에 앉아서 그 주제에 대해 열심히 공부했다. 자본주의 경제학 중에서 유효한 것들에 대해 철저히 배웠을 때, 나는 마르크스도, 사회주의 운동의 그 어떤 사람도 가치 이론을 이해하지 못했다는 사실을, 추상적인 가치 이론에 관해서라면 마르크스가 틀렸고 윅스티드가 옳았다는 사실을 발견했다. 사회주의에 근본적인 지대(地代) 법칙에 대해서 마르크스는 리카도에 대해 쓴 그의 각주가 보여주듯이 단순히 무지했다. 마르크스가 행정 경험이 부족하고 노동자를 통해서든 자본가를 통해서든 영국 사회와의 개인적 접촉이 부족하다는 사실은 그가 자본주의의 비열한 측면을 까발리고 공산당 선언에서 자본주의의 운명을 예고함으로써 세상을 뒤흔들었다 할지라도, 실질적인 정치가로서 그에게 치명적인 약점이었다. 이런 모든 일에, 존 스튜어트 밀을 예언가로 받아들이는 시드니 웹은 관심이 없었다. 그는 밀의 최종적 사회주의 단계까지 밀을 따랐으며, 따라서 마르크스에 의한 개종을 전혀 필요로 하지 않았다. 우리 둘은 세상이 더 나아질 수 있다는 확신을 품고 있었다. 웹은 시종일관하고, 능력이 특출하고, 동시에 매우 단순한 사람이었다. 애스퀴스(Herbert Henry Asquith)는 웹을 성인(聖人)으로 묘사했다. 웹이 없었다면, 나도 칼라일(Thomas Carlyle)과 러스킨처럼 단순히 문학적 경구가(警句家)에 그쳤을지도 모를 일이다.

"그는 언제나 모든 형태의 부에 대한 소유권을 국가가 가져야 한다고 주장했다. 그럼에도 로이드 조지(Lloyd George)의 예산이 소득세 부가세를 처음으로 약한 수준으로 부과했을 때, 아무도 이미 부유한 이 페이비언 회원보다 더 큰 소리로 불평을 터뜨리지 않았다."

재무장관을 지낸 사람이라면 이보다는 더 잘 알아야 한다. 사실은 이렇다. 여성 참정권론자들이 맹위를 떨치고 있었을 때, 제이콥 브라이트(Jacob Bright)씨 부인이 재산이 있는 모든 여성들에게 내국세 세입청에 남편의 소득의 일부로 신고하는 데 필요한 소득을 공개하지 말 것을 촉구했다. 그래서 그 다음 소득 신고서를 작성하면서 나는 아내의 소득을 적도록 되어 있는 공간에 나는 금액이 얼마인지 모르며 아내가 소득을 공개하도록 강요할 법적 권리를 전혀 갖고 있지 않다고 적었다. 이것이 '소득세 특별 위원들'(Special Commissioners of Income Tax)을 깜짝 놀라게 만들었다. 처음에 특별 위원들은 내가 세금을 피하기 위해 불쾌하게 행동하고 있다고 생각했다. 그래서 나는 그들이 상상력을 발휘하는 것은 그들의 자유라는 점을 지적하고, 나 자신이 언제나 아내가 별도의 사무 변호사와 은행원을 두고 있어야 한다고 주장해 왔기 때문에(그녀는 문학적 모험가와 결혼했다) 아내의 소득을 모른다는 점을 덧붙이면서 그들에게 터무니없는 숫자를 제시했다. 나는 또 제이콥 브라이트씨 부인에 대해서도 설명하고, 그들이 해결책을 찾지 못할 경우에 예상해야 할 것들에 대해서도 설명했다. 그 결과가 바로 버나드 쇼 구호법의 통과였으며, 이 법은 남편과 아내가 별도로 세금 신고를 할 수 있도록 했다. 내가 무엇인가에 대해 불평을 했다는 것이 공개되었을 때, 그것이 막연히 세금 납부에 대한 해묵은 불평인 것으로 결론이 내려졌다.

또한 나는 유산 상속세(죽음세)를 포함한, 자본에 대한 모든 형태의 과세에 지속적으로 반대했으며 과세가 가능한 것은 오직 소득뿐이라고 주장했다. 당신이 1년에 5파운드의 소득을 올리는 경우에 당신의 증권 중개인이 그 소득을 위해 여분의 현금에서 70파운드에서 100파운드의 현금을 지불할 사람을 발견할 수 있다는 이유로, 재무장관이 이론상으로 국민 소득의 20배에 해당하는 금액을 세금 징수관을 통해 언제든 징수할 수 있는 것으로 여겨지는 것은 경솔하기 짝이 없는 생각이다. 재앙을 부를 수 있는 판단인 것이다. 공적 목적에 관한 한, 자본과 신용은 허구적인 범주이다. 나는 그 점에 대해 훨씬 더 큰 소리로 투덜거리길 원한다. 이유는 바보 같은 노동 장관이 쉽게 속아서 자본을 그런 것으로 여기며 과세를 함으로써, 파는 사람만 있고 구매자는 전혀 없는, 또 자본 가치는 제로이고 아무 일도 하지 않는 그런 주식 시장 같은 것밖에 낳지 않을 것이기 때문이다.

"사회주의 지식인들 중에서 가장 뛰어난 이 지식인이 적기(赤旗)를 '어느 원숭이의 장송곡'이라고 불렀다."

꽤 부정확한 표현이다. 나는 그것을 튀긴 뱀장어의 장송곡이라고 불렀다.

"훈련이 잘 된 다수의 시위자들이 붉은 목도리와 깃발을 지급 받았다. 음악대의 연주가 울려 퍼졌다. 강건한 노동자들의 함성이 하늘을 찔렀다."

1931년에 있었던 나의 러시아 방문과 관련한 글이다. 순전히 상상력의 산물이다. 밴드도 없었고, 깃발도 없었으며, 빨간 목도리도 없었고, 여행 처음부터 끝까지 거리의 환호도 없었다. 그럼에도 나는 분명히 마치 나 자신이 칼 마르크스인 것처럼 대접을 받왔으며, 4,000명이 들어갈 수 있는 '홀 오브 노블스'에서 사람들이 꽉 찬 가운데 엄청난 리셉션이 열렸다. 연설들은 짧았다. 어느 콘서트 연주자는 이브닝드레스를 입었는데, 그 의상이 대단히 시대착오적인 것으로 다가왔다. 웅변가 한 사람은 셔츠와 바지 차림이었는데, 그런 의상도 꽤 자연스러워 보였다. 루나차르스키(Anatoly Lunacharsky)[81]도 연설을 했다. 그와 리트비노프(Maxim Litvinoff)[82]는 나와 함께 많이 돌아다녔다. 왜냐하면 내가 곧 알게 되었듯이 그들이 그때까지 시간을 내지 못한 탓에 볼 수 없었던 공산주의의 경이들을 보길 원했기 때문이다. 그들은 어떠한 의식도 없이 나에게 최고의 예의를 갖추고 온갖 편의를 제공했다. 의식과 허튼소리의 연설이 없는 것이 그 여행을 특별히 즐겁게 만들었다.

그 여행의 절정은 스탈린(Joseph Stalin)과의 면담이었다. 크렘린 궁에서 우리에게 누군지를 물었던 그 보초가 러시아에서 본 유일한 군인이었다. 스탈린은 우리를 옛 친구로 맞이하고 자신의 의견을 밝히기에 앞서 우리가 먼저 솔직하게 이야기를 털어놓게 하면서 자신의 역할을 완벽하게 해냈다. 우리 일행은 월도프 애스터(Waldorf Astor) 부부와 필 커(Philip Kerr: 작고한 로디언 후작(Marquess of Lothan)), 그리고 내가 전부였다. 리트비노프와 소수의 러시아인들이 우리와 함께 했다. 크렘린 궁으로 들어가면서, 우

81 러시아 마르크스 주의 혁명가(1875-1933)로 소비에트 정부에서 교육부 장관을 지냈다.

82 소비에트 정부의 정치인이자 외교가(1876-1951)로 주미 대사를 지냈다.

리는 서너 개의 사무실을 거쳤다. 사무실마다 관리가 책상에 앉아 있었는데, 우리는 그들의 서랍에 권총이 들어 있을 것이라고 짐작했다.

면담은 애스터 부인의 맹렬한 공격으로 시작되었다. 애스터 부인은 스탈린에게 볼셰비키 공산주의자들은 아이들을 다루는 방법을 전혀 모른다고 지적했다. 이에 스탈린은 한동안 당황하는 모습을 보이더니 몸짓과 함께 경멸하듯 말했다. "영국에선 아이들을 때린다지요."

애스터 부인은 즉각 그에게 바보처럼 굴지 말고 분별 있는 여자를 런던으로 보내서 뎁트퍼드에 있는 마가렛 맥밀런(Margaret Macmillan)의 캠프에서 다섯 살 먹은 아이들을 어떤 식으로 다루고, 옷을 입히고 가르치는지를 배우도록 하라고 일렀다. 스탈린은 즉각 그녀의 말을 받아 적었다. 우리는 이것을 단순히 예의로 치부했다. 그러나 우리가 집에 도착하자마자 정말로 분별 있는 여자가 배움에 굶주린 다른 십여 명의 여자들과 함께 영국에 도착했다. 그들은 당연히 뎁트퍼드로 안내되었으며, 이들의 여행에 애스터의 돈이 아낌없이 지출되었다.

이어서 우리는 정치 문제로 넘어갔다. 필립이 칼 마르크스를 읽고 과학적 공산주의에 관한 모든 것을 아는 사람으로서 발언에 나섰다. 그는 영국 자유당이 쪼개져서 그들 중 많은 사람들이 우파로 가면서 나머지를 양치기 없는 양들의 무리로 남겨 놓았는데, 이들은 노동당이 정치적으로 유아기에 있기 때문에 노동당에도 합류하지 못한다고 설명했다. 필요한 것은 과학적 공산주의 집단이 로이드 조지의 지도하에서 노동당의 좌파로 옮겨가는 것이었다. 필립은 스탈린이 로이드 조지를 공식적으로 모스크바로 초청해서 소비에트 러시아의 경이를 전부 보여줘야 한다고 제안했다.

스탈린은 이 제안을 받아들이면서 아주 쾌활한 모습을 보였다. 그도 틀림없이 그 제안에 나만큼 즐거워했다. 길고 정중했지만 틀림없이 재미로 가득했던 그의 대답은 우리에게 이런 식으로 번역되었다. 백군(White Army)[83]의 침공에서 브란겔(Pyotr Wrangel)[84]의 공범 노릇을 한 사람을 공식적으로 초청하는 것은 불가능하지만, 로이드 조지가 개인 자격으로 러시아에 온다면 많은 관심을 받고 편의를 제공받을 것이라는 내용이었다.

애스터 경은 스탈린에게 영국 내에 소련에 호의적인 감정이 강하다는 점을, 미래에 우호적인 이해를 가로막을 것이 전혀 없다는 점을 강조하려고 노력했다. 실제로 애스터 경이 지나치게 멀리 나갔기 때문에, 내가 스탈린에게 볼셰비키 공산주의에 대단히 적대적인 로이드 조지가 그 측면에서 대표성이 전혀 없는 것은 아니라고 경고해야 했다. 나는 스탈린에게 올리버 크롬웰(Oliver Cromwell)과, 아일랜드에 잘 알려져 있는 노래의 후렴에 담겨 있

83 러시아 내전(1917-1922) 때 반(反) 소비에트 정부들의 군대를 일컫는다.

84 러시아 제국의 군인으로, 러시아 내전 때 백군 사령관을 지냈다. 내전에서 패배한 뒤 해외로 망명해 벨기에에서 사망했다(1978-1928).

는 그의 가르침에 대해 들어본 적이 있는지 물었다.

소년들이여, 신을 믿어라.

그리고 화약을 잘 말려 두어라.

그는 이 말을 받아들이면서 화약을 확실히 말려 두겠다는 점을 암시했다. 그는 신은 논외로 했다. 그래서 나는 처칠을 러시아로 초대하는 것은 어떤지 물었다. 그가 처칠을 모스크바에서 보는 것은 즐거운 일일 것이라고 대답할 때, 그의 친절이 약간 냉소적으로 변했다는 느낌이 들었다.

그의 유머 감각은 면담이 이뤄지는 내내 매우 두드러졌다. 그는 웃을 줄 아는 사람이었다.

우리는 (자정을 넘긴 뒤) 그 자리를 떠나면서 예정보다 반시간 조금 더 넘겼다고 생각했다. 우리의 시계가 2시간 35분이 지났음을 알려주고 있었다.

1937년 9월

시드머스에서

2) 작고한 오볼저 교수

오볼저(Demetrius O'Bolger) 교수는 아일랜드 경찰 경위의 아들로서, 나의 작품을 숭배한 사람이었다. 교수 일을 하면서 나의 전기를 쓸 시간을 할애할 만큼 나의 작품을 열렬히 찬양한 사람이었다. 나는 정보를 간청하는 그의 요구에 대한 답변으로 수많은 편지를 썼다. 그러나 전기가 집필되어 막상 미국 출판사에 제시되었을 때, 거기엔 나의 명예를 훼손할 내용이 포함되어 있었다. 그 정도가 심했기 때문에, 출판사는 그것을 문학적인 요소로 받아들이면서도 나의 확인과 승인을 요구했다. 내가 그 원고에 대해 확인을 해 줄 수 없었던 이유는 다음 글에서 분명히 드러날 것이다. 따라서 그 책은 출간되지 않았지만, 원고가 저자의 유언 집행자들의 수중에 있는 까닭에 내가 죽은 뒤에 '버나드 쇼에 관한 진실' 같은 제목으로 공개될 수 있기 때문에, 나는 그에 대한 대답을 미리 공개하는 것이 낫겠다고 판단하고 있다.

오볼저 교수는 문학을 직업으로 선택했지만, 자기 아버지의 경찰관의 태도와 기술을 물려받았다. 그래서 그는 늘 용의자가 법을 어겼을 경우에 처벌할 목적으로 용의자의 진술과 증거를 테스트하고, 용의자의 개인적 성격에 관한 증거를 수집하고 있다. 이 점에서 보면 거기엔 미학적 비평 같은 것은 애초에 없었다. 유일한 이슈는 사실들이 불법성이나 비행에 해당하는지 여부였다. 요약하면, 오볼저 교수는 비평가의 일도 하지 않았고 전기 작가의 일도 하지 않았으며 공식적 조사관이나 법무장관의 책임 같은 것은 전혀 지지 않은 채 단순히 탐정의 일만 했다.

기록으로 남겨둘 필요가 있는 부분에 대한 나의 의견을 여기에 제시한다.

친애하는 오볼저

당신은 틀림없이 나의 죽음이 될 것이오. 당신이 묘사하고 있는 바와 같이, 나의 이야기는 친절한 주인공인 나의 아버지가 아내의 부정(不貞) 때문에 술에 빠져 지내다가 최종적으로 버려져 빈민 수용 작업 시설에서 죽음을 맞았다는 그런 내용이더군요.

당신에게 그 사실들을 또 다시 말해야 하는가요? 내가 다시 반복한다면, 산만한 당신의 머릿속에서 경찰 뉴스의 허구적인 아이템을 효과적으로 몰아낼 수 있을까요?

여기서 잠시 나의 어머니의 노래 선생이자 동료인 G. J. 리를 당신의 머리에서 지워보도록 하지요. 그가 아직 현장에 나타나지 않았으니까요. 나의 아버지는 중년의 독신자였으며, 그는 "자기 자신의 적이었을 뿐 어느 누구의 적"도 아니었어요. 아무도 그를 두려워하지 않기 때문에 아무도 그를 미워하지 않아요.

나의 아버지는 유머 작가의 소질이 있으며, 간혹 사람들을 즐겁게 해 주기 위해 시를 쓰고 있어요. 테리뉴어의 부쉬 파크의 로버트 쇼 경이 그의 육촌이지요. 나의 아버지는 스스로 봉건적인 가문의 남자로 여기지만 재산이 전혀 없었어요. 장남이 아닌 다운스타트였으니까요. 그의 많은 형제자매들 중 상당수는 번영하고 있고 논의의 여지가 없을 만큼 탄탄한 사회적 지위를 누리고 있지요. 나의 아버지는 술을 마시지요. 그것은 연회를 좋아하다가 생긴 약함이 아닙니다. 그것은 신경증이고, 병적이고, 비참이지요. 술의 희생자들은 바로 자신의 파문에 대해 훈계하고 항의하고 있는 절대 금주주의자들이지요. 술을 마시는 버릇은 예전에 가문에 나타났으며, 나의 사촌들과 그들의 자식들에게도 다시 나타나게 되어 있어요. 엄격하게 성장한 젊은 숙녀에겐 아무도 그런 것에 대해 언급하지 않아요. 그런 숙녀들은 결혼할 때까지 불쾌한 주제들로부터 배제되지요.

나의 어머니는 엄격히 성장한 젊은 숙녀이지요. 나의 어머니는 그녀를 상속인으로 삼을 게 확실했던 고모에 의해 매우 엄하게 길러졌기 때문에 결혼에 대해서도, 살림에 대해서도 아무것도 몰랐으며, 숙녀답지 않은 모든 것에 대해 아는 것이 없었지요. 한동안 그녀는 번영하는 쇼가 사람들에게 환영을 받았지요. 로버트 경은 그녀를 좋아하고, 다른 사람들은 그녀를 사교적 자산으로 여겼지요. 그러나 나의 아버지는 그들이 여는 만찬과 파티에서 술에 취하고, 그래서 그를 다시 초대하거나 그 없이 아내만 초대하는 것이 불가능하게 되었지요. 빈곤과 배척, 세 아이, 1년에 30파운드 정

만년의 나의 아버지.

도에 빌린 주택, 상인으로 그다지 성공하지 못한 술고래 남편. G. J. 리가 자신의 음악 활동을 위해 가수와 연주자를 비롯해 온갖 부류의 인재를 찾다가 그녀의 목소리를 발견하고 훈련시키기 시작했을 때, 나의 어머니의 운명은 그런 상황에 처해 있었어요. 나는 당신에게 이 모든 것에 대해 이미 훨씬 더 상세하게 들려주었어요. 그런데 당신의 결론은 나의 어머니가 음악계의 사기꾼과 간통을 저지름으로써 술을 마시지 않고 친절하며 영웅적이던 남편을 술을 마시지 않고는 못 배기도록 했다는 것이었어요.

나의 아버지는 수용 작업 시설에서 죽지 않았습니다. 그는 말년에 아내와 아이들이 그의 곁을 떠나는 바람에 더블린에 혼자 남게 되었지요. 그의 아내와 아이들이 더블린을 떠난 이유는 너무도 분명했지요. 그가 그들을 부양하지 못했고, 그와 함께 하는 삶이 그들에게 전혀 아무런 희망을 주지 못했기 때문이지요. 그의 아내와 아이들은 그렇게 함으로써 그가 짊어질 수 없었고 기꺼이 벗으려 했던 짐을 그의 어깨에서 풀어준 것이지요. 그럼에도 그때 그는 술을 끊고, 더없이 온순한 사람이 되었습니다. 그는 나름대로 가족들을 위해서 할 수 있는 것을 했습니다. 그것은 가족들에게 죽을 때까지 매주 1파운드를 보내는 것이었지요. 한편, 그는 애피언 웨이(Appian Way: 상당히 괜찮은 교외 주거 지역)의 셋방에서 아주 편안하게 살았으며, 집주인 여자로부터 상당히 인정을 받았으며, 죽은 뒤에 마운트 제롬 묘지에 묻혀 쇼 가문 조상들에게 돌아갔지요.

나는 그때가 그의 삶에서 가장 행복했던 때라고 믿고 있어요. 리도 더 이상 없고, 아내도 더 이상 없고, 성장한 아이들도 더 이상 없었으니까요. 인생 말년에, 신문에서 오린 한두 편의 리뷰가 그에게 자기 아들이 아버지가 놓쳤던 운명을 어느 정도 성취하면서 "위대한 인간"이 되어 가고 있다는 확신을 품도록 했을 것입니다.

이런 비(非)영웅적인 사실들 앞에서도 당신은 나의 아버지에 대해 당신 뜻대로 최대한 친절하게 쓸 수 있지요. 일반적으로 말하면, 그는 정말로 인간적이었고 호감이 가는 사람입니다. 언젠가 아버지는 어린 시절에 길 잃은 고양이를 발견하고는 집으로 데려와서 먹이를 주었던 이야기를 들려주었지요. 그런데 이튿날 그는 강아지가 고양이를 쫓아 죽이도록 내버려 두었다고 했어요. 그는 이 잔인성에 그때까지도 양심의 가책을 강하게 받고 있었으며, 그런 짓을 할 수 있는 남자는 후에 재산이나 행복을 누릴 자격이 없다고 나에게 경고했지요. 나의 아버지는 농담거리를 많이 숨기고 있지 않을 때에는 자책과 굴욕에 시달리면서, 콧수염을 물어뜯거나 속으로 악담을 속삭이거나 조용히 웃으며 머리를 흔들었어요. 그의 사업 파트너는 태도가 비교적 거칠었으며, 나의 아버지는 파트너에게 입은 마음의 상처를 달래주던 자신의 상냥함이 사업을 계속 이어가도록 했다고 믿었지요. 그런 자질은 틀림없이 사업에 도움이 되었지요.

그러나 당신이 파고든 유전적 측면에는 이야기할 만한 것이 아무것도 없어요. 왜냐하면 공교롭게도 나의 어머니도 매우 친절하고, 아이들이나 동물을 때리지 못하고, 꽃을 버리거나 꺾는 것을 보지 못했으니까요. 그녀의 감수성을 가진 여자들은 대부분 나의 아버지를 싫어했을 것입니다. 그럼에도 나의 어머니는 남편에게 조금도 모질게 대하지 않았어요. 존경이라는 단어가 일반적으로 의미하는 그런 뜻에서 보면, 그녀는 남편을 전혀 존경하지 않았지요. 남편이 극적으로 흥미롭거나 효과적인 것을 전혀 할 줄 몰랐으니까요. 그러나 그녀는 아일랜드인 특유의 친절함으로 도덕적으로 탓하는 일 없이 남편을 있는 그대로의 모습으로 받아들였지요. 우리 모두는 다소 그랬습니다. 가족 안에서 아버지의 위치는 그가 차지할 수 있는 딱 그 수준이었지요. 그는 언제나 가장 완벽한 의미에서 말하는 '아빠'였으며, 활동적인 리는 아빠가 불러일으키는 그런 애정을 전혀 갖고 있지 않았어요.

런던에서 리의 실패는 말하자면 몇 년의 반짝 성공에 가려져 있었지만 전적으로 그로 하여금 속임수에 능할 것인지 아니면 굶어 죽을 것인지를 선택하도록 만든 사회적 조건 때문이었지요. 나의 어머니는 그를 따라 런던으로 와서 음악을 직업으로 삼고 나의 누나 루시를 '프리마 돈나'로 데뷔시켰지만, 더블린에 있을 때만큼이나 일이 없었어요. 그러나 리가 가르침에서 "방법"을 포기하고 학생들에게 12번의 레슨으로 파티(Adelina Patti)[85]처럼 노래하도록

....

85 19세기 후반에 최고의 소프라노 가수로 꼽힌 이탈리아 성악가(1843-1910).

가르칠 수 있는 척하는 것이 확인되는 순간, 그녀는 그를 포기했으며 그가 죽었을 때엔 몇 년 동안 그를 만나지 않은 상태였지요. 리의 죽음은 그녀를 조금도 흩트려놓지 못한 사건이었지요. 그 문제라면, 나의 아버지의 죽음도 그녀를 흩트려놓지 못하긴 마찬가지였지요. 그런 종류의 슬픔이라면 나의 누나 아그네스의 죽음만이 그녀에게 슬픔을 안겨주었을 뿐입니다. 그런데 나의 아버지는 장례식에서도 자신의 유머 감각을 자극하는 무엇인가를 발견했지요. 이런 특성을 내가 물려받았어요. 나는 절대로 슬퍼하지 않으며, 단지 잊지 않을 뿐입니다.

나의 어머니의 아내다운 미덕들에 대한 평가는 이쯤에서 끝내도록 하지요. 나의 경제학에 관한 당신의 언급은 비평이 아닙니다. 당신은 내가 하지도 않은 말에 성실히 반박하고 있고, 내가 실제로 옹호했더라면 나를 정신 병원에 입원시켰을 그런 주장에 대해 불평하고 있어요. 나의 희곡은 경제 논문이 아닙니다. 셰익스피어의 희곡이 그렇지 않은 것과 마찬가지지요.

'홀아비들의 집들'(Widowers' Houses)도, '바바라 소령'도 경제에 무식한 사람이 쓸 수 없는 것은 사실이고, '워런 부인의 직업'(Mrs. Warren's Profession)이 멜로 드라마일 뿐만 아니라 매춘부 거래라는 경제 문제를 다룬 것은 사실입니다. 카셸 바이런[86]과 사르

86 조지 버나드 쇼의 '카셸 바이런의 직업'(Cashel Byron's Profession)에 등장하는 인물.

토리우스[87]와 언더샤프트 사이에 어떤 경제적 연결이 있습니다. 그들 모두가 의문스런 활동을 통해 번창하고 있지요. 그렇지만 나의 모든 희곡을 놓고 셰익스피어나 에우리피데스의 희곡처럼 삶과 성격, 인간의 운명에 관한 것이 아니고 경제 에세이로 쓰였다고 추론하는 사람이 시험지 채점하는 일에 반쯤 미쳐 있는 멍청한 대학 교수가 아니고 누구겠습니까?

나의 교육관은 기이할 것도 전혀 없고 어쨌든 상궤를 벗어난 것도 전혀 없습니다. 그러나 나는 오늘날의 우리가 알고 있는 학교와 교사들은 교육 장소와 선생으로서 인기가 없으며, 오히려 부모를 방해하지 못하도록 아이들을 가둬두는 감옥과 간수 같다는 점을 지적했습니다. 아울러 공민과(公民科)와 종교는 문화를 위한 선택적 교육이 아니라 교양 있는 삶을 위한 필수적 기술 교육으로 분류되어야 한다는 점도 강조했지요. 나라면 공민과와 종교를 강제적이면서 논쟁적인 교육으로 만들 것입니다. 자유주의 교육은 자발적이어야 하고 자발적인 기관에서 행해져야 합니다. 이런 것들이 논의되어야 할 제안들입니다. 학교와 교사에 대해 걱정하는 사람이라고 해서 교육에 관심이 더 있거나 덜 있는 것이 아닙니다. 강도가 금융에 관심이 더 있거나 덜 있지 않은 것이나 마찬가지지요. 이 두 가지를 혼동한다면, 당신은 가망 없이 뒤죽박죽 섞이다가 미쳐버리고 말 것입니다.

야망에 찬 똑똑한 소년에 관한 당신의 유식한 것 같은 허튼소리

....

87 '홀아비의 집들'에 등장하는 인물.

는 모두 틀렸습니다. 나는 절대로 야심적이지 않았습니다. 햄릿처럼 오히려 야망이 부족했지요. 나는 비상할 정도로 똑똑하지 않으며 지금까지 그랬던 적이 한 번도 없었습니다. 나는 순전히 돈벌이가 되는 재능을 우연히 소유하게 된 덕분에 자연스럽게 "일어서게" 되었지요. 추진력이 부족한 소심한 성향 때문에 나는 거의 서른 살이 될 때까지 부모에게 무일푼의 짐이 되었어요. 똑똑하고 야망에 찬 젊은이라는 당신의 이야기는 사무실 직원이 되었다는 불명예스런 사실에 몸부림치는 칼라일과 에머슨(Ralph Waldo Emerson)(두 사람의 글은 한 단어도 읽지 않았다)에게 어울리는 내용으로 가득한데, 그것은 표적을 한참 벗어난 이야기이지요. 사무실 직원들은 세상에서 자부심이 가장 강한 존재들입니다. 그들은 교수들을 어른의 책임이나 비즈니스 지식 쪽으로 절대로 들어가 보지 않은 비실용적인 학생에 지나지 않는 사람으로 보지요. 내가 사무실에서 불편하게 지냈던 것은 사실입니다. 나 자신이 사각형 구멍에 박힌 둥근 말뚝 같았으니까요. 그렇지만 사무실 직원이라는 직업이 수치스러웠던 적은 한 번도 없었지요.

리가 자신의 길에서 천재였다는 사실을 믿는 것이 당신의 이야기와 어울리지 않았다면, 당신의 스토리 자체를 바꾸는 것이 옳았어요. 나는 당신에게 그가 천재였다고 말합니다. 그리고 내가 그를 당신보다 더 잘 알고 있어요. 나 자신이 나의 시대의 위대한 지휘자들을 다 듣고, 노래를 가르치는 유명한 선생들의 학생들을 다 들은 전문적인 음악 비평가였으니까요. 당신은 증거가 전혀 없다고 말하고 있습니다. 당신은 그의 작품을 찾아본 적이 있습니까? 독일인이라면 아마 더블린에서 리가 지휘한 콘서트나 축제, 그리고 거기서 연주된 작품들의 목록을 몇 페이지 나열할 것입니다. 독일인은 신문 파일에서 그 작품들을 찾아낼 것입니다. 당신도 시간을 낭비하고 읽기 어려운 글을 쓰길 원한다면 그렇게 할 수 있습니다. 지휘자가 그런 것 말고 어떤 흔적을 남기겠습니까?

당신이 빈곤은 결핍에 있는 것이 아니라 잘못된 분배에 있다고 말할 때, 그 뜻은 빈곤이 존재하는 것은 부가 충분하지 않아서가 아니라 공정하게 분배되지 않기 때문이라는 뜻이지요. 그것은 틀렸습니다. 분배할 부가 충분하지 않습니다. 그러나 사회주의라면 부가 충분할 수 있을 것입니다.

그리고 내가 이미 매우 세세하게 들려준 이야기를 다시 반복하는 짜증스런 일을 나에게 강요한 데 대해 나의 솔직한 저주를 받으시지요.

뒤로 물러나서 건강을 회복하도록 하시오. 당신의 뇌는 부자연스런 일 때문에 썩고 말았어요. 나는 어떤 사람에게 소화시킬 수 있는 문학적 자료보다 더 많은 자료를 줌으로써 그 사람을 망가뜨리는 것은 아주 쉬운 일이라는 점을 당신에게 경고합니다. 그가 관리할 수 있는 그 이상의 자본을 줘서 망가뜨리는 것만큼이나 쉬운 일이지요. 지금 당신의 소화 기능은 상당히 망가져 있습니다.

3) 고인이 된 오스트레일리아의 사촌 찰스 쇼

사랑하는 사촌 찰스.

오스트레일리아의 사회는 19세기 아일랜드보다 훨씬 더 난잡해요. 쇼 가문 사람들은 아일랜드의 모든 프로테스탄트들처럼 당연히 속물이었지만, 당신은 다양한 종류의 속물근성이 있다는 사실을 명심해야 하지요. 나의 아버지가 나를 앉혀 놓고 철물상 아버지를 둔 아이들과는 놀아서는 안 된다고 말했을 때, 그는 모든 아버지들처럼 자기 아들이 바람직하지 않다고 판단되는 교우 관계를 맺지 않도록 하기 위해 아들에게 해야 할 말을 하고 있었지요. 로마 가톨릭 신자들은 모두 지옥에 간다는 소리를 들었을 때, 나는 로마 가톨릭 신자들은 프로테스탄트인 쇼 가문 사람이 적절히 관계를 맺을 수 없는 열등한 종이라는 식으로 추론하지 않을 수가 없었어요. 세상에는 엄격하게 그려진 사회적 경계선이 두 가지 있습니다. 한 경계선은 도매상과 소매상을 가르는 선이고, 다른 하나는 로마의 교회와 당시에 확립된 교회였던 아일랜드 성공회를 가르는 선이지요. 쇼 가문의 사람은 누구도 상인과 사회적 관계를 맺을 수 없었으며 로마 가톨릭 신자와도 사회적 관계를 맺지 못했습니다. 당연히 쇼 가문의 부모들은 자식들에게 그 같은 사실을 각인시켰으며, 그렇게 함으로써 자식들을 터무니없는 속물로 만들었지요.

그러나 보다 덜 강압적인 또 다른 종류의 속물근성이 있어요. 당신의 책은 재미있는 그런 속물근성으로 가득하더군요. 이것은 씨족의 속물근성이지요. 말하자면 "쇼 가문의 사람들"은 지주 계급에서 시작했거나 지주 계급에 속하는, 우뚝한 코를 가진 탁월한 가문이라는 확신 말입니다. 아일랜드의 쇼 가문 사람에게 이것은 자연사의 한 사실처럼 보였지요.

호바트의 경찰 서장이 된 그 쇼 가문 사람이 그랬듯이, 우리는 여전히 우리 자신을 중산층으로 묘사하는 데 거부감을 보이고 있어요. 이민 간 큰 삼촌이 오스트레일리아로 갖고 간 속물근성이 바로 그런 것입니다. 당신이 그 속물근성을 갖고 할 수 있는 것은 선한 마음으로 그것을 즐기는 것입니다. 포스트 마르크스 시대에도 그런 속물근성은 결코 씻겨나가지 않지요.

나의 아버지가 술을 마시는 버릇 때문에 결혼 생활에 파탄이 일어난 것이 아니라는 점을 증명하려는 당신의 노력이 그 책 중에서 가장 절망적인 시도였습니다. 그것이 당신으로 하여금 그와 에레혼 버틀러(Erewhon Butler)의 아버지를 비교하도록 함으로써 그를 심각하게 모욕했지요. 버틀러는 자기 아버지를 지독히 무서워하고 증오했습니다. 거기엔 그럴 만한 이유가 있었지요. 그의 아버지가 그를 독실한 존재로 키운다는 생각이 단지 그에게서 인간성을 말살시키고 그 대신에 라틴어 문법을 주입한다는 것을 의미했기 때문이지요. 아무도 나의 아버지를 미워할 수 없었습니다. 내가 아버지에게 분별없이 굴었던 일들을 되돌아볼 때, 나는 존슨

(Samuel Johnson) 박사가 똑같은 일을 후회하며 속죄하기 위해 리치필드에서 빗속에 서 있었던 심정을 이해합니다. 나의 아버지는 불운하고 훈련이 되어 있지 않았고 성공을 거두지 못했지만, 그는 어느 일요일 날 발작을 일으키며 우리 집 현관에 쓰러진 뒤에 비참한 음주 신경증(음주가 그를 비참하게 만들었기 때문에 이렇게 부른다)을 극복했습니다. 그 발작이 그에게 경각심을 안겨주었고, 그 일로 그는 자신이 스스로를 파괴하고 있다는 사실을 이해했지요. 그날 이후로 그는 술을 전혀 입에 대지 않았습니다.

그럼에도 불구하고 우리 모두가 그를 버렸을 때, 그는 자신이 훨씬 더 행복하다는 사실을 깨달았음에 틀림없지요. 나는 이를 뒷받침하는 증거를 당신에게 많이 의지하고 있습니다. 다시 말하면, 나의 아버지가 자기 형제자매들과의 관계를 새롭게 다시 맺을 수 있었다는 뜻이지요. 나의 아버지를 형제자매들로부터 떼어놓은 요소는 두 가지였습니다. 하나는 음주 신경증이었지요. 부쉬 파크에서 열린 어느 가족 파티에서, 아버지가 술에 너무 취한 탓에 사회적으로 불가능한 존재로 낙인이 찍히고 말았습니다. 우리는 더 이상 아버지의 형제자매로부터 초청을 받지도 않았고 방문을 받지도 않았지요. 그래서 나도 더 이상 사촌들을 볼 수 없었습니다.

이 일도 나의 아버지에게 충분히 힘들었겠지만, 그보다 더 힘들었던 것은 그가 자신의 집에서도 친한 관계를 발견할 수 없었다는 사실이었지요. 우리가 어머니의 음악 선생인 조지 존 밴델러 리와 함께 살기로 했을 때, 저항 불가능한 리의 에너지와 활동이 집 안에서 아버지를 무가치한 존재로 전락시키고 말았지요.

아이들이 그가 함께 놀 수 없을 만큼 성장했고, 그가 취해서 돌아올 것인지 맨정신으로 돌아올 것인지에 대한 아이들의 걱정이 끊이지 않았을 때, 나의 아버지는 아이들로부터 편안한 관계를 절대로 기대할 수 없었지요. 그의 친척들은 그를 보고 싶어 하지 않았으며, 나의 어머니는 그의 친척들을 보고 싶어 하지 않았습니다. 나의 어머니는 오직 노래를 할 줄 아는 사람들에게만 관심을 보였으며, 그런 사람들은 대부분 가톨릭 신자였고, 보다 훌륭한 시민이었고, 훨씬 더 유쾌한 친구들이었지만, 프로테스탄트 쇼 가문의 남자에게는 적절한 동행이 되지 못했지요.

당신이 쇼 가문의 사람은 주정뱅이 같은 천박한 존재가 될 수 없고, 따라서 내가 익살맞은 거짓말쟁이임에 분명하다는 입장을 확고하게 취할 때, 그런 당신이 나에게 어떤 영향을 끼칠지 상상하는 것은 당신에게 맡깁니다. 만약 그 시기에 당신이 나와 함께 했다면, 당신은 거기서 농담할 만한 것을 아무것도 보지 못했을 것입니다. 그러나 반대쪽 극단으로 내달리면서 쇼 가문의 모든 사람이 술에 취해 지냈다는 식으로 결론을 내리지 않도록 조심하세요. 11명 중에서 3명만 술을 마셨으며, 그들 중 두 사람, 그러니까 나의 아버지와 윌리엄(바니(Barney))은 절망적인 상황에 이르고도 한참 더 지나서야 돌연 음주를 포기했지요.

이젠 나의 아버지와 마지막까지 살았던 가족인 나까지도 스무 살 때에 다른 가족들과 마찬가지로 아버지를 버리고 런던으로 달아난 그 후의 이야기를 보도록 하지요. 그것은 아버지에겐 진정한 구원의 마무리였습니다. 아내는 이미 떠난 상태였습니다. 유명한 복음전도사 무디(Dwight Moody)와 생키(David Sankey)가 더블린을 방문하면서 촉발된 종교적 부흥 속에서도 '퍼블릭 오피니언'(Public Opinion)에 사실상 자신이 무신론자라고 선언하는 편지를 보낸 아들마저 자기 곁을 떠났을 때, 무엇이 아버지가 자신의 씨족으로 돌아가지 못하도록 막았겠습니까? 당신은 그들이 다시 그를 받아들임으로써 우리가 그를 비참하게 만든 그 만큼 그를 행복하게 해 주었다고 말하고 있습니다. 그런 말을 듣게 된 것을 나는 기쁘게 생각합니다.

당신이 일요일에 나의 아버지가 헨리 삼촌과 함께 한 것으로 묘사한 점심들은 우리가 그와 함께 있을 때에는 불가능했지요. 그는 숙모 에밀리 캐롤로부터 최고 수준의 재치를 가진 것으로 받아들여졌습니다. 내가 일전에 이스트본에서 에밀리 숙모의 후손 중 유일한 생존자를 발견했을 때, 그녀는 그가 하곤 했다는 재미있는 말들 중 일부를 나에게 말해주었어요. 나는 아버지가 우리를 다시 보길 원했을 것이라고는 믿지 않지만, 우리 사이에 나쁜 감정은 조금도 없었어요. 그가 죽을 시점에 누나 루시가 더블린에 있었는데, 아버지와 딸은 서로 따뜻한 관계를 유지했습니다.

서로의 죽음에 대한 무관심이 우리를 감정이 놀랄 만큼 메마른 가족처럼 보이게 만들었지요. 그리고 빅토리아 여왕 시대의 감정이 풍부한 우리 가족을 발견하겠다는 당신의 결심은 나의 누나 루시의 삶과 성격에 대한 당신의 상상력 넘치는 스케치에서 절정에 이르고 있습니다. 여기서 말하는 빅토리아 시대의 감정이란 여자는 모두 낭만적인 아름다움을 지녀야 하고 남자는 모두 무모한 용기를 발휘해야 한다는 인식을 두고 하는 말입니다.

루시의 삶과 성격에 관한 묘사는 사실이지도 않을 뿐만 아니라 사실과 정반대이지요. 집에서 떨어져 있던 루시는 가족 모두가 사랑하는 존재였습니다. 그녀는 많은 사람들의 가슴에 절망을 안겼지만, 자신의 가슴은 절대로 다치지 않았지요. 그녀는 중년의 나이에 결혼했습니다. 이유에 대해선 당신에게 해줄 말이 없습니다. 가장 그럴 듯한 짐작은 그녀가 가톨릭 사도 교회(Irvingite Church)[88]의 기둥이었고 매우 존경할 만했던 남편 가족을 좋아했기 때문이라는 것이지요. 그녀의 시어머니는 가장 살기 좋은 장소가 침대라는 것을 발견했으며, 그 시어머니는 죽을 때까지 15년 동안 침대에서 지냈지요. 루시는 자신의 미모와 노래 실력이 안겨주는, 봉건 사회 속으로 들어갈 기회를 언제나 싫어했습니다. 그녀는 자신에겐 돈도 없고 직업 가수로서 그런 사회에서 편할 수 있는 사회적 지위

....

88 1831년 경 잉글랜드에서 시작한 종교 운동으로 뒤에 독일과 미국으로 퍼졌다. 이들은 325년 제1차 니케아 공의회에서 정통 기도교 신앙을 지키기 위해 채택한 니케아 신경을 믿었다.

도 없다는 것을 알았지요. 그래서 그녀는 아주 현명하게도 자기를 얕보는 그런 사람들보다는 자기를 우러러보며 귀여워해 줄 사람들 틈에 남았습니다. 그녀에겐 쇼 가문의 허식 같은 것도 필요하지 않았고 어머니 쪽의 시골 상류 계층도 필요하지 않았습니다. 그럼에도 그녀는 자유분방한 생활 방식을 싫어하고 부끄럽게 여겼지요. 침대에서 누워만 지내던 그녀의 시어머니는 무엇이 문제인지를 간파하고, 루시에게 절대적으로 필요한 사회적 훈련을 시키기로 마음을 먹었습니다. 루시가 그렇게 된 것은 나의 어머니가 워낙 힘들게 훈련을 받았던 터라 우리 자식들 모두를 스스로 알아서 훈련하도록 내버려 두었기 때문이지요. 이 점에 늘 불만을 품었던 루시는 시어머니가 올바른 행동거지를 가르치면서 자신이 영원히 감사해야 할 일을 할 때 큰 위안을 얻었지요.

그녀의 남편은 보험 회사 직원을 지낸 사람으로 땅딸막하게 생겼으며, 꽤 귀여운 얼굴은 마치 기름진 방광에 조각한 것처럼 보였지요. 그의 한 가지 야망은 경가극(輕歌劇)에서 주요 테너를 맡는 것이었습니다. 그는 식민지에서 사무직으로 일하면서 50파운드를 저축할 수 있었지요. 이 돈을 그는 순회 경가극단의 감독에게 뇌물로 건네고 하룻밤 테너 역할을 맡도록 허락을 받았지요. 이후로 내 짐작엔 극단의 사람들이 그를 쉽게 거리로 내몰지 못했을 것 같군요. 그는 간신히 노래를 부르게 되었지만, 그래도 노래는 조금 할 줄 알았지요. 그에겐 극장에서 편안함을 느끼는 그런 취향이 있었

나의 누나 루신다 프랜시스.

습니다. 그는 도박과 여자에 빠졌지요. 그러다가 그는 공연장에서 루시를 만나 결혼했지요. 루시는 곧 그에게 권태를 느꼈으며, 자유로운 노처녀로 살던 때의 삶의 방식을 되찾으면서 그를 멀리하게 되었지요. 이런 생활이 몇 년 계속되던 중에, 그녀는 우연히 그가 결혼하던 당시에 다른 여자를 사랑하고 있었다는 사실을 확인했지요. 그러자 그녀는 격하게 화를 내면서 나를 찾아와 이혼해야겠다고 하더군요. 그녀가 이미 실질적으로 이혼한 상태였기 때문에, 나는 그런 절차가 불필요하다는 의견을 제시했지요. 그러나 그녀는 법적으로 그와 갈라설 작정이더군요. 그녀의 남편은 그녀가 별거수당이나 손해 배상 같은 것을 주장하지 않는다면 그녀의 요구를 받아줄 뜻이 있었지요. 그래서 이혼 절차가 진행되었고, 루시는 처녀 때의 이름을 다시 찾았지요.

이어서 쇼 가문의 기질이 발동하게 되었습니다. 뒤에 그가 외로이 다시 모습을 드러냈으며, 밤을 보낼 곳을 찾지 못해 어찌할 바를 몰라 했지요. 그러자 루시는 그를 남편으로는 견뎌내지 못했지만 떠돌이 부랑자로는 즉각 받아들였지요. 그래서 그는 죽을 때까지 그녀를 자주 방문하는 존재가 되었습니다. 그가 죽자, 그 자리를 런던의 거대한 매장들 중 하나를 운영하던 그의 유능한 동생이 차지했지요. 루시는 눈물 한 방울 흘리지 않고 그들 모두를 보낼 수 있었어요. 우리 부모는 돌아가신 지 오래되었지요. 그녀의 직계 가족으로는 내가 유일한 생존자였으며, 나는 논의할 일이 있을 때 가끔 그녀를 방문했습니다. 그녀의 건강이 특별한 걱정을 안겨주던 어느 날 오후에, 나는 누나의 집을 찾았다가 그녀가 침대에 누워 있는 것을 발견했지요. 내가 그녀 옆에 조금 앉아 있을 때, 그녀가 "나 죽어가고 있어."라고 하더군요. 즉시 나는 그녀의 손을 잡고 격려하면서 다소 의례적으로 "아니야, 절대로 그렇지 않아. 곧 괜찮아질 거야."라고 말했지요. 이어 우리는 침묵을 지켰으며, 이웃집에서 누군가가 두드리는 피아노 소리 외에는 아무것도 들리지 않았지요(멋진 밤이었으며, 창문은 모두 열려 있었어요). 그러다 그녀의 목에서 아주 약한 떨림이 느껴졌지요. 그녀는 여전히 나의 손을 잡고 있었어요. 이어서 그녀의 엄지손가락이 뻣뻣해지더군요. 그녀가 죽은 것이지요.

즉시 의사가 왔지요. 내가 누나의 죽음을 신고해야 했기 때문에, 나는 의사에게 증명서에 사망 원인을 뭘로 적을 것인지를 물었어요. 그러면서 나는 짐작에 결핵 같다는 의견을 제시했지요. 그녀가 무대 경력을 접도록 만든 폐렴에 이어 몇 년 동안 결핵으로 힘들어 했으니까요. 의사는 그것이 아니라고 하더군요. 그녀의 결핵은 완전히 치료되었다는 것이었어요. 그래서 나는 "그렇다면 뭔가요?"라고 물었지요. 의사가 "아사(餓死)입니다."라고 대답하더군요. 나는 의사에게 누나가 그렇게 살지 않을 만큼은 부양했다는 점을 강조하면서 이의를 제기했지요. 그러자 그는 의사로서 1914-18년 전쟁 이후로 그녀가 충분한 음식을 먹도록 할 수 없었다고 대답했지요. 공습 동안에, 그녀의 정원 바로 옆에 설치된 대공포가 그녀의 집의 창문과 도자기들을 모두 깨뜨렸고, 탄환 충격이 그녀의 건강을 망가뜨렸던 것이지요. 그래서 사람들이 그녀를 독일 폭격기들의 범위를 벗어난 데번으로 이주시켰지만, 그녀는 결코 식욕을 회복하지 못했답니다.

그녀의 친구들에 대해 아는 바가 전혀 없었기 때문에, 나는 골더스 그린에서 치른 그녀의 화장식에 아무도 초대하지 않았지요. 그러나 나는 그곳에 도착해서 예배당이 그녀를 예찬하는 사람들로 꽉 차 있다는 사실을 알았어요. 그녀의 유언에는 어떤 종교적 의식도 치르지 말라고 분명히 쓰여 있었지만, 그렇게 많은 사람이 모인 상황에서 나는 그녀를 석탄 던지듯 그냥 불 위로 던져 넣을 수는 없다고 느꼈지요. 그래서 나는 추도사를 하면서, 의사가 나에게 말한 내용과 너무나 어울리는 '심벨린'(Cymbeline)[89]의 장송곡을 낭송하는 것으로 마무리했습니다.

더 이상 두려워 마라. 번갯불과
무시무시한 총알 같은 우레를.

루시는 로다 브로튼(Rhoda Broughton)[90]의 스타일로 한두 편의

....

89 윌리엄 셰익스피어의 희곡.

90 웨일스의 소설가(1840-1920)로, 관능적인 작품으로 이름을 얻었다.

스토리를 써서 옛날의 패밀리 헤럴드(Family Herald)에 받아들여질 정도로 문학적 재주가 있었지요. 중년에 그녀는 책을 하나 썼는데, 출판업자였던 그녀의 숭배자 한 사람이 그 책을 세상에 내놓았지요. 그것은 늙은 부인이 젊은 여자에게 전하는 인생에 관한 조언을 담은 일련의 편지였던 것으로 짐작됩니다. 그 책은 너무나 냉소적인 내용 때문에 나의 어머니가 반감을 느끼게 만들었고 심지어 나에게도 충격을 안겼지요.

나의 나머지 의견은 타자로 친 당신의 원고에 적은 메모에서 찾길 바랍니다. 그 메모들은 당신이 오스트레일리아에서 마음껏 우상화할 수 있었던 가문에 대해 새롭게 눈을 뜨게 할 것입니다.

4) 헨리 찰스 더핀

헨리 찰스 더핀(Henry Charles Duffin)에게

당신이 쓴 '버나드 쇼의 핵심'(Quintessence of Bernard Shaw)(쇼주의(Shavianism)라고 하지 않은 이유는?)의 교정지를, 나에 관한 책들이 일반적으로 야기하는 고통에 비하면 훨씬 가벼운 마음으로 읽었다. 내가 보기에 비판의 대상이 될 만한 부분을 곧바로 지적할 것이다. 일관성을 무시하고, 책에 나타나는 순서대로 그런 부분을 제시한다.

9페이지. 여기서 당신은 내가 나의 희곡이 셰익스피어의 희곡보다 우수하다고 선언했다고만 암시하고 있다. 그렇지 않다.

'청교도를 위한 연극들'(Plays for Puritans)의 머리말을 보면, '셰익스피어보다 더 낫다고?'(물음표에 유의하라)라는 장이 있다. 거기서 나는 나의 희곡에 등장하는 역사적인 인물들 중 둘이 셰익스피어에 의해 극화되었다는 사실 때문에 제기된 문제를 다루고 있다. 나의 대답은 당신이 말하는 그런 내용을 전혀 포함하고 있지 않으며, 당신의 글은 『불합리한 결합』(The Irrational Knot)에 쓴 나의 서문에 대한 기억인 것 같다. 한마디로 요약하면, 내가 거기서 한 말은 어느 누구도 '리어 왕'(King Lear)보다 더 훌륭한 희곡을 쓰지 못하고 '돈 조반니'(Don Giovanni)보다 더 나은 오페라를

쓰지 못한다는 것이었다. 바꿔 말하면, 예술적 실행에 관한 한 모든 예술 분야에서 성취 가능한 절정에 이미 도달한 상태라는 뜻이었다. 그러나 이것이 플루타르코스(Ploutarkhos)뿐만 아니라 몸젠(Theodor Mommsen)과 페레로(Guglielmo Ferrero)를 읽은 꽤 평범한 극작가가 셰익스피어의 '카이사르'를 역사로서 능가할 수 없다는 뜻은 아니다. 또 입센이 특별히 잘 아는 것을 바탕으로도 미묘함과 치열함, 통찰에서 셰익스피어를 앞지르지 못한다는 뜻도 아니다. 나의 '새터데이 리뷰'가 셰익스피어의 명성 중에서 엉터리인 부분을 벗겨내려 시도한 이유는 셰익스피어와 입센의 사이에 두드러진 대조가 있었기 때문이다. 그러나 내가 나의 희곡들 또는 다른 사람의 희곡들이 셰익스피어의 희곡들보다 더 잘 쓰였다는 식으로 투박하게 주장했다는 생각은 황당하다.

15페이지. 흡연에 관한 글은 전부 어리석으며 단순히 당신이 흡연가라는 사실을 뜻할 뿐이다. 당신은 기차역까지 시골길을 걸어 가서 흡연 칸에 타 본 적이 있는가? 그런 상태에서 적어도 한 순간이라도 혐오감을 느끼지 않는다면, 당신은 후각을 전부 잃었음에 틀림없다. 카팡티에(Georges Carpentier)와 베켓(Joe Beckett)의 권투 시합을 보고 왔을 때, 나는 사과하지 않고 사람들에게 다가가기 위해서 옷을 전부 갈아입어야 했다. 그런 경험을 무시하면서, "평화스런 파이프를 사랑하는 무해한 인간"이라는 식으로 쓰는 이유가 무엇인가? 당연히 나는 실제로는 흡연을 견뎌내고 있다. 그렇게

하지 않을 경우에 나 자신을 인간 사회로부터 단절시켜야 하니까. 그러나 나는 흡연이 불쾌하고 해로운 습관이라는 사실에 눈(또는 코)을 감지 않는다. 내가 "어떤 여자의 예처럼 흡연이 반항의 상징이 되는 때에는 흡연에 대한 반대를 접는다."는 당신의 진술은 순수한 공상이다. 나는 여자가 담배 피우는 모습을 싫어하지만, 그 때문에 나의 희곡 속에서 여자를 비흡연자로 내세우지는 않는다. 비비 워런[91]은 그녀의 실제 모델이 담배를 피우기 때문에 연극 속에서 담배를 피운다. 루카[92]는 불가리아 소녀들이 담배를 피우기 때문에 작품 속에서 담배를 피운다. 그들은 나의 희곡 '존 불의 다른 섬'(John Bull's Other Island)에 나오는 브로드벤트처럼 담배를 피운다. 그러나 윈스턴 처칠이 그렇게 한다는 말이 있는데, 만약 배우가 실제로 담배를 피우지 않으면서 담배를 피우는 척 꾸미는 것이 불가능하다면, 그런 때엔 배우가 담배를 피우지 않도록 한다. 당신은 "담배 문제는 순수하게 개인적인 문제"라고 말하고 있다. 그렇다면 흡연 가능한 공간을 따로 두는 이유는 무엇인가? 흡연으로 인해 흡연자 외에 아무도 영향을 받지 않는다면, 흡연이 다른 곳에선 금지되는 이유가 무엇인가? 나의 조언을 받아들이고, 흡연을 포기하도록 하라. 차라리 뜨개질을 시도해보라. 비흡연자인 나의 정원사는 뜨개질을 한다.

....

91 '워런 부인의 직업'에 등장하는 인물.

92 '무기와 인간'에 등장하는 인물.

16페이지(그리고 다른 많은 곳). 당신은 내가 술에 취하는 것과 바가지 긁는 것을 웃음거리로 만든다는 이유로 셰익스피어와 디킨스를 "비난"한다고 말하고 있다. 나는 그들을 나무라지 않는다. 나는 키건[93]처럼 "모든 농담은 시간의 자궁 속에서 하나의 진담이다."라고 말한다. 나 자신이 제시한 가장 진지한 주장들 중 많은 것은 처음에 농담으로 떠올랐다. 디킨스에게서도 이런 진화가 목격된다. 『돔비와 아들』(Dombey and Son)에 나오는 맥스팅어 부인은 농담이다. 『위대한 유산』(Great Expectations) 속의 가거리 부인으로서, 그녀는 절대로 농담이 아니다. 알코올 중독에 대한 셰익스피어의 관점이라면, 토비 벨치[94] 경과, 카시오[95]와 '햄릿' 속의 왕을 비교해보라. 『에레혼』과 『오디세이아의 여류 작가』(The Authoress of The Odyssey)는 처음에 버틀러에게 별난 생각으로 다가왔음에 틀림없다. 내가 희곡 속에서 조롱하고 있는 많은 것들도 미래의 극작가들에 의해 비극으로 만들어질 것이다.

34페이지. "버틀러는 펜을 들었던 인간들 중에서 가장 사랑스러운 존재 중 하나이다." 당신은 페스팅 존스(Festing Jones)의 회고록이 등장하기 전에 이런 글을 썼다. 내가 '맨체스터 가디언'(Manchester Guardian)에 쓴, 그 회고록에 대한 나의 서평을 읽어본다면, 당신은 내가 지금 '사랑스러운'이라는 단어가 다소 과감한

....

93 '존 불의 다른 섬'에 등장하는 인물.

94 셰익스피어의 '십이야'(Twelfth Night)에 등장하는 인물.

95 셰익스피어의 '오셀로'에 등장하는 인물.

단어라고 말하는 이유를 이해할 것이다. 당신이 천재적인 존재들은 모두 사랑스럽다는 생각을 갖고 있지 않다면 말이다. 버틀러는 자기 아버지를 본인이 생각하는 것보다 훨씬 더 많이 닮았다. 시어볼드 버틀러(Theobald Butler) 목사가 정신이 약하지 않고 강했다면 자신의 위대한 아들과 비슷했을 것이다.

43페이지. 윌리엄 블레이크(William Blake)가 『천국과 지옥의 결혼』(Marriage of Heaven and Hell)을 교구 잡지의 도덕성 차원에서 썼다고 당신은 진정으로 생각하는가? '악마의 제자'(Devil's Disciple)[96]를 그런 도덕의 차원에서 고쳐 쓰면서 거기서 어떤 종류의 희곡을 끌어낼 수 있는지 한 번 시험해 보라. 나는 딕 더전[97] 앞에서 당혹스러워하지 않는 사람을 결코 만나지 못했다. 혹시 당신은 만나 보았는가? 똑똑한 곳에서 한없이 똑똑하고 어리석은 곳에서 한없이 어리석은 것이 당신의 장점이다.

53페이지. 독단적 관용은 터무니없는 말이다. 나에게 그럴 권력만 있다면, 나는 칼뱅주의를 아이들에게 가르치는 것을 더 이상 참지 않을 것이다. 그것은 영국 통치자가 인도에서 아내의 순장(殉葬)을 용인하지 않는 것과 똑같다. 문명화된 권력은 언제나 허용할 수 있는 것과 허용할 수 없는 것을 구분해야 한다.

72페이지. 정말로 내가, 남녀 관계에서는 여자는 없고 거미 같은

....

96 버나드 쇼의 희곡.

97 '악마의 제자'에 등장하는 인물.

여자[98]만 있다는 뜻을 당신에게 전달했는가? '인간과 초인'에 나오는 앤 화이트필드는 당신의 시야를 채우는 만큼 완전히 나의 시야를 채우지는 않는다. '패니의 첫 번째 희곡'(Fanny's First Play)에 나오는 녹스 부인의 비극은 녹스가 육욕적 사랑에 의해 변모해가는 것을, 조지 부인이 아주 조심스럽게 거리를 두고 있는 주교에게서 경탄하고 있는 그 요소로 오해하고 있다는 사실에 있는데, 그것은 거미의 비극이 아니다. 그리고 이어지는 단락에서 당신은 바버라 소령과 레스비아 그랜섬[99], 리자 체체파노프스카[100]를 자식 사랑이 대단히 약한 나의 남자들만큼이나 벌이나 거미와 거리가 먼 것으로 제시했다. 내가 볼 때, 당신이 염두에 두고 있는 것은 인간에게 가능한 범위 안에서 성별로 최대한 중성에 가까운 사람들의 거대한 집단이다. 앤 화이트필드는 물론 그들의 전형이 아니다. 또 성생리학과 심리학에 대해 추론하지 않듯이 다른 생리학과 심리학에 대해서도 추론하지 않는 사람들도 있다. 이들 또한 수적으로 아주 많다. 한 마리의 거미는 아마 재미 삼아 거미줄을 쳐서 먹이를 잡거나, 아니면 아라크네[101] 같은 신(神)이 명령한 하나의 의식(儀式)으로서 먹이를 잡는다고 생각하면서, 먹지 않으면 죽는다는 사

....

98 거미 종의 경우에 대부분이 암컷이 수컷과 교미하기 전이나 하는 동안, 한 후에 수컷을 죽여서 먹는다. 수컷이 암컷을 먹는 예는 드물다고 한다.

99 '결혼하기'(Getting Married)에 등장하는 인물.

100 '어울리지 않는 결혼'에 등장하는 인물.

101 그리스 신화 속에 베짜기 경쟁에서 아테나에게 져서 거미가 된 소녀로 나온다.

실을 모르고 있을 수 있다. 그러나 만약 내가 등장인물들에게 실제 생활에서 갖지 않을 수 있는 자의식과 자기표현의 힘을 부여하지 않는다면, 내가 쓰는 그런 종류의 희곡은 불가능하다. 동물들이 말을 하지 않는다면, 이솝 우화는 존재하지 못했을 것이다.

그러나 여기에 우리 사이에 진정한 차이가 있을 수 있다. 나는 언젠가 반(反)모성적인 여자를 드라마로 다루게 되지 않을 것이라고 장담하지 못한다. 나에겐 그런 부류의 여자가 결코 낯설지 않다. 나는 당신이 말하는, "자기 자신을 맨 먼저 아이 인큐베이터로 여기는, 알을 품고 싶어 하는 암탉 같은 그런 유형의 여자"(p.82)를 한 번도 만나지 못했지만, 아이를 낳아놓고 그 경험을 후회하는 여자도 만나지 못했으며, 대단히 반(反)모성적인 여자들이 존재하는지에 대해 의문을 품었다. 84페이지를 보면, 당신은 이 같은 맥락에서 "물론, 쇼는 그런 교활함을 위선이라고 부를 것이다."라고 말한다. 나는 나 자신이 그처럼 어리석고 무지한 말을 할 것이라고는 꿈도 꾸지 않는다.

89페이지. 질투에 대해 말하면서, 당신은 호기심을 자극하는 실수를 한 가지 저질렀다. 그것이 나로 하여금 당신이 개인적으로 질투를 많이 경험해 보았는지 의문을 품도록 만든다. '바람둥이'(The Philanderer)에 나오는 줄리아는 '겨울 이야기'(The Winter's Tale)[102]에 나오는 레온테스만큼이나 질투의 전형이다. 그녀를 아주 싫은

....

102 셰익스피어 희곡.

존재로 만드는 것은 질투이다. 그리고 여기에다가 나는 당신이 극작가가 만들어내는 등장인물의 상당 부분이 실제 모델에 대한 연구를 바탕으로 한다는 것을 인정하지 않으려 한다는 점을 덧붙여야 한다. 나의 등장인물들 중 일부는 거의 초상화에 가깝다. 다른 등장인물의 경우에 나는 화가가 모델을 쓰는 식으로 모델을 이용한다. 그런데 당신은 처음부터 끝까지 마치 나의 등장인물들이 모두 실제 사람이 아니라 우화적 상징으로 여기며 글을 쓰고 있다.

93페이지. 여기서 당신은 돌연 내가 마르크스와 매콜리보다 앞서는 존재인 것처럼 역사에서 전반적 계몽이 이뤄지는 것을 본다고 단정하고 있다. 나는 그렇지 않다. '카이사르와 클레오파트라'(Caesar and Cleopatra)를 위해 쓴 메모를 읽어 보라. 아니면 『혁명가의 핸드북』(Revolutionist's Handbook)을 읽어 보라. 그러면 당신은 내가 매콜리의 망상을 가장 위험한 망상으로 여기고 있다는 것을 알게 될 것이다.

96페이지. "크램튼[103]은 대단히 호감 가는 늙은이이다." 크램튼을 좋아할 수 있는 사람은 모든 사람을 다 좋아할 수 있다.

102페이지. 그레고리 런[104]의 아내가 주노와 함께 도착할 때, 런은 사실 주노 부인의 팔에 안겨 있었다는 것을 당신은 잊고 있다. 런이 남자들은 여자들과 대화를 하지 못하기 때문에 성교를 해야

....

103 버나드 쇼의 '절대로 몰라'(You can never tell)에 등장하는 인물.

104 버나드 쇼의 희곡 '오버룰드'(Overruled)에 등장하는 인물. '오버룰드'는 일부다처 또는 일처다부의 문제를 다루고 있다.

한다고 말할 때, 그는 진실을 말하고 있다. 그러나 여자가 유혹적일 뿐만 아니라 선한 동행일 때, 이 말이 그의 체면을 지켜주지 못한다. 그 희곡의 주제는 생명력이 부르주아의 도덕과 거기에 근거한 양심을 압도한다는 것이다. 이 주제는 바이런의 '돈 후안'(Don Juan) 중 당신이 인용한 단락에서 묘사되고 있다. 여기서 이 주제가 무대에서 처음으로 표현되고 있는 것이다. 그럼에도 당신은 거기서 그레고리의 시시한 말 외에는 아무것도 보지 못하고 있다.

104-106페이지. 나는 가족을 폐지하길 원하지 않는다. 아버지와 어머니, 아이들의 집단은 그 자체로 좁고 비사회적이지만 자연스런 사회적 단위이다.

106페이지. "시인의 가슴 속 비밀"은 당신이 가장 그럴 듯하게 묘사하고 있는 비밀이다. 말하자면 가정생활은 시인의 운명이 아니라는 뜻이다. "생명은 그것보다 훨씬 더 숭고하다." 파라핀 등불이 켜져 있는 아늑한 방이 아니라 별이 빛나는 밤이 시인이 있을 곳이다. "조만간 그녀가 결국엔 나에게로 올 것"이라는 당신의 대안적 해결책은 대단히 어리석다.

143페이지. 워런 부인이 "여자가 혼자 힘으로 제대로 살아갈 수 있는 유일한 길은 자신에게 선하게 행동할 수 있는 남자에게 선하게 행동하는 것"이라고 말할 때, 그녀는 당신이 말하는 바와 같이 결혼을 포함하고 있다. 그러나 그녀는 동시에 돈 되는 재능을 가진

여자들은 기아 임금(starvation wage)[105] 이상의 무엇인가를 얻는 수단으로서의 결혼과 매춘으로부터 자유롭다는 점을 지적하고 있다. 그러나 이것이 가능한 것은 단지 예외적인 재능이 희소가치를 지니기 때문이다. 당신은 이 부분에 대해 정말 놀랄 만한 논평을 제시하고 있다. "대부분의 남자들이 그렇듯이, 어떤 여자가 탁월한 재능을 활용하고 추가적인 자격을 확보한다면, 그녀도 꽤 더 잘 하게 될 것이다." 런던 동부의 생선 튀김 가게에서 태어난 소녀는 원하기만 하면 자유로운 온갖 직업을 가질 수 있다고 암시하는 대목은 당신이 가난한 사람들의 실제 조건에 대해 전혀 모르고 있다는 사실을 보여주고 있다. "빵이 없으면 케이크를 먹으면 되잖아?"라고 말하는 것이나 다를 바가 없는 것이다. 그러면서 당신은 매춘의 대체물을 갖지 못한 남자들도 똑같은 결핍의 저주를 받고 있다고 지적하고 있다.

146페이지. 책에서 한 번에 그치지 않지만, 여기서 당신은 나에 대해 극작가로만 생각하고 있다는 점을 드러내고 있다. 그럼에도 불구하고, 나는 희곡을 발표하는 사이사이에 수백 회의 연설을 했으며 페이비언 사회주의에 관한 두꺼운 책들도 출간했다. 나의 희곡들의 뒤에는 심오한 사회학이 자리 잡고 있다. 바로 이 사회학이 나의 희곡을 다른 작가들, 그러니까 사회에 대한 지식이라면 완두콩은 나이프로 먹어서도 안 되고 레이디 존스 대신에 레이디 폴리

....

105 굶어죽지 않을 정도의 임금을 뜻한다.

존스라는, 기사(騎士)의 아내와 함께 먹어서도 안 된다는 의미로 받아들이는 작가들의 작품과 근본적으로 다르게 만들고 있다.

146-147 페이지의 마지막 부분은 모두 틀렸다. 나는 "교회의 빈 신도석을 향해 설교하는 행위의 헛됨을 절대로 깨닫지" 않았다. 신도석은 절대로 비지 않았다. 내가 깨달은 것은 가득 찬 신도석을 향해 설교하는 것이 헛되다는 것이었다. 사람들로 붐비는 모임은 전혀 아무짝에도 소용이 없다. 당신은 틀림없이 나의 작품을 사회주의자로서 따르지 않았으며, 나의 작품을 연구할 준비가 되어 있지 않다면 거기서 손을 떼는 것이 바람직하다. 그 연구 작업이 꽤 긴 시간을 요구할 것이니까.

악의 문제에 대해 말하자면, 당신이 말하는 것과 달리 나는 "악을 그 아이러니에 맡겨버리는 것으로 현명하게 만족하지" 못한다. 반대로, 블랑코 포스넷[106]이 "집단은 어떤가?"라는 질문을 제기하고 그에 대해 대답하고 있다. 나의 모든 작품의 뒤에는 '창조적 진화'라는 탄탄한 이론이 버티고 있다. 이 이론이 처음으로 완전하게 제시되고 있는 곳은 '인간과 초인' 제3막이다. 이 이론은 버틀러와 베르그송의 신앙이다. 당신이 말하는, "신의 불가해한 아이러니"는 단지 진부한 바이런주의이고, 19세기 불가지론이다.

158페이지. 명예심은 "선생들이 외부에서 아이에게 주입할 수 있는 것"이 아니다. 명예심은 아이의 안에 있는 신성한 불꽃이다. 선

....

106 '블랑코 포스넷의 폭로'(The Shewing up of Blanco Posnet)에 나오는 인물.

생들은 명예심을 엉뚱하게 적용함으로써 명예심을 왜곡시킬 수 있다(예를 들면, 공립학교의 신사도(紳士道)). 그러나 타고난 감각은 그것을 왜곡시키려는 조치에 언제나 다소 반항하며, 천재들은 언제나 그 같은 협잡의 가면을 벗겨내고 있다.

161페이지. 당신은 "신념들은 신뢰할 수 있어야 한다"는 나의 요구에 대해 말하고 있다. 그러나 당신은 거기서 더 나아가면서 내가 신념들은 진실하고 합리적이어야 한다고 요구한다고 단정하고 있다. 진실하고 합리적인 것은 또 다른 짝의 신발인데, 그 같은 단정을 바탕으로, 당신은 나의 코미디들을 모든 남자와 여자들이 합리적이지 않다는 점을 보여주는 작품으로 받아들이면서도 나에겐 모든 남자와 여자들이 합리적인 존재로 보일 것이라고 상상한다. 진실이 전설보다 더 믿을 수 없는 경우도 종종 있는 법이다.

그 대목에서 당신이 생각하고 있는 것은 바로 나의 주장, 즉 보다 훌륭한 정신의 소유자들이 믿지 못하는 신념들은 사람들의 사기를 떨어뜨린다는 주장이다. 그런 사기 저하가 일어난 결과, 보다 훌륭한 정신의 소유자는 종교와 공공 생활에 등을 돌리거나 그렇지 않은 경우엔 위선자가 된다. 신념의 합법성은 그 문제의 이 측면과 전혀 아무런 관계가 없다. 중요한 것은 확립된 신념이 신뢰할 수 없는 것일 때엔 해를 입히고, 신뢰할 수 있는 것일 때엔 해를 입히지 않는다는 것이다. 신뢰할 수 없는 신념이 진실이고 신뢰할 수 있는 신념이 거짓일 수 있을지라도 말이다.

186페이지. 민주주의를 "총으로 무장한 어리석음"이라는 당신의 묘사엔 진실이 상당히 담겨 있지만, 당신은 "변호사와 성직자, 문인, 정치인"이 대체로 우리가 중등 교육이라고 부르는 과정에 의해 바보가 되지 않은 평범한 사람들보다 더 위험하다"는 사실을 놓치고 있다.

나는 200페이지까지 읽으면서 초반에 흡연에 관한 언급처럼 단순히 당신이 사소한 일에 관여하고 있다는 생각이 드는 곳이 있으면 페이지 여백에 메모를 해 놓았다. 당신은 아마 내가 '1919년 교육 연감'에 쓴 머리말을 읽지 않았을 것이다. 그 글에서 나는 선생과 싸웠던 이야기를 털어놓았으며, 기술 교육과 내가 중요하다고 여기는 폭넓은 교육을 구분했다. 거기서 종교 교육은 기술 교육으로 분류된다. 체벌 문제에 대해 말하자면, 내가 알고 있는 한, 아이는 참아줄 수 없을 만큼 골치 아픈 짓을 하면 그 일로 화가 난 사람으로부터 머리를 쥐어박히게 된다는 사실을 경험을 통해 배워야 한다고 단호하게 말하는 유일한 인도주의자 저자가 바로 나이다. 그러나 나는 가르침이 아이가 정해진 질문에 정해진 대답을 제시하지 못하는 경우에 아이를 때리는 것만 의미한다면, 스퀴어[107]와 크리클[108] 같은 사람도 충분히 자격 있는 선생들이고, 가르치는 직업은 미숙련 직업일 뿐만 아니라 평판이 나쁜 직업이기도 하다

107 찰스 디킨스의 '니콜라스 니클비'(Nicholas Nickleby)에 나오는 악랄한 선생.

108 찰스 디킨스의 '데이비드 카퍼필드'에 나오는 거친 교장.

고 주장했다. 당신의 논평은 나로 하여금 당신이 가르치는 소질이 전혀 없는 선생이 아닌가 하는 의심을 품도록 만들고 있다. 당신은 내가 좋지 않은 학교에 다닌 가르칠 수 없는 소년이었다고 말한다. 그러나 학교에서 가르칠 수 없는 소년이란 것이 어떤 아이인가? 나는 지식욕이 아주 강했으며, 모든 것에 관심이 있었다. 그러나 나는 교과서들을 읽을 수 없었다. 물론 그 외의 다른 것은 거의 다 읽을 수 있었다. 지금 웨슬리 칼리지로 알려진 그 학교는 틀림없이 나쁜 학교였지만, 그 학교는 나라에서 최고였고 지금도 최고이다. 이튼에 다니던 셸리는 나쁜 학교에 다니던 가르칠 수 없는 소년이었지만, 당신이 암시하는 그런 의미에서 가르칠 수 없는 소년은 아니었다. 나는 아마 아일랜드에서 가장 가르치기 쉬운 소년이었을 것이다. 만약 학교가 나에게 학교는 감옥일 뿐 가르치는 장소는 결코 아니라는 것 외에는 아무것도 가르치지 않았다면, 결론은 교육학이 아직 과학이 아니라는 것이다.

208-9페이지. 듀브댓[109]의 성격은 내가 즐겨 다루는 주제들 중 하나를, 말하자면 어떤 인간도 모든 면에서 두루 양심적이지 않다는 주제를 잘 보여주고 있다. 그는 능력과 관심이 있는 분야에선 체면에 어느 정도 신경을 쓰지만, 관심이 없는 분야에서는 부주의하고 비양심적인 모습을 보인다. 자신도 모르게 듀브댓 앞에 앉았던 몇몇 모델들 중 하나는 자신의 종교적, 정치적 신념에 병적일 정도로 매

109 버나드 쇼의 희곡 '의사의 딜레마'(The Doctor's Dilemma)에 등장하는 인물.

달리고 있으며, 그 신념의 글자 한 자를 포기하느니 차라리 교수대로 가는 쪽을 택하려 들 것이다. 그러나 그는 돈과 여자들에 대해선 전혀 양심을 보이지 않았다. 그는 부끄러운 줄 모르는 유혹자이며, 도둑이라고 할 수는 없지만 차용자였다. 가족과 사업에 양심적으로 임하는 사람들과 반대로, 그는 악당처럼 보였고, 실제로 악당이었다. 그러나 가족과 사업에 양심적인 사람들이 그의 옆에 서면 아주 형편없어 보이는 예도 있었다. 바로 그들의 신념에 대한 충성이 약간의 위험과 희생을 요구하는 때이다. 듀브댓이 임종의 자리에서 자신은 삶을 살면서 선전(善戰)했다고 말할 때, 그는 꽤 진지하다. 그것은 곧 그가 예술에서 최선을 다하느라, 전시를 하고 영국 왕립 미술관에 팔기 위해서 폭스 테리어와 노는 어린 소녀들의 그림을 그리지 않았다는 말이었다.

나는 무정부적인 자유분방한 생활 방식을 예술가들의 저주로 여기며 그런 방식에 반대하는 글을 많이 썼으며, 또 똑똑한 사람은 절대로 부족하지 않지만 절제하고 근면하면서 똑똑한 사람은 크게 부족하다고 선언했다. 그러면서 나는 언제나 고급한 재능을 저급한 행동을 하는 변명으로 제시하길 거부했다. 그럼에도 나는 부르주아 도덕이 대개 싸구려 미덕을 값비싼 악덕을 가리는 망토로 이용하는 체계라는 것을 잘 알고 있다. 그러므로 나는 듀브댓을 비열한 남자로 치부하는 당신의 견해에 동의하지 못한다.

211-12페이지. 나는 "감방에 갇힌 죄수"에게 특별한 공감을 전혀 느

끼지 않는다. 나는 누구든 감방에 가두는 행위의 잔인성에 반대한다. 전반적으로 신뢰할 수 없는 범죄자라면 차라리 그 사람을 죽여 버리자는 쪽인 나의 대안은 범죄자에게 호의적으로 받아들여지지 않을 것이다. 그리고 나는 "어떤 종류든 육체적 폭력"을 절대로 혐오하지 않는다. 작고한 세실 체스터턴(Cecil Chesterton)은 나에게서 나의 관점에 관한 세세한 설명을 끌어냈다. 육체적 폭력은 어리석음과 비열함이 언제나 정신과 미덕을 무찌를 수 있는 무기이다. 이 말을 오늘날 반복할 필요가 있다는 것은 단지 생각 없는 감상성이 우리를 지배하고 있다는 사실을 뒷받침하는 증거일 뿐이다. 문명사회가 가장 먼저 보살펴야 할 명예의 문제들 중 하나는 정신적 갈등이 주먹으로 해결되어서도 안 되고 범죄가 고문으로 다스려져서도 안 된다는 것이다. 폴 존스(Paul Jones)가 필요하다면 반역자를 죽일 준비는 되어 있지만 채찍질해서 원하는 길로 나아가게 하고 싶지는 않다고 말했을 때, 그의 본능은 건전했다.

그러나 나는 더 많은 트집으로 당신을 괴롭히고 싶지 않다. 나는 "훌륭한" 쇼가 예술가가 아니었더라면 대단히 지루할 뻔한 네댓 개의 텍스트를 가진 설교자에 지나지 않았을 것이라는 당신의 결론에 꽤 동의한다. 당신은 연극을 즐기지 않는 사람이라면 불가능했을 수 있는 길로 희곡들의 정신과 골자를 잘 파악했다. 그리고 당신은 당신 안의 생명력이 내 안의 생명력과 꽤 보조를 맞추지 않았다면 불가능했을 만큼 깊이 그 연극들을 즐겼다. 나는 당신이 나의 모든 작품을 거기에 담긴 온갖 주장을 그 바닥까지 파고들면서 다시 검토할 것이라고 기대하지 않았다. 그러나 당신은 사람들을 향해 나에게로 가서 내 말에 귀를 기울여보라고 권유하는 행위를 매우 효과적으로 해냈다. 그 점에 대해 나는 매우 고맙게 생각하고 있으며, 덕분에 이번에는 나 자신에 관한 책을 처음부터 끝까지 성실하게 읽었다.

5) 윈스턴(Stephen Winsten)이 엮은 『G.B.S. 90』에 맥매너스(M. J. Macmanus)가 쓴 전기

33페이지. 아일랜드 해협을 건널 당시에 나의 마음 상태를 그린 그림으로, 이 페이지보다 더 엉터리는 있을 수 없다. 아일랜드를 떠날 때의 결심이나 의도에 대해 말한다면, 아일랜드에선 나의 미래가 분명하지 않았기 때문이다. 리가 잉글랜드로 떠난 때부터 예이츠(William Butler Yeats)와 그레고리 더블린(Gregory Dublin) 부인이 문학과 연극에 부흥을 이룰 때까지의 기간은 예술의 사하라 사막이었다. 런던을 정복하겠다는 결심? 나는 그런 가능성을 꿈도 꾸지 않았다. 가난한 아일랜드 농민 이주자가 미국을 정복하는 꿈을 꾸지 않는 것과 마찬가지이다.

33페이지. 금빛이 도는 다갈색인 나의 머리는 나의 누나 아그네스의 머리처럼 절대로 고지(高地) 출신의 빨간 머리가 아니었다. 나는 분명히 덴마크인의 "금발 야수"였다.

36페이지. 우리는 그림 같은 할머니의 단층집에 대해 이야기할 때면 언제나 라운드타운(Roundtown)이라고 불렀다. 그 집은 지금 반은 가게로 쓰고 반은 주거지로 쓰는 구조로 고쳤다고 들었다.

우리 쇼 가문의 사람들은 분명히 영국과의 연결을 "존경하라"고 배우지 않았다. 우리는 그 연결에서 우리 자신을 매우 탁월한 부분으로 여겼다.

나의 누나 엘리너 아그네스.

나는 아버지가 책을 손에 든 모습을 한 번도 보지 못했다. 그러나 아버지는 젊은 시절에 어느 정도 독서를 했음에 분명하다. 스코틀랜드 소설도 알고 있었고, 나더러도 그런 작품을 읽으라고 권했으니까. 나는 아버지에게 '천로역정'을 읽어주었으며, 그가 나에게 'grievous'를 'grevious'로 발음하지 말라고 일러준 기억도 난다.

윌리엄 와일드(William Wilde) 경이 나의 아버지의 눈 수술을 무리하게 했다. 그래서 그는 아버지가 타고난 사시를 고치긴 했지만, 반대 방향으로 더 나쁜 사시를 낳고 말았다.

나의 아버지의 유머 감각은 "심하게 과장되지" 않았으며, 그는 앤티 클라이맥스의 코미디를 좋아했는데, 그 점을 내가 물려받았다. 클리본 앤드 쇼라는 회사가 채무자의 파산으로 거의 망가졌을 때, 클리본은 눈물을 참지 못했지만 나의 아버지는 창고로 들어가서 혼자 실컷 웃었다. 유머 감각을 가진 아일랜드 사람들은 큰 불행을 즐긴다.

나의 할아버지는 "더블린 카운티의 소지주"가 아니었다. 그가 조상들로부터 물려받은 재산은 칼로우라는 타운에 있었다(나는 할아버지의 아들이 죽었을 때 이 재산을 상속받아서 빚을 청산한 다음에 그것을 자치구 의회로 넘겼다). 나의 할아버지는 골웨이 카운티 오터라드에서 낚시와 사냥을 하고 솜씨가 탁월한 아마추어로서 목공을 하고 배를 만들면서 시골 신사로 살았다.

37페이지. 나의 어머니의 고모 엘런은 꼽추였음에도 난쟁이는 아

니었다. 세인트 브라이드 교회는 싱 스트리트와 가깝지 않았다. 그 교회는 멀리 슬럼가에 있었으며, 거기엔 가난한 가톨릭 신자들만 살았기 때문에 오랫동안 허물어지고 있었다. 그 교회의 기록부는 나의 세례를 기록했지만, 그 서류들이 내전[110] 동안에 사재판소 안에 있다가 불탔는지 아니면 트리니티 칼리지의 도서관에 보관되고 있는지, 소문은 다양하다.

39페이지. 시청 공무원은 절대로 싱 스트리트에서 살 수 없었다. 세대주들 대부분은 나의 아버지처럼 상인이었으며, 부유하지 않았지만 가게 주인보다는 사회적 지위가 높은 척 굴었다.

부쉬 파크는 우편 주소는 테르뉴어(Terenure)로 되어 있어도 더블린에서 꽤 떨어진 래스판햄(Rathfarnham)에 있는 시골집이다.

41페이지. 나의 아버지는 술에 취한 상태에서는 절대로 웃지 않았다. 그가 도키 오두막의 벽을 문으로 착각했다가 머리를 받아 기름한 모자를 아코디언처럼 구겼을 때, 웃음은 그의 아들과 처남한테서 터져 나왔다.

42페이지. 미스 캐롤라인 힐(Caroline Hill)[111]은 배운 기억이 없는 것들을 나에게 많이 가르쳐주었음에 틀림없으며, 나는 성인이 되어서도 한동안 그런 것들을 선천적으로 알고 있었다고 믿었다. 그

....

110 1922년 6월부터 1923년 5월까지, 영국 제국 안에 남으면서 독립적인 국가를 유지하는 것을 지지하는 세력과 공화국으로 완전히 독립하는 것을 지지하는 세력 사이에 벌어진 전쟁을 말한다. 전쟁은 전자의 승리로 끝났다.

111 버나드 쇼의 가정 교사.

러다가 어느 날 나는 그것이 터무니없다는 사실을 깨달았다. 그때는 이미 미스 힐이 세상을 떠난지 오래되었기 때문에, 나는 '여자 가정교사 공제회'(Governess's Benevolent Institution)의 회원이 되었다. 나는 읽기를 배운 기억이 없지만, 어느 비 오던 오후에 부두에서 비를 피하던 때를 생생하게 기억하고 있다. 나는 아버지와 함께 포스터가 덕지덕지 붙은 회랑 같은 곳에서 비를 피했는데, 그 때 아버지의 팔에 안겨 다녀야 할 만큼 작은 아이가 거기에 붙은 포스터에 적힌 글을 큰 소리로 읽어 그곳에 있던 사람들을 놀라게 만들기도 했다.

43페이지. "많은 악기가 어지럽게 늘려 있었던" 적은 한 번도 없었다. 내가 안에 뭐가 들어 있는지 궁금해서 아버지의 트롬본을 깼을 때, 남은 악기는 피아노뿐이었다.

44페이지. 이것은 큰 실수에 해당한다. 리는 매력적인 지휘자였으며, 아마추어 오케스트라를 구성했다. 오케스트라는 군악대 출신 독창자에 의해 그럭저럭 꾸려나갔다. 그러나 오케스트라 리허설을 우리 집에서 할 수 있다는 생각은 터무니없다. 리허설은 브런스윅 스트리트의 에인션트 콘서트 룸스에서 열렸으며, 공연은 콘서트 룸에서 열렸다. 우리 집에서 리허설이 행해지는 경우에 반주는 피아노로 했다. 이웃들은 절대로 불평하지 않았다. 음악이 아주 좋았고, "소음"이 전혀 없었기 때문이다.

그의 형제가 죽었을 당시에, 리는 골치 아픈 사람으로 알려진 늙은 가정부와 함께 해링턴 스트리트에서 살았다. 어쨌든 늙은 가정부는 쫓겨났고, 이어 두 가구가 해치 스트리트 1번지에서 하나로 결합하는 그런 계약이 이뤄졌다.

윌리엄 삼촌이 리의 밴드에서 오피클레이드를 연주한 것 외에는, 리와 쇼 가문 사람들 사이에 음악적 접촉은 전혀 없었다. 쇼 가의 사람들은 다양한 악기를 갖고 민요를 악보 없이 연주할 수 있었지만, 클래식 쪽으로는 꽤 거칠었다.

첼로를 연주했다는 사촌 에밀리는 세인트 브라이드 교회의 목사의 아내인 에밀리 고모였으며, 나의 아버지의 여형제였다. 그녀는 나의 어머니를 싫어해서 싱 스트리트로 절대로 오지 않았다. 어느 날 나의 어머니가 그녀의 집을 방문했다가 나의 어머니가 왔다는 소리에 그녀가 "지저분한 년!"이라고 욕하는 소리를 엿들었다. 이 사건이 둘의 관계에 종지부를 찍었다.

45페이지. 이 페이지에 빠진 것이 하나 있다. 리의 최고 가수들 거의 전부가 로마 가톨릭 신자였으며, 그들과의 교류가 나의 마음에서 가톨릭 신자들은 열등해서 함께 섞일 수 없고 영원히 저주 받은 인간이라는 인식을 지웠다. 나는 지금도 가톨릭 신자들을 더 좋아하고 프로테스탄트 사이비 신사들보다 그들을 더 존경한다.

토카 힐의 도키 오두막은 더블린 만과 킬리니 만 둘 다를 내려다보고 있었으며, 작은 마을인 도키에서 꽤 떨어지고 높은 곳에 서 있었다. 킬리니 바닷가는 조약돌이 없었다. 이쪽 끝에서 저쪽 끝까지 온통 모래였다. 토카 오두막엔 지금 내가 거기서 거주했다는 사실을 기념하는 멋진 동판이 설치되어 있다. 그것은 1948년 1월에 공개되어 나를 대단히 기쁘게 했다.

46페이지. 그 당시에 결핵은 소모성 질환이라 불렸으며, 전염되는 것으로 여겨지지 않았다. 나의 누나 아그네스는 하녀로부터 그 병에 전염되었으며, 몸이 급격히 쇠약해지다가 요양소가 아닌 와이트 섬에서 죽었다.

풀럼 로드에 있던 우리 집은 웨스트 브롬튼 우체국 맞은편과 가까운 막다른 골목에 자리 잡았다. 당시에 그곳은 빅토리아 그로브라 불렸지만 지금은 네서튼 그로브라 불리고 있다. 13번지는 철거되고 동쪽 면에 늘어선 반(半)단독 빌라들처럼 큰 건물로 대체되었다. 반대편 쪽의 마지막 빌라는 13번지와 아주 똑같았다.

47페이지. 나는 아버지와 언쟁을 벌인 적이 한 번도 없었으며, '왜? 왜? 왜?'라고 물은 적도 한 번도 없었다. 아이로서 나는 아버지에게 모든 아이들이 자기 부모에게 묻는 것과 똑같이 "뭐야? 뭐야? 뭐야?"라고 물었다. 아들의 압박을 이기지 못하고 아버지는 자신이 모르는 것들을 많이 들려주었다. 순간의 충동에 따라 임시변통의 대답을 내놓았던 것이다. 나중에 알게 되었지만, 그 대답이 꽤 정확했다. 그런 것이 바로 부모의 마법이다.

49페이지. 나는 39개 신조를 한 번도 읽지 않았으며 그것들이 존재한다는 사실 자체에 대해서도 몰랐다. 메리 월스톤크래프트(Mary

Wollstonecraft)에 대해 말하자면, 나는 그녀에 대해선 들어본 적이 없었다. 나에게 페인(Thomas Paine)은 결점을 보충할 다른 특성을 전혀 갖고 있지 않은, 술 취한 코르셋 제조자로 뚜렷이 남아 있다. 볼테르와 루소는 임종의 자리에서 지옥에 갈 것이 확실해지자 크게 놀란 그런 모독자였다고 나는 배웠다. 당시에는 유럽에서 가장 종교적인 남자 세 사람이 불경스럽기 짝이 없는 악당이었기 때문에 불타는 유황 속에서 영원히 튀겨지고 있다고 가르치는 것이 신사 교육의 일부였다. 셸리가 나를 이 모든 것으로부터 구해주었다. 나는 그의 산문과 시들을 처음부터 끝까지 읽었다. 이것이 십대가 끝나갈 때쯤의 일이었다.

51페이지. 나는 "나 자신의 재능을 의식하지" 않았다. 나는 모든 사람이 내가 아는 것만큼 알고 있고 모든 것을 나보다 더 잘 해낼 수 있다고 상상함으로써 여러 해 동안 무능력한 모습을 보였다. 나를 망가뜨린 것은 언제나 망설임이었다. 나는 자신의 무지에 당황해할 만큼 현명했으며, 내가 이 세상에서 유일한 무식꾼이라고 상상할 만큼 순진했다. 마르크스가 나를 공산주의자로 만들고 나에게 신념을 주었을 때까지, 나는 겁쟁이였다. 훗날 내가 셰익스피어처럼 타고난 천재라는 것이 확인되었을 때, 나는 자연, 즉 신의 섭리 또는 생명력이 내가 천재성을 호전적인 모험에 낭비하지 않도록 하기 위해 소년 시절에 나에게 자기 보존을 지나칠 만큼 중요하게 여기도록 했다고 생각하며 우쭐해 했다. 어쨌든 나는 소년이었을

때 소심했으며, 그 같은 사실을 아주 부끄럽게 생각했다.

1947-48년

아엿 세인트 로런스에서

스케치 #15

코르노 디 바세토라는 이름의 기원

나는 '스타' 지가 창간 50주년에 대해 떠들썩하게 야단 떠는 것에 반대했다. 이유는 그것이 나에게 나 자신이 80세가 넘었다는 사실을 상기시키기 때문이었다. '스타' 지의 탄생은 지금도 엊그제 일처럼 생생하다.

이 신문은 지금 플리트 스트리트 구역에 정착해서 존경을 받고 있지만, 그 출생지는 스톤커터 스트리트라 불린 거리의 패링던 마켓의 거친 땅에 그 목적으로 건설한 건물이었다. 당시에 그 건물은 정방형 안뜰이 있었기 때문에 유난히 높아 보였다. 그래서 불이 나는 경우에 꼭대기 층을 사용하는 사람들에게 소름끼칠 만큼 깊은 낭떠러지의 느낌을 줄 수 있었다.

합의는 이런 식으로 이뤄졌다. 테이 페이(Tay Pay)(에드먼드 예이츠가 작고한 아일랜드인 하원의원이며 '스타'의 창설자이고 에디터였던 T. P. 오코너에게 지어준 별명이다)가 꼭대기 층에서 산다는 것이었다. 그러나 T. P. 부인이 그 낭떠러지를 보고 이의를 제기했다. 그래서 사람들은 그녀의 침실 창문에 비상구로 천막용 천으로 관을 만들어 고정시켰다. 그녀는 그걸 설치한 사람이 현장을 떠나기 전에 테스트를 해 봐야 한다고 고집을 부렸다. 그러나 그때나 지금이나 런던에는 자신이 파는 물건을 사용하는 방법을 정확히 아는 사람이 전혀 없었기 때문에, 그녀는 팔꿈치를 브레이크로 사용해야 한다는 소리를 전혀 듣지 못했다.

T. P. 부인은 관 속으로 들어가면서 몸을 관에 맡겼다.

그녀는 피뢰침을 타고 내리는 번개처럼 아래로 떨어져 남자들이 건너편 벽에서 포물선을 그리며 잡고 있던 관의 끝으로 나왔다. T. P. 부인이 아닌 다른 사람이었더라면 죽었을지도 모를 일이었지만, 그녀는 아래에서 관을 붙잡은 채 깜짝 놀라고 있던 남자들에게 전혀 놀라는 기색 없이 비상 탈출에 대해 생각한 바를 말해주었다.

T. P. 부인은 T. P.가 '스타'에서 아주 자랑스러워하던 한 연재물에서 자신의 목소리를 발견했다. 에드먼드 예이츠는 싸구려 주간지 '더 월드'를 '세상은 무슨 말을 하고 있는가'라는 제목으로 상류사회 가십을 가공한 칼럼으로 웨스트 엔드 지역에서 매우 인기 높은 잡지로 만들었다. "여자 세탁부의 찻잔에 설탕 덩어리 하나 대

신에 두 개를 넣어주는"(T.P.가 '밀 한 알 대신에 두 알'이라는 스위프트(Jonathan Swift)의 유명한 표현을 차용했다) 일에 전념하는 싸구려 주간지에 그런 칼럼은 듣도 보도 못한 것이었다. 그러나 T.P.는 여자 세탁부도 상류사회의 소문에는 공작 부인만큼이나 관심이 높다고 고집했다. 그는 T.P. 부인에게 '주로 사람에 대하여'라는 제목의 칼럼을 맡기며 마음대로 쓰도록 했다. 그녀는 그 칼럼을 "콜린 캠벨 부인은 런던에서 발톱에 매니큐어를 칠한 유일한 여자다."라는 문장으로 열었다.

그녀는 매우 매력적인 미국 부인이고, T.P.의 부인이었지만, T.P는 자신에게 주어진 행운의 높이까지 올라가지 못했다. 그 결혼은 성공작이 되지 못했다. 화재 비상 탈출구를 갖췄던 꼭대기 층은 포기되었고, 둘은 갈라섰다. 그래서 '주로 사람에 대하여'는 본의 아니게 다소 재미없는 칼럼으로 남게 되었다.

편집자로서 T.P.의 지위도 결혼과 다소 비슷했다. 그는 신문을 대단한 열정과 갈채 속에서 시작했지만, 시간이 흐르면서 그의 정치적 견해가 1860년대의 아일랜드에 고착되었고 따라서 멈춰선 시계 같다는 사실이 그의 발목을 잡았다. 그가 유다라고 불렀던 조지프 체임벌린(Joseph Chamberlain)을 제외하곤 개별적으로 영국인을 좋아하지 않았다고 믿을 이유는 전혀 없지만, 그는 골웨이 칼리지(Galway College)를 제대로 졸업한 사람처럼 영국인들을 전반적으로 싫어했다.

페이비언 협회가 최초의 런던 카운티 의회를 지배하면서 그곳을 진보주의로 위장한 지방 자치 사회주의로 몰고 갔을 때, T.P.는 자신이 서 있는 지점이 어딘지를 몰랐다. 그의 수석 보좌관으로 당시에 '보이'(The Boy)로 알려졌던 매싱햄(Henry William Massingham)과 두 사람의 조수였던 파크(Ernest Parke)가 그를 진보 쪽으로 교육시키려고 노력했을 때, 존 몰리(John Morley)는 의회의 앞자리에 앉는 권위를 바탕으로 그에게 충고하고 겁을 주면서 영국 파머스턴(Palmerston) 자작의 외교와 자유무역을 추구하는 자유주의와 아일랜드 자치로 위장한 아일랜드 페니어니즘(Fenianism)[112]을 별나게 결합한 자신의 노선을 받아들이도록 강요했다.

곧 스무 통의 편지가 스톤커터 스트리트로 날아들었다. T.P.가 뒷걸음질 치는 데 대해 강력히 항의하는 내용이었다. 나라 전체가 엄청나게 흥분하도록 만들었다. 매싱햄이 자기 상관에게 그 편지들은 나에 의해 쓰였다고 자신 있게 말했지만(내가 페이비언 협회 회원 20명에게 격하게 공격하라는 말을 했으니, 그리 틀린 말도 아니었다), 그럼에도 T.P.는 강한 인상을 받았다. 그런 것이 편집자들의 본성인 것이다.

나는 '스타'가 탄생한 이튿날 매싱햄의 권유로 선임 라이터로 직

....

112 19세기와 20세기 초반에 아일랜드 공화국을 건국하기 위해 결성된 페니언 형제단과 아일랜드 공화주의 형제단이 추구했던 노선을 말한다.

원이 되었다. 둘째 날에 들어간 이유는 첫날에는 수위에게 의심스런 인물들은 모두 엄격히 배제시키라는 지시가 내려졌기 때문이다. 그래서 수위는 문단에 종사하는 사람들에게 신문사로 들어가는 것을 금지시켰다. T.P.는 나의 지도자들 중 어느 누구의 글도 싣지 않으려 들었다. 신문이 자유주의의 기관지로 시작했기 때문이다. 나는 입헌적이지만 격렬한 사회주의자였으며, 내가 '스타'에 합류한 유일한 목표는 페이비언 자치 사회주의를 거기에 은밀히 퍼뜨리는 것이었다.

그러나 런던이 페이비언 강령에 너무나 신속하게 반응했기 때문에, 페이비언 쪽이 그것을 바탕으로 최초의 카운티 의회 선거에서 이겼지만, 글래드스턴의 정치 노선을 따르는 자유주의자들은 자신들에게 대단히 위험한 이단의 행위에 당황한 나머지 내가 편집진에서 물러나도록 강요했다. 그래서 나는 어쩔 수 없이 매주 음악에 관한 칼럼을 쓰는 초라한 자리를 구걸해야 했다. T.P.는 내가 거기에 있는 한 아무런 해를 끼치지 않을 것 같았기 때문에 안도의 한숨을 쉬면서 나의 제안을 받아들였다. 이리하여 코르노 디 바세토라는 이름의 주간 칼럼이 생겨나게 되었다. T.P.는 그 칼럼에 전혀 아무런 중요성을 부여하지 않았다. 당시에 일간 신문 편집자들이 순수 예술을 무시하는 태도는 지금 눈으로 보면 믿기지 않는다. 이유는 그들의 야간 임무가 극장이나 콘서트에 가는 것 자체를 불가능하게 만들었기 때문이다. 이해하기 어려운 전문 용어는 무엇이든 그들에겐 예술 비평으로 받아들여질 수 있었다. 무선 통신이 생기면서 이런 관행도 종말을 맞게 되었다.

내가 음악이라는 단어를 플라톤의 의미로 사용했다는 것이 금방 드러났다. 이유는 내가 마음 가는 대로 온갖 것에 대해 썼기 때문이다. 첫째, 코르노 디 바세토가 언제나 즐거움을 주도록 신경을 썼다. 둘째, 음악과 아무도 내가 알고 있을 것이라고 의심하지 않는 경제학 지식을 두루 이용함으로써, 바세토의 변덕과 엉뚱함을 가릴 순수한 비평의 토대를 제시했다. 최종적으로, 나는 P.T에게 밀리기는커녕 그를 밀어냈다. 그도 그럴 것이, 파머스턴의 노선을 따르는 그의 기사들은 가망 없이 시대에 뒤처져 있었던 반면에 바세토의 칼럼은 시대를 앞서가고 있었기 때문이다.

나의 레이디 프렌드. 1885년.

스케치 #16

전기 속의 섹스에 대해 프랭크 해리스에게

첫째, 섹스에 중독된 전기 작가여, 당신이 전기를 쓰고 있는 그 인물의 섹스의 역사로부터는 배울 게 아무것도 없다는 것을 명심하도록 하라. 성적 관계는 개인적인 관계가 아니다. 성적 관계는 다른 관계에서는 하루 동안 서로를 견뎌낼 수 없는 사람들 사이에, 저항 불가능할 만큼 뜨겁게 갈구하다가 황홀경 속에서 절정에 이르는 것이다. 나 자신이 즐겼던 그런 온갖 모험을 다 들려준다 하더라도, 아마 당신은 나라는 인간의 부류에 대해 조금도 더 많이 알게 되지 못할 것이다. 당신은 당신이 이미 알고 있는 것만을 알게 될 것이다. 말하자면, 내가 한 사람의 인간 존재라는 사실을 확인하게 될 것이라는 뜻이다. 만약 당신이 나의 정상적인 생식 능력에 대해 의문을 품고 있다면, 그것을 당신의 마음에서 지우도록 하라. 나는 성교 불능한 사람도 아니고, 불임도 아니며, 동성애자도 아니다. 나는 상대를 가리지 않는 것은 아니지만 극도로 민감했다.

또한 나는 원죄 신경증(나는 그렇게 분류한다)으로부터도 완전히 자유로웠다. 나는 성교와 비행(非行)을 연결시킨 적도 없었고, 성교에 대해 양심의 가책이나 후회나 오해를 한 적도 없었다. 물론, 나도 여자들을 "어려움에 처하게" 하거나 나의 친구들이 부정을 저지르게 한 데 대해선 양심의 가책과 동시에 억제적인 가책을 느꼈다. 나는 지성을 하나의 열정으로 간직하고 있듯이 순결도 하나의 열정으로 간직했다. 그러나 성 바오로의 예는 나에게 언제나 병적이었다. 성적 경험은 자연스런 욕구인 것 같으며, 성적 만족은 삶을 주도적으로 사는 데 필요한 인간 경험의 한 완성인 것 같다. 나는 처녀라는 이유로 끌리지는 않았다. 나는 자신이 하는 행위가 무엇인지를 아는 완전히 성숙한 여자들을 더 좋아했다.

나의 첫 번째 모험은 나이 29세가 될 때까지 일어나지 않았다고 말했을 때, 당신은 놀라워하며 믿지 못했다. 그러나 그 시기를 나의 성생활이 시작한 때로 보면 큰 실수가 될 것이다. 이 점을 오해하지 않기를 바란다. 나는 극히 드물게 일어났지만 꿈속에서 자제할 수 없는 상황에서 벌어지는 경우를 제외하곤 완벽하게 자제해 왔다. 그러나 16세를 섹스가 시작되는 나이로 제시하는 오스카 와일드와 자신의 피는 태어날 때부터 섹스로 끓었다고 선언하는 루소를 놓고 본다면, 나의 개인적 경험은 루소를 뒷받침하고 와일드에게 반대하고 있다. 나는 읽고 쓰게 된 때를 기억하지 못하듯이, 여자들에 관한 몽상에서 나의 상상력을 발휘하지 않았던 때를 기억하지 못한다.

모든 젊은이들은 스스로 정숙하려면 '우라니안(Uranian)[113] 베누스'의 신봉자가 되어야 한다. 그것이 예술이 절대적으로 중요한 이유이다. 나는 어린 시절부터 낭만적인 오페라에 빠져 지냈다. 아일랜드 국립 미술관에 있는 모든 그림들과 고대 그리스 조각들을 알고 있었다. 바이런을 읽었고, 손에 넣을 수 있는 낭만적인 픽션이면 모두 다 읽었다. 뒤마(Alexandre Dumas Père)는 프랑스 역사를 마이어베어의 오페라처럼 만들었다. 도키 힐의 오두막에서 나는 바다와 하늘, 산이 엮어 내는 매혹적인 파노라마를 조망할 수 있었다. 나는 꿀 같은 이슬을 너무나 많이 먹었다. 우라니안 베누스는 아낌없이 베풀었다.

우라니안 베누스가 안기는 어려움은 그녀가 우리를 조숙한 방탕으로부터 구원하고 우리가 육체적 순결을 청년기가 한참 지나서까지 간직할 수 있게 하지만, 그와 동시에 우리에게 상상적인 사랑을 줌으로써 우리를 메마르게 한다는 점이다. 천국의 뜰에서 펼쳐지는 이 상상의 사랑이 너무나 마법적이기 때문에 우리가 진짜 여자들과 진짜 남자들에게 관심을 갖지 않도록 하는 것이다. 우리는 과

....

113 제3의 성을 가진 인물을 가리키는 19세기의 용어.

도한 아름다움과 과도한 관능 때문에 독신자가 될 것이다. 우리는 금욕주의자, 성인, 노총각 또는 노처녀로 삶을 끝낼 것이다. 이유는 우리가 하이네처럼 밀로의 베누스(Venus of Milo)[114]를 강간하지 못하고 프락시텔레스의 헤르메스(Hermes of Praxiteles)[115]에게 강간당하지 못하기 때문이다. 우리의 사랑의 시들은 셸리의 '에피사이키디온'(Epipsychidion)[116]처럼 단지 상상력이 부족하고 감각적이기만 한 남자들과 여자들만을 자극하는데, 이런 남녀들은 사람들이 자신의 환상과 사랑에 빠져서 자신을 실제와 다른 무엇인가로, 자신들이 되고 싶어 하지도 않는 무엇인가로 꾸미고 있다는 것을 잘 알고 있다.

이제 당신은 내가 스물아홉이 될 때까지 구제 불가능한 바람둥이가 아니라 자제력 있는 동정의 남자로 어떻게 살았는지 알고 있다. 그때까지 나에게 속마음을 내비치는 사람이 있으면 나는 달아났다. 이유는 나 자신이 사랑하기를 원하면서도 이용당하기를 원하지 않았고 영혼의 무한한 자유를 잃고 싶지 않았기 때문이다. 43세에 결혼할 때까지 14년 동안에 내 옆에는 언제나 여자가 있었으며, 나는 온갖 실험을 시도하면서 그들에게서 배울 수 있는 것을

....

114 B.C. 2세기 경 안티오키아의 어느 조각가의 작품이며, 1820년 에게 해의 밀로스 섬에서 파손된 상태에서 발견되었다. 현재 파리 루브르 박물관에 소장되어 있다.

115 B.C. 4세기의 조각가 프락시텔레스의 작품으로 전해지는 조각으로 1877년 올림피아의 헤라의 신전 폐허에서 발견되었다.

116 1821년에 발표된 시로, 제목은 '작은 영혼에 대하여'라는 뜻의 그리스어이다.

배웠다. 그 여자들은 금전적 보상을 받지 못했다. 이유는 내게 여윳돈이 없었기 때문이다. 나는 나 자신이 이층에 살 수 있을 정도밖에 돈을 벌지 않았다. 나머지는 돈으로 받지 않고 사회주의에 대해 설교할 자유로 받았다. 종종 나에게 비용을 부담시킨 매춘부들은 절대로 매력적이지 않았다. 옷을 보기 흉하지 않을 만큼 입을 수 있게 되자마자, 나는 나에게 빠진 여자들에게 익숙하게 되었다. 나는 여자들을 뒤쫓지 않았다. 여자들이 나를 뒤쫓았다.

여기서 다시 성급하게 결론을 내리지 않도록 하라. 나를 뒤쫓았던 여자들이 모두 성교를 원하지는 않았다. 일부 여자들은 결혼생활을 행복하게 하고 있었으며, 섹스를 금한다는 합의를 고맙게 여겼다. 일부 여자들은 다양한 경험을 통해서 남자들은 그런 식으로 만들어졌다는 것을 배운 탓에 쾌락으로 우정을 살 준비가 되어 있었다. 또 일부 여자들은 매혹적인 여자였으며, 동거인으로서는 꽤 견디기 어려운 사람이었다. 서로 똑같은 예는 하나도 없었다. "그들에게선 모두 같은 맛이 난다."는 윌리엄 모리스의 말은 롱펠로우(Henry Wadsworth Longfellow)가 말하듯이 절대로 "영혼에 대해 한 말"이 아니었다.

나는 섹스를 영원한 관계의 바탕으로 여겼던 적이 한 번도 없었다. 또 섹스와의 연결에서 결혼을 꿈꾼 적도 한 번도 없었다. 나는 다른 모든 것을 섹스보다 앞에 두며, 화려한 밤을 보내기 위해 사회주의에 관한 연설을 하기로 한 약속을 깨뜨리거나 거부한 적이 결코 없었다. 나는 아름다운 감정과 고양의 분출을 낳는 힘 때문에 성적 경험을 소중하게 여겼다. 이 감정과 고양은 제아무리 순간적일지라도 나에게 황홀경의 실례를 주었으며, 이 황홀경은 언젠가 의식적인 지적 활동의 정상적인 조건이 될 것이다.

나는 마흔 살이 될 때까지 돈 때문에 결혼하는 것처럼 비치지 않고 결혼할 수 있을 만큼 충분한 돈을 벌지 못했으며, 나의 아내도 똑같은 나이까지 성적 굶주림에 쫓기고 있다는 의심을 받지 않고 결혼할 수 있을 만큼 충분한 돈을 벌지 못했다. 남자와 아내로서, 우리는 섹스가 전혀 아무런 역할을 하지 않는 새로운 관계를 발견했다. 그 관계는 우리 둘 다에게 케케묵은 정사(情事)와 바람, 연애를 종식시켰다. 이 정사와 바람, 연애들 중에서도 오랫동안 정겨운 기억으로 남는 것은 성교까지 이르지 않은 것들이었다.

결혼은 모두 다 다르다는 것을 잊지 않도록 하라. 그리고 부모 역할이 따르게 되어 있는, 젊은 사람들 사이의 결혼은 신부가 첫아이를 안전하게 낳을 수 있는 연령을 넘긴, 중년 사이의 아이 없는 동반자 관계와 함께 묶어질 수 없다.

그래서 지금은 로맨스는 전혀 없다. 무엇보다도, 포르노그래피가 전혀 없다.

1930년

스케치 #17

프랭크는 나의 전기를 어떻게 써야 했는가?

세상을 떠난 프랭크 해리스는 19세기 마지막 10년 동안 런던의 문단에서 아주 탁월한 존재였다. '포트나이틀리 리뷰'의 편집자로서, 이어서 특별히 '새터데이 리뷰'의 편집자로서 그는 비범한 판단력과 용기로 선택한, 별처럼 빛나는 작가들을 거느렸다. 나도 그 중에 포함되었다. 프랭크 본인의 작품들은 당시에 모파상(Guy De Maupassant)이 붐을 일으킨 그런 종류의 단편들과 오스카 와일드 전기, 셰익스피어에 관한 책, 논란이 될 만큼 솔직한 자서전, 동시대 유명 인사들의 '초상화'를 그린, 특별히 날카롭고 신랄할 시리즈를 포함하고 있다.

이 시리즈 중 나의 초상화를 그리려던 글에서, 그는 날카롭지도 못했고 신랄하지도 못했다. 이유는 그가 인기를 누리지도 못하고 번영을 누리지도 못하다가 마지막에 망명을 택해야 했던 기간에도 내가 옛날의 우리 관계에 충실한 모습을 보임에 따라, 그가 글을 쓰면서 나에 대해 의무감을 느끼고 당황하게 되면서 무능해졌기 때문이다. 그 결과물은 나로 하여금 실소를 금하지 못하게 만든, 경건한 공덕문이었다. 그래서 나는 그가 나를 그려야 했던 방식을 보여주기 위해 펜을 들고 다음과 같은 글을 써서 그에게 보냈다.

해리스는 '컨템퍼러리 포트리츠'(Contemporary Portraits) 마지막 권에 내가 쓴 글을 발표했지만, 나는 그가 그 글을 읽었을 것이라고 믿지 않는다. 그는 '새터데이 리뷰' 에피소드가 있은 이후 나의 커리어에 대해 거의 아무것도 몰랐다. 그가 죽어가고 있을 때, 미국의 한 출판사가 그에게 나의 전기를 써달라고 부탁했다. 그에게도 그런 제안이 필요했던 터라, 그는 그 일을 마무리 지으려고 결사적으로 매달렸다. 그러나 그의 창작과 추측은 과녁을 벗어나도 너무 벗어났다. 그래서 그가 쓴 나의 전기가 그의 사후에 출간되도록 하기 위해선 내가 사실에 관한 부분을 다시 손질해야 했다. 다음 글에서 재치 있는 익살 정도로 생각하고 했던 것들을 진지하게 다시 다뤄야 했던 것이다.

나는 이 기회를 빌려서, 그의 사후에 일어난 상황을 묘사하는 내용이기 때문에 해리스의 귀신에 의해 쓰일 수밖에 없었던 문장을

몇 줄 보탠다. 객관적인 관점(나에겐 자연스런 방법이다)에서 나 자신을 극화하는 글이다 보니, 나 자신의 주관적인 각도에서는 품위 있게 말할 수 없었던 내용까지 말할 수 있게 되었지만, 그것이 나로 하여금 '오류와 자기기만은 제외'라는 말을 덧붙이도록 강요하고 있다.

버나드 쇼를 나의 '컨템퍼러리 포트리츠' 컬렉션에 더하려 하기 전에, 나는 그의 특별한 미덕들을 전적으로 인정함으로써 미리 나 자신의 안전을 확보할 필요가 있다는 사실을 깨닫고 있다. 사소한 것들에 대해 일체 트집을 잡지 않고, 나는 즉각 쇼가 완벽하게 가꾼 정의로운 인간이라는 점을 선언한다. 나는 나나 다른 사람들과 벌인 모든 논쟁에서 쇼가 옳고, 지금까지도 언제나 옳았고, 앞으로도 옳을 것이라는 점을 인정한다. 나는 사람들이 그를 욕하려 드는 습관은 무지하고 어리석은 습관이라는 것을, 또 그를 진지하게 받아들이지 않는 척 꾸미는 태도는 그와의 조우를 피하고 싶은 불명예스런 태도를 가리기 위한 것이라는 사실을 깨닫고 있다. 만약 내가 인정해야 할 다른 이야기가 있다면, 또 내가 제시할 수 있는 다른 증거가 있다면, 나는 그것을 제시하면서 그것을 제외한 데 대해 사과할 준비가 되어 있다. 만약 그것이 쇼가 이 세상을 살았던 가장 위대한 인간이라는 점을 보여주는 데 도움이 된다면, 나는 한 순간도 망설이지 않을 것이다. 그에게 불리한 모든 사건도 그 바닥까지 파고들면 그냥 허물어지고 만다.

그의 모든 예언은 사실이 된다. 그의 상상에서 나온 모든 창작은 한 세대 안에 생명을 얻는다. 나는 지금도 나 자신이 그를 제대로 다루지 못하고 있지 않나 하는 불편한 마음이 든다. 또 내가 은혜를 모르고, 불충하고, 헐뜯고 있는 것은 아닌지 하는 마음도 든다. 나는 빠뜨린 것이 있으면 거기에 관심을 다시 기울이면서 제대로 다룰 것이라는 말을 되풀이하는 수밖에 달리 방법이 없다. 쇼는 건드리는 것마다 아름다움으로 그것을 더욱 돋보이게 만들었다. 이 말이 지나치다면, 쇼는 건드리는 것마다 먼지를 털어내고 광을 낸 뒤에, 그것을 마지막으로 다룬 사람보다 훨씬 더 조심스럽게 제자리에 갖다 놓았다고 할 수 있다.

이제 쇼의 일화 몇 가지를 들려줄 생각이다. 오스카 와일드는 쇼에 대해 "그는 세상에 적을 한 사람도 두고 있지 않지만, 그의 친구들 중에서 그를 좋아하는 사람은 하나도 없다."고 말했다.

'스테이지 소사이어티'(Stage Society)가 주최한 어느 공식 만찬에서, 쇼가 연극 비평가들의 건강을 기원하는 연설을 하고, 맥스 비어봄(Max Beerbohm)[117]이 화답해야 했다. 연설이 시작되기 전에, 맥스가 쇼에게 와서 "당신도 비평가라고 할 건가?"라고 물었다. 이에 쇼는 "무슨 말을 할지 모르지만, 아마 그런 식으로 소개하게 될 걸."이라고 말했다. 맥스가 "그렇게 하겠다고 약속해. 나도 거기에

....

117 영국의 에세이스트(1872-1956)로 '새터데이 리뷰'에서 연극 비평을 맡기도 했다.

맞출 테니까."라고 말했다. 쇼는 "그렇게 하지 뭐."라고 대답했고 또 그렇게 했다. 그래서 맥스는 연설을 이렇게 시작했다. "옛날에 내가 다니던 학교의 선생 중에 늘 이런 식으로 말하는 분이 계셨답니다. '얘들아, 나도 너희들 중 하나라는 사실을 잘 기억해 둬라.'" 웃음이 터져나왔고, 그 덕분에 맥스는 굳이 도덕적인 내용을 제시하고 나설 필요가 없었다.

로버트 린드(Robert Lynd)는 쇼의 팸플릿 '전쟁에 관한 상식'(Common Sense About the War)과 관련해서, 아무도 그 팸플릿에 대해 합리적으로 반대하고 나서지 못했지만 그것이 등장한 순간부터 말과 글을 통해 논의된 전쟁은 한쪽에 연합국이 있고 다른 한쪽에 독일과 오스트리아, 터키, 버나드 쇼가 있는 그런 전쟁이 되었다고 말했다.

쇼가 진보주의자로서 어느 버러(Borough) 의회에서 6년 동안 힘들게 활동한 뒤에 지방 자치 진보주의 제창자라는 이점을 안고 런던 카운티 의회 선거에서 자리를 놓고 경쟁을 벌였을 때, 그는 자유주의자들과 금주 개혁가들(쇼는 철저한 금주주의자이다)의 전향이 극히 저조해서 패배했을 뿐만 아니라, 영향력 있는 진보주의 신문들마저도 그의 패배에 대해 대단히 축복받은 해방이라며 공개적으로 기뻐하는 모습을 보였다. 그에게 찬성표를 던진 유일한 다른 사람들은 그때까지 투표를 한 번도 하지 않았던 사람들이었다. 이것은 대중의 사랑을 받던 배우 조지 앨릭잰더(George

Alexander)가 후보로 나서서 승리한 그 다음 선거에서 득표수가 증가한 사실에 의해 입증되었다.

이런 것들이 그가 여론의 흐름을 전혀 거스르지 않던, 그의 삶에서 가장 대중적이었던 시기에 일어난 일들이다. 종종 그렇듯이, 그가 불편한 진실을 말함으로써 린치를 당할 위험에 처할 때, 그때까지 감히 그에게 적대감을 드러내지 못했던 다수의 사람들이 마침내 그를 "패배"시켰다고 믿으면서 여러 해 동안 속으로 삭여 왔던 쓰라림과 공격성을 그에게 쏟아냈다.

이런 여러 요소들이 결합한 결과, 쇼를 만나지 않은 사람은 누구나 그에 대해서 불쾌한 외모와 거친 태도, 참을 수 없는 인격의 인간이라는 식으로 생각하는 외에 좀처럼 달리 생각하지 못한다. 그는 이 점을 잘 알고 이렇게 말한다. "나는 언제나 상냥함으로 이방인들을 놀라게 만들어. 왜냐하면 그들이 나에게서 예상하는 그런 고약한 인간은 결코 존재할 수 없기에 나는 그냥 평범하게 예의만 갖춰도 꽤 매력적인 존재로 비치기 때문이지."

동시대의 인물을 진정으로 그리는 초상이라면 격한 적대감을 불러일으키는 이런 놀라운 힘을 무시해서는 안 된다. 또 적대감을 일으키는 명백한 근거가 전혀 없다는 점도 무시하면 안 된다. 쇼는 언제나 물구나무를 선 채로 검은 것을 희다고 하고, 흰 것을 검다고 함으로써 사람들을 화나게 만드는 것으로 전해지고 있다. 그러나 바보 얼간이들만이 이런 말을 하거나 받아들일 뿐이다. 인간은 사악함과 시시한 농담으로는 쇼의 명성 같은 명성을 절대로 얻지 못한다. 진정으로 당혹스럽게 만드는 것은 바로 이 점이다. 우리는 모든 사람들이 거짓이라고 알고 있는 것을 공언함으로써 스스로 만족하는 반면에, 쇼는 자신의 두 발로 땅을 단단히 딛고 서서 검은 것은 검다고 말하고 흰 것은 희다고 말함으로써 우리를 극도로 화나게 만든다는 사실 말이다.

당신의 영혼이 강력히 반대하고 있는 어떤 사람에게 어쩔 수 없이 동의해야 하는 상황에 처하는 것은 정말 미칠 노릇이다. 그 사람이 당신의 견해를 당신 자신보다 더 정확하게 표현해서 그런 것이 아니다. 당신은 당신 자신이 무시무시하고 파괴적인 본성을 지녔다고 판단하고 있는 바로 그 사람이 당신의 가장 강한 확신을 공유하고 있다는 사실을 참아내지 못한다. 그것은 당신이 어떤 사람의 집이 바닥없는 함정이라는 사실을 잘 알고 있는데, 바로 그 사람이 당신에게 집이 같은 방향이라면서 같이 가자고 제안하는 상황과 비슷하다.

사실 쇼의 정치적, 사회적 강령에는, 심지어 소득의 기본적 평등에 관한 주장과, 소득을 모든 종류의 개인적 미덕이나 근면과 분리시켜야 한다는 주장에도 현대적인 지식을 적절히 갖춘 사상가를 놀라게 할 만한 것이 전혀 없다. 그는 어떤 종류의 위원회에서도 완벽하게 안전할 수 있는 사람이다. 27년 동안 지도자 역할을 맡았던 페이비언 협회를, 다른 사회주의 조직들을 붕괴시킨

불화로부터 자유로울 수 있도록 지킨, 신중하고 재치 있는 사람이다.

그럼에도 기괴한 구석은 있다. 이유는 쇼가 절름발이 개가 스스로 능가할 수 없다고 믿고 있는 어떤 틀을 넘을 수 있도록 돕는 사람의 입장에서 정치를 다루고 있기 때문이다. 그는 마흔 살을 넘어서면서 "마흔 넘은 사람은 모두가 건달이야!"라고 선언했다. 그는 잡다한 현대 문명이 야기하는 문제들은 우리 정치의 능력을 벗어나 있고 우리에 의해서는 절대로 해결될 수 없다는 확신을 절대로 숨기지 않는다. 그는 행동을 결정하는 것은 삶의 예상이지 삶의 회고가 아니라고 주장하면서 단순한 경험에는 가치를 거의 부여하지 않는다. 그는 진화가 여전히 진행 중이기 때문에 인간은 시골뜨기로서는 폐기되고 보다 고차원의 새로운 창조물로 대체되어야 한다는 점을 거듭 상기시킨다. 인간 자체가 하등 동물들의 결함을 보완하도록 창조되었듯이.

이 점에 대해 공격하는 것은 불가능하다. 왜냐하면 쇼가 우리에게뿐만 아니라 자기 자신에게도 무자비하기 때문이다. 그는 우리를 배 밖으로 차버리고 홀로 거만하게 갑판 위에 서 있지 않는다. 그는 더없이 싹싹한 태도로 우리의 허리를 꽉 끌어안고 함께 배 위로 뛰어 올라가서 우리가 비극적으로 사라질 수 있는 장엄한 대서양 바다가 아니라 새된 소리의 조소가 흐르는 조롱의 바다로 나아간다. 그리고 이 참을 수 없는 계략은 전혀 예상하지 않은 부적절한 순간에 우리에게 적용되었다. 헨리 노먼(Henry Norman)은 "도덕적 하락을 그럴싸하게 포장하는 방법을 쇼보다 더 잘 아는 사람은 없다."고 말한다. 따라서 쇼의 옹호는 다른 사람들의 더없이 악의적인 공격보다 더 무서운 것이 된다.

런던에서 입센 붐이 처음 일어난 동안에, 그는 입센을 소개하는 활동을 벌이던 어느 미국 여배우에게 인터뷰를 해서 도와주겠다고 제안했다. 그런데 놀랍게도 이 여배우는 그에게 만약 자신에 관한 글을 한 자라도 쓰면 총으로 쏴버리겠다는 말을 아주 진지하게 했다. 그녀는 이렇게 말했다. "당신은 여기 영국에서는 그런 일이 가능하다고 믿지 않을지 모르지만, 미국 사람들은 달리 생각해요. 나는 그런 짓을 할 것이며, 언제든 권총을 준비해 두고 있어요." 이에 대해 쇼는 태연하게 "가블러 장군[118]의 권총이군요."라고 대답했다. 그러나 그는 그녀가 그에 의해서 매체에 다뤄지는 것을 극구 피하길 원한다는 사실을 알 수 있었으며, 그래서 인터뷰는 지면에 반영되지 않았다.

절친한 그의 친구들 중 일부는 자신들이 그에게 익숙해질 때까지 꽤 다정한 내용이었던 그의 편지가 간혹 속을 뒤집어 놓으면서 모독적인 말을 하도록 했다는 점을 고백한다.

그는 초기에 채식주의자 식당에서 대화했던 어느 골상학자의 이야기를 들려준다. 이 골상학자는 즉각 쇼에 대해 회의론자라고 비

118 입센의 희곡 '헤다 가블러'(Hedda Gabler)에 등장하는 헤다 테스만의 아버지이다.

난했다. 그래서 쇼는 "왜요? 두개골에 숭배의 혹이 전혀 없는가요?"라고 물었다. 그러자 골상학자는 "혹이라고? 구멍이 있소!"라고 외쳤다.

쇼의 태도가 공격적이라면, 상대방은 적어도 그의 머리를 세게 때릴 수 있을 테지만, 당신의 약점과 본인의 약점에 대한 그의 연민이 너무나 따스하고 또 그 연민이 당신이 마땅히 누려야 할 존경에 가려져 있기 때문에, 당신은 그의 태도 앞에서 완전히 무력해진다. 거기엔 불평할 것도 하나도 없고, 꾸짖을 것도 하나도 없고, 조각칼을 낚아채서 그의 생명선을 찌를 구실도 전혀 없다.

나 프랭크 해리스가 어떤 기사와 관련해서 쇼를 처음 만난 것은 '포트나이틀리 리뷰'의 편집을 맡고 있을 때였다. 그는 기사보다 나에게 더 많은 관심을 보이는 매력적인 분위기를 풍겼다. 겸손 떨지 않고 솔직히 말하면, 나는 나 자신이 기사보다 더 흥미로웠을 것이라고 짐작한다. 당연히, 나는 쇼가 그런 식으로 생각하며 관심을 보이는 것을 놓고 쇼와 다툴 뜻이 없었다. 그는 사람들과 매우 빨리 친해지고 편해지는 기술을 갖고 있다. 만나고 단 5분 만에, 나는 나 자신이 강에서 카누를 타고 유치하게도 속도를 즐기다가 그만 건강을 해치고 말았다는 이야기를 그에게 들려주고 있다는 사실을 깨달았다. 그는 나의 불운에 나의 의사처럼 깊은 공감을 표하면서 내가 나 자신을 어느 정도 돌보고 있는지에 관해 몇 가지 질문을 했다. 그 질문 중 하나가 "술을 마시는가요?"였다. 나는 그 상황에도 잘 대처할 수 있었으며, 그에게 '진전(振顫) 섬망증'(delirium tremens)[119] 진단은 없었다는 점을 확신시킬 때에도 흥분하지 않았다. 그러나 나는 돌연 나 자신이 인간들로부터 내가 술고래가 아니라는 추측을 기대하고 있다는 사실을, 그리고 그런 추측을 전혀 하지 않는 한 인간을 마주하고 있다는 사실을 의식하지 않을 수 없었다. 그의 질문은 버틀러의 『에레혼』에서 던져지고 있는 질문들 중 하나와 너무나 비슷했기 때문에 약점 많은 인간에겐 절대로 기분 좋게 들릴 수 없었다.

쇼의 희곡 '브래스바운드 대위의 변절'(Captain Brassbound's Conversion)에서, 대위는 자신의 보좌관을 이렇게 소개한다. "이 사람은 서해안에서 가장 위대한 악당이고, 거짓말쟁이이고, 도둑이고, 깡패이지요." 이 말에 보좌관은 "이 봐요, 캡틴. 겸손해지고 싶으면, 나를 내세우며 그럴 게 아니라 당신 자신의 책임으로 당신 스스로 겸손해지도록 하시오."라고 맞받아친다. 쇼가 자신의 책임으로 겸손하고 또 자신의 친구들에 대해 폭로하는 것보다 훨씬 더 자유롭게 자신에 대한 것을 폭로한다고 해서, 그 같은 사실이 그에게 당하는 사람들의 아픔을 덜어주는 것은 절대로 아니다. 그 점은 단지 그의 친구들로부터 복수의 기회를 강탈하고, 친구들로 하여금 그에게 격하게 화가 나 있는 상황에서도 그의 붙임성에 찬사를

119 알코올 금단으로 인해 생기는 섬망 상태를 말한다.

보내도록 강요한다.

자기 자신을 어리석어 보일 만큼 드러내는 사람을 허영심 강한 사람으로 분류하기는 어렵다. 그러나 쇼의 친구들은 모두 그가 바보스러울 만큼 허영심 강하다는 점에 동의한다. 그럼에도 여기서 그는 지성을 최대한 과시하는 태도로 맞장구침으로써 우리의 판단을 다시 혼란스럽게 만든다. 그는 자신이 그렇게 하는 이유가 사람들이 그것을 좋아하기 때문이라고 선언한다. 그는 사람들이 시라노(Cyrano de Bergerac)[120]를 사랑하며 "그 이류 시인의 겸손한 헛기침"을 싫어한다고 말한다. 꽤 맞는 말이다.

쇼의 앞에서 그의 책들을 칭송하는 사람들은 그가 그 칭송에 합류하면서 보이는 열정에 할 말을 잃을 정도로 놀라며, 그 사람들은 그 같은 사실에 화가 나서 칭송의 75% 정도를 철회하는 일이 일어나지 않도록 하기 위해선 정신을 바짝 차려야 한다. 그런 식의 연기(演技) 때문에 그 바탕에 진정한 허영 또는 겸손이 어느 정도 자리하고 있는지를 밝히는 것이 불가능해진다. 버나드 쇼 자신은 자신이 거만하다는 점을 부인한다. 그는 "나처럼 피아노를 정확하게 연주하려고 노력하며 삶을 살면서 단 한 소절도 성공하지 못한 사람이라면, 누구도 자만심을 품지 못한다."고 말한다. 나는 그에게 자신의 미덕과 우수한 점, 성취를 나열해 달라고 부탁한다. 그러면

....

120 프랑스의 시인이자 극작가인 에드몽 로스탕(Edmond Rostand:1868-1918)의 희곡 '시라노 드 베르주라크'의 실제 모델인 프랑스의 소설가이자 극작가(1619-1655).

나 자신이 그런 것들 중 일부를 빠뜨림으로써 그를 부당하게 대하는 우를 범하지 않을 테니까. 이에 대해 그는 "그런 리스트는 필요 없어. 모두 가게의 진열창에 있으니까."라고 대답한다.

쇼는 문학의 위대한 라이벌인 예술들과의 연결에서만 겸손한 척한다. 그는 자신이 셰익스피어의 후계자라는 주장은 해도 "셰익스피어보다 더 훌륭하다"는 주장은 결코 하지 않았다. 그의 서문들의 제목 중에서 자주 인용되는 그 제목의 뒤에는 의문부호가 붙어 있으며, 그 물음 자체는 쇼 본인의 다음과 같은 언급에 의해 일축되고 있다. 지금도 누구든 셰익스피어가 말하지 않은 말을 할 수 있고 그가 갖지 않은, 삶과 인격에 대한 견해를 가질 수 있을지라도, 셰익스피어는 오페라의 모차르트와 프레스코화의 미켈란젤로(Michael Angelo)처럼 드라마에서 이미 예술의 정상에 올라섰다는 것이다.

그럼에도 불구하고, 터너(Joseph Mallord William Turner)[121]가 자신의 그림이 클로드 로랭(Claude Lorrain)[122] 옆에 나란히 걸리길 원했듯이, 나는 쇼가 자신의 희곡과 셰익스피어의 희곡을 기꺼이 비교하려 들었다고 확신한다. 언젠가 파리에서 로댕을 기리는 만찬에 초대를 받았을 때, 그는 자신이 로댕의 모델이 되는 명예를 누렸다고 썼으며, 앞으로 천 년 동안 전기 사전에 "버나드 쇼: 로

121 영국의 화가(1775-1851)로 27세에 왕립 미술원 정회원이 되었다.

122 바로크 시대의 프랑스 화가이자 판화가(1600-1682).

댕의 흉상의 대상이 되었으며, 그렇게 되지 않았더라면 미지의 인물이 되었을 것"이라는 식으로 쓰일 것이라고 확신했다. 그는 로댕이 조각 분야에서는 무오류의 대가일지라도 그의 컬렉션에 특별한 책이 한 권도 없다는 사실을 발견하고는 그에게 『컴스캇 초서』(Kelmscott Chaucer)[123]를 한 권 선물하면서 거기에 이렇게 적었다.

나는 창작 중인 거장을 두 사람 보았다. 한 사람은 이 책을 만든 모리스이고, 다른 한 사람은 나의 머리를 점토로 빚은 위대한 로댕이다.
나는 이 책을 로댕에게 바친다.
나의 작품이 허섭스레기가 되어 오랜 세월에 먼지로 흩어질 때에도, 그들의 작품들이 신성하게 꾸밀 사당의 한 귀퉁이에 나의 이름을 적어서.

훗날 '이브닝 뉴스'(The Evening News)가 그에게 자신의 묘비명을 직접 써 달라고 부탁했다. 이에 대한 대답으로, 그는 잡초 우거진 묘비를 그리고 그 위에 이렇게 적었다.

....

123 19세기 디자이너 윌리엄 모리스가 설립한 출판사인 컴스캇 프레스에서 수작업으로 만든 초서의 책을 말한다.

여기에 잠들도다

버나드 쇼

그는 도대체 누구였지?

지금 나는 이런 겸손의 증거에 넘어가지 않는다는 점을 고백한다. 나는 그것이 쇼의 거만에 최종적으로 가해지는 예술적 터치가 아니라고 확신하지 못한다. 로댕의 흉상이 탄생하게 된 배경이 있지 않은가? 로댕은 쇼에 대해 아무것도 몰랐으며, 처음에 그 주문을 받길 거부했다. 그러자 쇼 부인이 로댕에게 편지를 썼다. 자신이 남편을 기념할 만한 것을 갖기를 간절히 원하고 있으며, 남편이 로댕의 동시대인으로서 로댕이 아닌 다른 사람에게 흉상을 제작하게 하는 것은 무식꾼으로 후손에게 스스로를 웃음거리로 만드는 일이라고 말한다는 내용의 편지였다. 로댕은 자신의 가치를 아는 사람과 거래해야겠다고 판단하고 반대의 뜻을 누그러뜨렸다. 이어 쇼 부인은 당시에 로댕의 비서를 맡고 있던 오스트리아 시인 릴케(Rainer Maira Rilke)를 통해 로댕이 흉상 제작에 대한 사례금으로 통상적으로 받는 금액이 얼마인지를 알아냈다. 돈(1천 파운드)은 즉각 로댕의 구좌로 보내졌다. 조건은 로댕이 그 돈과 관련해서 어떠한 의무도 지지 않으며, 따라서 흉상을 만들어도 좋고 안 만들어도 좋고, 흉상 제작을 시작해도 좋고 시작하지 않아도 좋다는 것이었다. 요약하면, 그 돈은 로댕의 전반적인 재능에 대한 기부금이며 로댕은 완전한 자유를 누린다는 뜻이었다. 당연히, 결과는 로댕이 쇼에게 당장 파리로 오라는 뜻을 전하는 것이었다. 로댕은 쇼와 그의 아내를 자신의 뫼동 빌라의 게스트로 맞아들여 1개월에 걸쳐 매일 꾸준히 작품에 매달리면서 흉상을 끝냈다.

여기서 우리는 외교적인 쇼를, 아첨의 거장을, 통찰력 있는 예술 비평가를 보고 있으며, 그렇다고 나는 그의 절차에 정직하지 않은 구석이 조금이라도 있었다는 점을 암시하지 않는다. 혹시 그런 면이 있었다면, 로댕과의 협상이 이뤄지지 않았을 것이다. 그렇다고 거기에 허영이 전혀 없었다는 뜻인가? 만약 쇼에게 자신의 흉상이 오늘날 박물관의 보물로 여겨지는 플라톤의 흉상만큼 중요하다는 생각이 없었다면, 그처럼 바쁜 사람이 만사를 제쳐두고 파리로 건너가서 한 달 동안이나 전문 모델처럼 포즈를 취하는 것이 가능하단 말인가?

쇼는 자신의 기술을 희곡 창작 같은 전문적인 작업뿐만 아니라 사회적 삶에도 신중히 활용하고 있는 철저한 배우이다. 그도 그 점을 부정하지 않는다. 그는 "G. B. S.는 진정한 인간이 아니다. 그는 내가 창조한 전설이며 태도이고 명성이다. 진정한 쇼는 G. B. S.를 조금도 닮지 않았다."고 말한다. 그를 아는 모든 사람들이 로댕이 제작한 쇼의 흉상에 대해 하는 말도 그와 똑같다. 흉상이 전혀 그를 닮지 않았다는 것이다. 그러나 쇼는 그 흉상이 그에 관한 진실을 말하고 있는 유일한 초상이라고 주장한다.

로댕이 작업실에서 작업을 시작할 때, 쇼 부인은 로댕에게 모든 화가들과 풍자 만화가들, 심지어 사진작가들까지도 쇼를 깊이 들여다보려는 수고조차 하지 않고 단지 상상만으로 쇼가 교외의 메피스토펠레스[124] 같은 존재일 것이라고 짐작한다는 식으로 불평을 털어놓았다. 이에 로댕은 이렇게 대답했다. "나는 쇼의 명성에 대해 전혀 아는 바가 없지만, 그에게 있는 걸 담아내겠소." 쇼는 자신에 대해 언행이 일치하는 사람이라고 말한다. 폴 트루베츠코이(Paul Troubetskoy)는 그 흉상을 보고 눈에 생명력이 전혀 없다고 말했다. 이어 그는 3시간 동안 미친 듯이 작업을 벌여 지금 미국에 있는 쇼의 첫 흉상을 만들었다. 트루베츠코이가 제작한 쇼의 흉상은 걸작으로 훌륭하지만, 그것은 교외의 메피스토펠레스가 아니라 귀족적인 메피스토펠레스이다. 쇼는 이 흉상을 좋아하고 트루베츠코이를 좋아했지만, 쇼의 아내는 그것을 인정하지 않았으며 네빌 리튼(Neville Lytton)이 그린 이상한 초상화도 인정하지 않았다. 리튼은 그랜빌-바커(Harley Granville-Barker)로부터 벨라스케스(Diego Belasquez)가 그린 인노첸시오(Innocent) 10세 교황의 초상화가 쇼의 초상화로 탁월할 것 같다는 제안을 듣고 인노첸시오의 의상과 자세로 쇼를 그렸다. 그러나 이 그림은 쇼가 교황의 의자에 앉을 경우에 어떤 모습일지를 보여주지만, 어떤 골동품 연구가도 버나드 교황을 로댕 흉상의 주인공과 같은 사람으로 보지 않

....

124 독일의 민간전승에 나오는 악마를 말한다.

을 것이다.

오거스터스 존(Augustus John)이 그린 쇼의 초상화 3점은 로댕의 흉상과 많이 다르다. 존은 쇼의 공적 힘과 자신감을 최대한 강조했으며, 정말로 그런 점이 실제보다 과장되게 표현되었다. 쇼는 친구들에게 그 그림을 보여줄 때면 "이건 위대한 쇼야."라고 말한다. 그러나 로댕의 흉상을 가리킬 때엔 그는 "나의 모습 그대로야, 단 한 점의 오차도 없어."라고 말한다. 드 스메트(Leon De Smet)의 초상은 꽤 부드러운 늙은 신사의 초상이다. 쇼는 이 초상이 자기 아버지를 닮은 점을 좋아한다. 레이디 스콧(Lady Scott)의 작은 조각상은 다정하고 문학적이며, 딘(Dene)의 레이디 케닛(레이디 스콧과 동일 인물)의 반신상은 스트래트퍼드 교회에 있는 셰익스피어 반신상과 짝을 이루고 있다. 스트로블(Sigmund Strobl)이 제작한 흉상은 로댕과 트루베츠코이의 흉상과 비슷하다. 트루베츠코이는 쇼를 웅변가로 연단에서 연설하는 모습을 전신 크기로 제작했다. 훌륭한 이 동상은 아일랜드 국립 미술관에 자리 잡게 되었으며, 이 미술관은 존 콜리어(John Collier)가 그린 쇼의 초상화도 소장하고 있다. 이 초상화는 평범하지만, 쇼 부인이 콜리어의 작업실에 있는 쇼로 착각할 만큼 살아 있는 듯하다. 쇼 부인은 남편의 초상에 꽤 까다로웠다. 로라 나이트(Laura Knight)가 그린 작품에 대해서, 그녀는 G.B.S.에게 "로라는 당신의 초상에 그녀 본인의 한결같은 성실성을 담았지만 당신은 언제나 연기를 하고 있어요."라고

조지 버나드 쇼와 왕립 예술원 회원 로라 나이트, 지그문트 스트로블. 1932년 말번에서.

말했다. 엡스타인(Jacob Epstein)이 제작한 유명한 흉상의 사진을 보자마자, 그녀는 "그것이 이 집으로 들어오면 내가 집을 나갈 거야."라고 했지만 그런 일은 절대로 일어나지 않았다. 쇼는 그 작품의 솜씨를 높이 평가했지만 단지 그의 조상을 표현하고 있는 정도로만 인정했다. 데이빗슨(Jo Davidson)의 흉상 작품은 생기 있지만 성급한 스케치이다.

H.G. 웰스가 쇼의 초상의 노려보는 듯한 눈길과 마주치지 않고는 한 걸음도 옮길 수 없다고 불평한 것도 전혀 이상한 일이 아니다. 쇼가 겸손한 사람일 수 있지만, 그는 자기 시대의 위대한 거장들이 자신의 기념물을 제작하도록 포즈를 취했다. 그가 죽고 적어도 500년이 지날 때까지, 그 같은 겸손이 정당화될 수 있을까?

쇼는 살아 있는 가장 위대한 현학자이다. 신념에 따라 크럼핏[125]을 먹었던 디킨스의 남자는 그 점에서 디킨스와 필적할 수 없었다. 묘사적인 기자들은 쇼가 플란넬 셔츠를 입는다고 전했다. 그러나 그는 플란넬 셔츠를 평생 한 번도 입지 않았다. 그는 아예 셔츠를 입지 않는다. 이유는 사람의 가운데를 베로 이중으로 싸는 것이 잘못이라는 생각 때문이다. 그래서 그는 셔츠 제작자들에게 알려지지 않은, 위에서 아래까지 통으로 이어진 속옷을 입는다.

플란넬 이야기가 생겨난 데는 사연이 있다. 전문직에 종사하는

....

125 머핀과 비슷한 보드라운 빵.

1932년 말번 호텔 발코니에서 지그문트 스트로블과 함께.

사람이 빳빳하게 풀을 먹인 하얀색 깃이 있는 옷을 입지 않고 런던에서 대중 앞에 서는 것이 불가능하던 때에, 그는 교육을 받은 사람의 눈은 유럽인의 피부색과 풀을 먹여 다린 흰 깃이 이루는 색깔의 차이를 견뎌내지 못하고 오직 매우 검고 빛나는 흑인들만이 그런 깃을 입을 수 있다고 고집을 부렸다. 그래서 그는 회색 깃을 구해서 입었다. 패션이 변한 지금은 그도 다양한 색깔의 깃을 입지만, 색깔은 언제나 최고의 색채 효과는 같은 계열의 색에서 나온다는 이론을 바탕으로 고른다. 그의 재킷은 웨스트 엔드의 양복점에서 맞춘 것이지만, 원칙적으로 안감을 대지 않는다. 그는 예전에 편지의 주소를 봉투 왼쪽 귀퉁이에 적었다. 단순히 색다른 것을 즐기는 취향 때문이라고 사람들은 말한다. 절대로 그렇지 않다. 그는 중세의 필경사들이 확립했고 윌리엄 모리스가 채택한 책 가장자리의 아름다움에 대해, 그리고 우편배달부의 엄지손가락을 위한 공간을 남겨놓는 배려에 대해 한 시간 이상 이야기를 늘어놓을 수 있다. 우편배달부가 소인이 주소를 지워버린다고 불평을 하자, 쇼는 정상적인 방식으로 돌아갔다.

그는 자신의 책에 아포스트로피와 인용 부호를 쓰기를 거부한다. 이유는 그 기호들이 책 페이지의 모양새를 망치기 때문이다. 그러면서 성경이 그런 볼품없는 기호들을 사용해서 모양이 바뀌게 되었더라면 절대로 문학에서 그처럼 높은 경지에 오르지 못했을 것이라고 주장한다. 그는 음성학과 속기 체계에 관심이 많다. 그가 넓은 홀에서 대중적인 연설가로 누리는 인기도 명확한 발음에 기인하는 바가 크다. 그가 말하는 단어는 모두 지나칠 정도로 분명하게 들린다. 그는 우리의 셈에 두 개의 숫자를 추가로 넣음으로써 미터법과 12진법을 결합시키자고 주장했다. eight, nine, dec, elf, ten … eighteen, nineteen, decteen, elfteen, twenty 등등. 어린 아이가 장난감을 좋아하듯이, 그는 기계들을 좋아한다. 언젠가는 쓸 일이 거의 없으면서도 금전 등록기를 살 뻔 했던 적이 있다. 그는 육십 고개로 접어들면서 모터 달린 자전거의 매력에 빠져서 그 자전거 공장에서부터 77마일이나 달렸다. 긴 길을 달린 끝에, 그러니까 그의 집 문 밖에서 모퉁이를 너무 급히 돌다가 넘어져 쭉 뻗은 적이 있다. 그가 서펀틴 연못(The Serpentine)[126]에서 비가 오나 날이 맑으나 1년 내내 목욕을 하는 괴짜들의 집단에 속한다는 비난이 있었다. 그러나 이것은 그가 겨울과 여름에 로열 오토모빌 클럽의 풀에서 아침 식사 전에 수영을 하는 습관에서 비롯된 허구이다. 그가 그런 습관을 들이게 된 이유는 아일랜드 사람으로서 목욕하기를 별로 좋아하지 않는데 차가운 물로 뛰어드는 자극 없이는 목욕을 하지 않게 되기 때문이라고 한다. 세상이 다 알고 있듯이, 그는 채식주의자이며 건강을 소중하게 여기지만, 쓸모 있는 사람은 누구나 자신의 건강을 최대한 활용하고, 따라서 쓰러지기 직전 상태로 살아야 한다고 선언한다. 또 그는 진정으로 바쁜 사람들은 40

126 런던의 하이드 파크에 있는 연못.

년마다 건강을 회복하기 위해 18개월 동안 침대에서 쉬어야 한다고 주장한다. 그의 온갖 변덕으로 한 페이지를 더 채우는 것은 일도 아니지만, 나는 여기서 그만두려 한다.

쇼의 정사(情事)는 대부분 실재하지 않는 이야기이다. 세상에서 진정으로 할 일을 갖고 있는 남자들은 여자들의 꽁무니를 쫓아다닐 만큼 시간도 없고 돈도 없다고 그는 말한다. 어느 정도 맞는 말이다. 그는 할리 그랜빌-바커의 희곡 '황무지'(Waste)와 '마드라스 하우스'(The Madras House)의 주요 주제인, 아름다운 여성들의 고비용과 강요성에 대해 항의하기 시작했을 수 있다. 이 측면에서 그의 역사를 아는 사람은 아무도 없다. 그가 지나치게 바른 사람이라서 과거를 공개하지 않기 때문이다. 어느 면으로 보나 그는 본보기 남편이며, 그가 젊음을 바친 다양한 정치적인 운동에서도 그를 둘러싼 스캔들은 전혀 없었다. 그럼에도 통속적인 어느 일화는 유명한 배우의 매니저가 어느 날 리허설에서 유난히 아름다운 여배우에게 "쇼에게 비프스테이크를 줘서 그의 몸에 붉은 피를 넣도록 하자."고 말했다고 한다. 그러자 여배우는 "제발 그러지 마세요. 그는 지금도 충분히 나빠요. 그에게 고기를 먹인다면, 아마 런던에는 안전한 여자가 한 사람도 없을 걸요."라고 대답했다.

어쨌든, 쇼의 가르침이 그의 개인적 모험보다 훨씬 더 재미있다.

그 가르침은 그가 '19세기 아모리즘(Amorism)[127]'이라고 부른 것에 대한 강력한 반발에 있다. 그는 사랑이면 충분하다고 믿는 그런 사람이 아니다. 그는 이런 주장을 편다. 순결은 너무나 강력한 본능이다. 그렇기 때문에 순결을 그것과 반대되는 본능만큼 강하게 부정하거나 간과하는 경우에 어떤 문명이라도 붕괴될 수 있다는 것이다. 그는 지성은 하나의 열정이라고 생각하고, 열정은 섹스만을 의미한다고 생각하는 현대인의 인식은 예술은 단지 외설에 지나지 않는다는, 농사꾼의 생각만큼이나 조악하고 야만적이라고 주장한다. 그는 예술이 섹스가 완전히 금지된 시기에도, 예를 들면, 디킨스라는 걸출한 작가를 배출한 빅토리아 시대에도 화려하게 번창할 수 있다는 점을 지적한다. 그는 라파엘(Raphael)의 제자로 수치심 모르는 춘화가이자 눈부신 데생 화가인 줄리오 로마노(Giulio Romano)와 라파엘을 비교한다. 라파엘은 너무나 섬세했던 까닭에 처음에 누드로 먼저 그리지 않고는 주름진 옷을 걸친 인물을 그리지 못했음에도 불구하고 성모 마리아를 연습하면서 언제나 팬티의 독특한 특성을 표현하고, 또 방탕자의 빌라를 그 솔직성도 위축시키지 않으면서 자신의 존엄과 순수를 잃지도 않는 가운데 큐피드와 프시케의 이야기로 장식하려고 노력했다. 쇼는 예술이 라파엘로부터 줄리오로 넘어가면서 지옥으로 추락했으며, 따라서 예술이 혐오스러울 뿐만 아니라 따분하게 되었다

127 사랑이나 성교, 또는 사랑에 관한 글을 쓰는 일에 빠진 상태를 말한다.

고 주장한다.

파리 무대의 남녀 삼각관계를 그는 간통이 주제들 중에서 가장 건조한 주제라는 점을 증명하는 것으로 여기며 거부한다. 그는 자신이 파리 무대로부터 얼마나 독립적인지를 보여주기 위해 '청교도를 위한 연극들'을 썼다. 그는 진짜 성욕이 이야기와 그림으로 충족될 수 있는지에 대해 냉소적으로 물으면서 예술 속의 육체파는 성교 불능에 대한 위안일 뿐이라고 선언한다.

그럼에도 그의 희곡들에도 상상 속의 사랑이 문명화된 삶에서 중요한 역할을 한다고 강조하는 구절이 나온다. 잘생긴 어느 주인공은 자신을 질투하는 남자에게 "나에게 당신의 질투를 낭비하지 않도록 해. 상상 속의 라이벌은 위험한 라이벌이니까."라고 말한다. '결혼하기'에서, 남자의 지저분함과 담배 냄새를 견디지 못한다는 이유로 결혼을 거부하는 숙녀는 자신의 상상력이 현실을 초라하게 만들 일련의 모험들을 제공한다고 암시한다. 쇼는 돈 환의 1,003번의 정복은 두세 번의 비열한 음모와 1,000번의 상상 속 허구로 이뤄져 있다고 말한다. 그는 그런 허구를 실현시키려는 모든 시도는 실패로 끝난다고 말한다. 그런 시도를 해보지 않은 사람은 '인간과 초인'의 3막 같은 것을 절대로 쓰지 못할 것이라고 말할 수 있다. 그 희곡의 마지막 막에서도, 주인공이 결혼으로부터 달아날 희망이 없는 가운데 결혼에 반대하며 투쟁하는 장면에선 개인적인 경험이 뒷받침되지 않고는 나올 수 없는 예리한 발언들이 이어진다. 셰익스피어는 베네딕[128]이라는 인물을 통해서 같은 주제를 다루면서 아마 다른 사람을 조롱할 수 있었지만, 대단히 방종한 태너[129]는 직접적이다. 쇼도 아마 그 점을 부정하지 않았을 것이며, 그가 부정했다 하더라도 다른 사람들이 믿어주지 않았을 것이다.

내가 '새터데이 리뷰' 편집을 맡고 있는 동안에 벌인 쇼의 반(反)셰익스피어 운동은 나 자신이 셰익스피어를 이름 그 이상의 의미로 받아들이는 몇 안 되는 런던 편집자들 중 하나이기 때문에 그만큼 더 뜻밖이었다. 나는 셰익스피어에 흠뻑 젖어 있었다. 내가 셰익스피어를 맹렬히 공격하는 캠페인을 주도하는 편집자가 된다는 것은 절대로 일어날 수 없는 일이었다. 그 모험을 더욱 이상하게 만든 것은 첫째, 공격을 주도한 쇼가 나만큼이나 셰익스피어로 넘쳤다는 점이고, 둘째로 우리 두 사람이 신성 모독으로 문제를 일으키고 있었음에도 불구하고 우리 둘 중 어느 누구도 기사의 단어 하나 바꾸지 않았다는 점이다. 기사들은 매우 모욕적이었지만, 거기엔 철회해야 할 것도, 부드럽게 순화해야 할 것도 하나도 없었으며 비평 체계 전체를 허물지 않고 변화시킬 수 있는 것은 하나도 없었다.

그 일에 대한 설명은 아주 간단하다. 셰익스피어를 향한 쇼의

....

128 셰익스피어의 '헛소동'(Much Ado About Nothing)에 등장하는 인물.

129 조지 버나드 쇼의 '인간과 초인'에 등장하는 인물.

첫 번째 탄환은 1894년에 발사되었다. 입센이 잉글랜드를 처음 공격하면서 1889년 런던 연극계는 한바탕 소란을 겪었다. 그 사이에 쇼는 『입센주의의 정수』(Quintessence of Ibsenism)를 썼으며, 무대 위나 밖의 모든 것을 이 무서운 노르웨이인이 세운 기준을 바탕으로 판단하고 있었다. 다소 뒤떨어지는 많은 사람들이 그 기준에 미달했지만, 셰익스피어가 가장 두드러진 희생자였다. 쇼는 이렇게 말했다. "지금 셰익스피어의 깊이에 대해 이야기하는 것은 쓸데없는 일이다. 그의 음악 외에 남은 것은 하나도 없다. 몰리에르-셰익스피어-스코트(Water Scott)-뒤마 페르의 그 유명한 성격 묘사는 단지 모방의 속임수일 뿐이다. 우리의 음유시인은 엉뚱하고, 그의 얼굴에 이목구비가 전혀 뚜렷하지 않다. 햄릿은 페르 퀸트[130] 옆에 서면 나약한 조각이고, 이모겐[131]은 노라 헬머[132] 옆에 서면 인형이고, 오셀로[133]는 줄리안[134] 옆에 서면 이탈리아 오페라의 한 관행에 지나지 않는다." 꽤 맞는 말이었다. 우리는 오직 소네트에서만 셰익스피어가 입센의 깊이까지 다가가고 있는 것을 발견할 수 있다.

쇼는 입센으로만 가득했던 것이 아니라 바그너와 베토벤, 괴테

....

130 입센의 희곡 '페르 퀸트'(Peer Gynt)에 등장하는 인물.

131 셰익스피어의 희곡 '심벨린'에 등장하는 인물.

132 입센의 연극 '인형의 집'에 등장하는 인물.

133 셰익스피어의 희곡 '오셀로'(Othello)에 등장하는 인물.

134 입센의 희곡 '황제와 갈릴리언'(Emperor and Galilean)에 나오는 인물.

로도 가득했으며, 신기하게도 존 번연으로도 가득했다. 영국인이 위대해지는 길은 섬광의 연속 같다. 윌리엄 모리스가 러스킨은 더 없이 멋진 말을 해놓고는 5분만 있으면 망각해버린다고 말하면서 꼬집은 그 영감을 따르지 않는 셰익스피어의 길, 러스킨의 길, 체스터턴(G. K. Chesterton)의 길은 아일랜드 사람에게 일관성의 부족을 숨기지 못한다. 쇼는 이렇게 말한다. "증오스런 온갖 특성들을 다 갖고 있는 아일랜드 사람은 적어도 성숙했다. 아일랜드 사람들은 체계적으로 생각하며, 그들은 골프를 치다가 문득 어떤 생각의 장엄함에 끌리면서 마치 그것이 일몰이라도 되는 것처럼 경탄한 다음에 진정으로 중요한 삶의 활동으로서 골프를 다시 치기 시작하는 그런 짓은 하지 않는다." 성인이 된 이후의 커리어를 줄곧 런던에서 이어갔고 또 영국인 친구와 스코틀랜드 친구들을 선호했음에도 불구하고, 자신이 아일랜드 사람이라는 사실에 대한 그의 자부심은 대단했다.

쇼를 그린 나의 초상은 내가 펜으로 묘사한 다른 어떤 사람보다 더 친숙하기도 하고 덜 친숙하기도 하다. 더 친숙한 이유는 쇼가 세상을 향해 자기 자신에 대해 말할 필요가 있는 것을 전부 다 말했기 때문이다. 덜 친숙한 이유는 나 자신이 그와 같은 위원회에서 일을 해 본 적이 없기 때문이다. 그를 많이 볼 수 있는 유일한 방법은 같은 위원회에서 활동하는 것이다. 쇼는 진정으로 사회적인 인간은 아니다. 그는 볼 일이 없으면 어디든 절대로 가지 않는다. 그는 전화도 절대로 하지 않는다. 한번은 그가 모리스 베어링(Maurice Baring)의 권유에 넘어가서 영국식 총각 파티에 간 적이 있었다. 다 성장한 남자들이 빵 조각을 서로에게 던지면서 음란한 이야기를 하고, 일부러 난폭한 대학생처럼 구는 자리였다. 그런 모습을 보다 못한 쇼가 "신사 여러분, 그렇게 소란스럽게 굴지 않으면 훨씬 더 즐거울 거요."라고 꾸짖었다. 그래도 사람들이 계속 유치하게 굴자, 그는 자리에서 일어나서 가버렸다. 그는 남자들이 오직 여자들 앞에서만 꽤 친절하게 행동한다고 불평한다.

그는 런던에 도착한 뒤에 사빌 클럽에서 점심을 먹은 뒤에 자신은 절대로 문인이 되지 않을 것이며 그런 사람과 어울리지도 않을 것이라고 결심했다. 그는 이렇게 말한다. "바보처럼 굴었더라면, 아마 나는 이 친구들이 서로 응원하는 모습을 지켜보면서 세상에 대해서는 타자기 자판을 두드리는 것 외에 아무것도 배우지 못했을지도 몰라." 나는 그를 카페 로열에서 열리는 새터데이 리뷰 점심에 초대함으로써 그것을 고쳐주려고 노력했지만 허사였다. 그는 그 초대에 몇 차례 응했지만, 카페와 웨이터, 가격, 요리에, 한마디로 말해 그 장소의 경제학에 관심을 진지하게 보였다. 그러나 그는 해롤드 프레데릭(Harold Frederic)과 내가 고기를 너무 많이 먹고, 또 10페니만 주면 어디서든 살 수 있는 마카로니 한 접시를 카페 로열에서 그 돈을 지불하고 먹는 것은 낭비라고 결론을 내렸다. 내가 점심값을 낸다는 사실도 그에겐 아무런 차이가 없었다. 그는 자

40대 때 나의 모습.

90대 때 나의 모습.

신의 돈을 낭비하는 데 반대했을 뿐만 아니라 나의 돈을 낭비하는 데에도 반대했다.

나는 가끔 다른 사람들도 나와 똑같이 배려하는 마음을 가졌으면 하는 바람을 품었지만, 쇼의 배려는 남의 개인적인 문제에 거의 간섭하는 수준이다. 그래도 그의 배려가 유익하고 현명하기 때문에 당사자는 제대로 반발하지 못한다. 그래서 쇼의 배려는 당사자를 더욱 화나게 만든다. 쇼를 무관심한 사회적 교류의 장으로 끌어들이려는 시도는 모두 소용없었다. 런던에서 다른 문인들을 아는 것만큼 쉽게 쇼에 대해 알기를 원했다면, 나 자신이 끝없이 이어지는 그의 위원회들에 합류해야 했을 것이다. 기고자와 편집자 사이인 우리 둘의 관계는 사회적 목적에는 아무런 소용이 없었다. 그는 우리가 법률적으로 어떤 어려움에 처했을 때에만, 대개 우리에겐 버티고 설 다리가 없다는 점을 명쾌하게 보여주기 위해 사무실에 왔다. 그는 누구나 편하게 접근할 수 있는 사람이지만, 최종적 결론은 그를 진정으로 아는 사람은 아무도 없다는 것이다.

쇼에겐 모든 사람이 두려워하는 어떤 날카로움이 있다. 그의 정신엔 피할 수 없는 것을 즉각 알아보면서 직시하고, 거기에 따라 정신 자체를 바꿔나가는 그런 수은 같은 특성이 매우 강하다. 우유를 엎질러 놓고도 아쉬운 마음을 조금도 표현하지 않거나, 사람들이 우유가 엎질러졌다는 사실을 인정하기 전에 약간 투덜거리는 것조차 허용하지 않으려 드는 인간보다 더 견디기 힘든 존재는 없다. 우리가 상실을 동정과 후회, 애도의 분위기로 감춤으로써, 또 마취제의 역할을 한다는 점에서 보면 여전히 달콤한 사소한 가식을 보임으로써 상실감을 크게 누그러뜨린다는 사실을 깨닫는 사람은 거의 없다. 쇼는 위로를 하지도 않고 위로를 받지도 않는다. 어느 인도 왕자의 사랑하는 아내가 남편과 함께 연회를 벌이던 중에 몸에 불이 붙어 사람들이 손을 쓰지 못한 상태에서 재가 되어 버렸다. 그러자 왕자는 사태를 즉시 파악하고 직시했다. 그는 울고 있는 참모에게 "자네 마님을 치우고 튀긴 꿩을 갖다 주게나."라고 말했다. 이 왕자는 동양의 쇼였다.

웨스트민스터 브리지 지하철역에서 있었던 일이다. 쇼가 계단 맨 위에서 미끄러져 계단 아래까지 굴렀다. 그 장면을 본 사람들은 모두 걱정하는 표정을 지었다. 그러나 그가 전혀 놀라는 기색 없이 일어나서 자기는 계단을 그런 식으로 내려간다는 식으로 태연하게 걸어가자, 그곳 사람들이 일제히 웃음을 터뜨렸다. 기차를 놓치는 경우든 아니면 가까운 사람이나 사랑하는 사람이 죽는 경우든, 그는 언제나 이처럼 냉혹한 모습을 보인다. 어느 누구도 그가 나쁜 아들이라고 비난하지 않았다. 그와 그의 어머니의 관계는 분명히 다른 어떤 모자 관계 못지않게 완벽했지만, 그의 어머니를 화장했을 때 그가 유일한 조문객으로 데려간 그랜빌-바커는 그에게 "쇼, 당신은 확실히 유쾌한 영혼이로군."이라는 말

외에 아무 말도 할 수 없었다. 쇼는 자기 어머니가 아들의 어깨 너머로 바라보면서, 자신의 유해에서 금속 조각을 줍고 있는, 요리사처럼 옷을 차려 입은 두 사람을 보며 즐거워할 것이라고 상상했다. 그는 남겨진 사람이 필요로 하는 것은 약간의 희극적인 위안뿐이라고, 그것이 장례식이 그렇게 익살스런 이유라고 말하길 좋아한다.

수은 같은 이런 재능은 여러 모로 쇼의 적성과 맞아떨어진다. 그가 위험에 빠져 있거나 위험에서 빠져 나올 때, 그는 그 같은 사실을 대부분의 사람들보다 더 빨리 더 잘 알고 있다. 이 재능이 그에게 겉보기에 용감해 보이도록 만든다. 실제로 보면 그는 전혀 위험을 무릅쓰지 않고 있는데도 말이다. 그는 화폐 가치를 평가하는 데서도 똑같은 이점을 누리고 있다. 돈을 지출하는 것이 중요한 때와 돈을 간직하는 것이 중요한 때를 잘 아는 것이다. 그래서 그는 매우 훌륭한 거래를 추진하고 있는 상황에서도 종종 아주 관대한 사람처럼 보인다. 우리가 그의 대담함과 관대함에 감탄하고 있을 때, 정말로 그가 어느 정도 위험을 감수하고 있는지, 혹은 어느 정도 희생하고 있는지가 분명하지 않다. 그는 정말로 시기심으로부터 자유롭지만, 다른 사람들이 모두 조지 버나드 쇼 같은 존재가 아니라는 사실에 대해 동정을 표할 때 그가 시기할 수도 있지 않을까? 작고한 세실 체스터턴은 그 점을 기록으로 남겼다. 무명의 젊은이였던 체스터턴이 이미 유명해진 쇼를 만났을 때, 쇼가 그를 더없이 솔직하고 소년 같은 평등한 관계에서 맞았다는 것이다. 이것은 단지 쇼가 사람들과 예의와 관련해서 절대로 실수를 저지르지 않는다는 점을 보여줄 뿐이다. 그에게 확실히 예상할 수 있는 한 가지는 바로 의외성이다.

그래서 그의 매력적인 태도와 사회적 능숙함에도 불구하고, 쇼는 종종 자신이 하는 말에도 신경을 쓰지 않고 다른 사람의 감정에도 신경을 쓰지 않는 사람처럼 보인다. 그것은 "세상에 그의 적이 한 사람도 없는데도 그의 친구들 중에서 아무도 그를 좋아하지 않는" 이유를 설명해준다. 쇼의 '카이사르와 클레오파트라'에 등장하는 카이사르의 유명한 말, 즉 "희망을 품지 않는 사람은 절대로 실망하지 않는다."는 말이 대단히 인상적이지만, 그 말이 고무하는 것이 극악무도한 것이 아니고 신성한 것이라고 누가 확신할 수 있는가? 쇼의 작품에서 카이사르가 한 말과 쇼가 한 경건하고 진부한 말을 비교해 보라. "진정한 삶의 기쁨은 이런 것이다. 당신 자신이 훌륭한 목적이라고 인정하는 어떤 목적에 이용되는 것, 당신이 망각의 저편으로 던져지기 전에 완전히 다 소모되는 것, 세상이 당신을 행복하게 만드는 일에 전념하지 않는다고 불평하면서 고민과 비탄에 빠져 지내는 이기적인 촌뜨기가 되지 않고 자연의 한 힘이 되는 것, 그런 것이 삶의 기쁨이 아니고 무엇인가." 이 말에는 지옥불의 유황 냄새가 전혀 나지 않지만, 쇼의 팬들 누구에게나 이 두 가지 인용 중에서 어느 것이 더 쇼다운지 물어보라.

나는 초상을 그리는 작업을 더 이상 밀고 나가지 않을 것이다. 쇼는 거의 절망적인 주제다. 왜냐하면 그가 자신에 대해 이미 말하지 않은 내용 중에서 재미있는 내용이 전혀 없기 때문이다. 그가 내가 다루도록 남겨둔 것은 전부 그의 전기 작가들뿐만 아니라 쇼 본인으로부터도 달아났던 것들이다. 쇼도, 그의 전기 작가들도 와일드의 경구를 설명하려는 시도를 하지 않았다. 쇼는 존경받고 사랑받았을 뿐만 아니라 격한 분노와 증오의 대상이 되기도 했다. 피네로(Arthur Wing Pinero)는 그에게 보낸 매우 다정한 편지에 "존경과 증오를 보내며"라고 서명했다.

나는 그런 모순적인 결과를 낳는 어떤 일관된 성격(쇼의 성격은 거의 기계적일 만큼 일관성을 보인다)을 그리려고 노력했다. 아무도 지금까지 이런 시도를 하지 않았다. 그를 옹호하는 사람들은 싫은 부분을 무시했고, 그를 공격하는 사람들은 그의 자질을 부정하면서 존재하지도 않는 결점을 창조했다. 나는 심판석에 앉으려는 시도도, 관대한 친구의 역할을 맡으려는 시도도 전혀 하지 않았다. 나는 그 인간의 윤곽을, 드러나는 그대로 스케치했다. 그 결과 그려진 인물이 기형과 거리가 멀더라도, 그는 "버나드 쇼 같은 사람만 사는 세상을 상상해보라!"라고 말함으로써 우리 모두를 전율하게 할 수 있다. 이것은 단지 장난일 뿐이다. 왜냐하면 한 가지 유형의 인간만 사는 세상은 참을 수 없는 세상이 될 것이기 때문이다. 그럼에도 불구하고 그 말엔 무엇인가가 담겨 있다. 그 무엇인가를 나 자신이 이해하려 하지 않고 나는 그것을 발견하는 일을 당신의 몫으로 남겨놓는다.

1919년 5월 24일

맺는 말

이 비망록과 회고록을 나는 여기서 끝맺어야 한다. 모든 것에는 다 끝이 있으니까. 나는 약속한 대로 나 자신과 인간 종의 95%에게 공통적인 세부 사항을 갖고 독자들을 괴롭히지 않으려고 노력했다. 그러나 나는 나에게만 특별한 것은 아니어도 나의 다양한 직업들에 발을 들여놓는 초심자들이나 나의 시대의 역사가들에게 도움이 될 만하다고 판단되는 자료는 포함시켰다. 20세기에 해당하는 나의 결혼 생활에 대해서는 한마디도 하지 않았다. 그 생활이 너무나 공개적이었기에 모든 전기 작가들이 내가 기억할 수 있는 것보다 더 많은 것을 확인할 수 있기 때문이다. 결과물이 재미있게 읽힐 것인지 의문스럽다. 내 나이(90 이상)에 이르면 누구나 자신의 말과 글이 수다스런 늙은이의 노망에 가까운 쓸 데 없는 소리가 아닌지 확실히 판단하지 못하게 되기 때문이다.

그러나 다행히도 여러 해 전에 이 회고록의 상당 부분이 쓰여 있었고, 그것이 아쉬운 대로 나로 하여금 그 작업을 맡도록 격려했다. 이 자리에서 나는 작별 인사를 하지 않을 것이다. 나에겐 아직 새로운 분출을 일으킬 힘이 충분히 있기 때문이다.

<연보>

= 1856년: 7월 26일 아일랜드 더블린에서 조지 카 쇼와 루신다 엘리자베스 걸리 쇼의 막내로 태어났다. 아버지는 공무원이었고 어머니는 가수 지망생이었다. 위로 누나가 둘 있었다. 쇼는 조직적인 교육을 싫어한 탓에 어린 시절의 교육이 대단히 불규칙했다. 어머니의 영향으로 미술과 문학에 관심이 컸다.

= 1872년: 쇼의 어머니가 남편을 아일랜드에 두고 두 딸과 함께 런던으로 이사했다. 쇼는 더블린에 남아 아버지와 함께 지내면서 부동산 회사 사무실 직원으로 일했다.

= 1876년: 쇼도 런던으로 건너갔으며, 작가와 저널리스트의 길을 추구하기로 결정했다. 그 후 몇 년 동안 브리티시 박물관에서 시간을 보내면서 소설을 몇 편 썼으나 발표할 기회를 얻지 못했다.

소설가가 되려는 노력이 실패하면서, 쇼는 진보 정치 쪽으로 끌리면서 사회주의자가 되었다.

= 1884년: 사회주의를 추구하면서 영국 사회를 변화시키려는 사회주의 정치 조직인 '페이비언 협회'에 가입했다.

= 1885년: 이때부터 1889년까지 영국경제학회(British Economic Association) 모임에 참석했다. 이 기회를 통해 쇼는 대학 교육 이상의 산지식을 쌓을 기회를 누렸으며, 마르크스주의에서 벗어나 점진주의적 관점을 보였다.

= 1894년: 쇼의 첫 성공작으로 꼽히는 '무기와 인간'(Arms and The Man)을 썼다. 헨리크 입센의 영향을 강하게 받은 쇼는 자신의 정치적, 사회적 사상을 퍼뜨리는 매체로 희곡을 이용했다.

= 1895년: 미술 비평과 서평가로서 저널리즘에서 고정적인 일을 구했다. '새터데이 리뷰'의 연극 비평을 맡았다. 1898년 건강상의 문제로 물러날 때까지 이 일을 계속했다. 그 사이에 희곡을 몇 편 썼다.

= 1898년: 페이비언 협회 회원이며 페미니스트였던 샬롯 페인-타운셴드(Charlotte Payne-Townshend)와 결혼했다. 부부는 아이를 두지 않았지만 행복한 결혼 생활을 영위했다.

= 1904년: '캔디다'(Candida)가 런던 로열 코트 극장 무대에 올려졌다. 성공적인 평가를 받았다. 이 성공에 자극받아 희곡을 몇 편 더 썼다.

= 1910년: 쇼는 '존 불의 다른 섬'(1904), '바바라 소령'(1905), '의사의 딜레마'(1906) 등을 발표하면서 극작가로서의 위치를 확고히 다졌다.

= 1912년: '피그말리온'으로 대중적 인기를 누렸다. 사랑과 영국의 계급 제도를 다룬 이 희곡은 쇼의 대표작으로 꼽힌다.

= 1914년: 제1차 세계대전이 발발하면서 쇼의 인기가 크게 떨어졌다. 그는

전쟁 전에 젊은이들의 생명을 버리는 행위를 애국심으로 포장하고 있다는 내용을 담은 '전쟁에 관한 상식'이라는 에세이를 발표해 비판을 받았다. 그러나 전후에 쇼는 극작가로서 다시 지위를 다질 수 있었다.

= 1921년: 인간 진화를 주제로 '므두셀라로 돌아가라'(Back to Methuselah)라는 큰 타이틀로 5편의 희곡을 발표했다.

= 1923년: 위의 큰 타이틀에 '성 조안'(Saint Joan)을 추가했다.

= 1925년: 노벨 문학상을 수상했다.

= 1929년: '사과 수레'(The Apple Cart)를 발표했다. 이어 '너무 진실해서 선할 수 없어'(Too True to Be Good)(1931), '바위 위에서'(On the Rocks)(1933) 등을 발표했다.

= 1938년: '피그말리온'이 영화로 만들어졌다. 이때 쇼는 영화 시나리오를 직접 써서 아카데미 각본상을 받았다.

= 1943년: 쇼의 부인 샬롯 페인 타운센드가 세상을 떠났다. 그녀는 화장되었다가 나중에 버나드 쇼와 함께 묻혔다.

= 1948년: '부자연스런 우화'(Farfetched Fables)를 발표한 데 이어, '셰익스 대 셰브'(Shakes Versus Shav)(1949), '왜 그녀는 그렇게 하지 않는가'(Why She Would Not)(1950) 등을 발표했다.

= 1950년: 11월 2일, 쇼는 영국 하트퍼드셔의 아옛 세인트 로런스 집에서 향년 94세로 세상을 떠났다. 나무를 손질하다가 사다리에서 떨어져 신장을 다친 것이 사인이었다.

= 1956년: '피그말리온'이 '마이 페어 레이디'(My Fair Lady)라는 이름으로 뮤지컬로 만들어졌다.